Les nuits de l'Underground

MARIE-CLAIRE BLAIS

Roman

Stanké

Tous droits de traduction, de reproduction
et d'adaptation réservés
©Copyright, Ottawa, 1978:
Éditions internationales Alain Stanké Ltée
Dépôt légal:
1er trimestre 1978
ISBN O-88566-097-8

à Loes Hormeyer

« I believe that then the psychology of people like myself will be a matter of interest, and I believe it will be recognized that many more people of my type do exist than under the present-day system of hypocrisy is commonly admitted. I am not saying that such personalities, and the connection which results from them, will not be deplored as they are now; but I do believe that their greater prevalence, and the spirit of candour which one hopes will spread with the progress of the world, will lead to their recognition... »

Vita-Sackville West,
Nigel-Nicolson, *Portrait of
a Marriage.*

1

L'amour de Geneviève Aurès pour Lali Dorman naquit comme une passion pour une œuvre d'art. Sculpteur, Geneviève éprouvait déjà, pour le visage humain, une curiosité profonde; cet amour de l'art lui avait fait parcourir de nombreux pays, et elle préparait une exposition au Canada, et une autre à Paris, lorsqu'elle vit pour la première fois, dans les chaudes ténèbres d'un bar, par une nuit d'hiver, ce visage dont elle s'éprit peu à peu, croyant découvrir dans ces traits aveugles les plus pures expressions, austères jusqu'à la morosité parfois, de la peinture flamande. Longtemps, elle ne sut le nom de l'être qui portait un tel visage, car, inconnue dans ce bar, elle n'osait parler à personne, elle ne comprit pas non plus pourquoi, à mesure que se rapprochait l'heure de son retour à Paris, son cœur s'élançait douloureusement car, à trente ans, elle croyait avoir dépassé l'âge de la déraison amoureuse et avait la certitude de ne plus jamais pouvoir aimer. Il lui semblait avoir déjà perdu beaucoup de temps auprès du même homme, pendant ces dix dernières années à Paris, et même si son amant, comme il le lui avait souvent exprimé avait « espéré lui faire passer cette mauvaise habitude d'aimer les femmes », sa présence dans ce bar, songeait-elle, ne pouvait mettre en danger ce qu'elle n'avait plus l'intention d'offrir à personne, elle-même, et son désir de solitude. Une femme, comme un homme, pouvait vivre à l'écart des sentiments et pour le plaisir de son art. Mais une femme pouvait-elle toujours vivre seule, lorsque tout, en elle, l'isolait des lois sociales? Un groupe de jeunes ouvrières discutaient à ses côtés, et Geneviève qui protégeait son indépendance d'un air ombrageux, se couvrant le front de sa main pour mieux exprimer qu'elle n'était pas « dans le milieu pour *cruiser* » (elle avait oublié le langage des filles d'ici, et venait d'apprendre qu'on « *cruisait* beaucoup les vendredis soir, après la paie du jeudi ») mais pour réfléchir au sens de sa vie, espérant pourtant être enchaînée malgré elle dans la trépidante conversation de ses compagnes, mais les jeunes Québécoises parlaient toutes si vite et en sautant parfois des syllabes et des mots entiers, qu'elle craignait aussi, elle qui se jugeait encore étrangère parmi elles et un peu lente d'esprit quand elles semblaient toutes si vives, de ne pas pouvoir les suivre dans leur dialogue jazzé que rythmait non seulement la criarde musique du bar, mais qu'accompagnaient aussi les mouvements de leurs corps, l'envol de leurs bras sur la table où reposaient leurs bières alignées, lesquelles étaient aussi agitées par ces cyclones de mots, de rires, rires qui surgissaient brusquement des humeurs plutôt graves. « Mais non je n'ai pas trop bu la soirée est encore fraîche je m'arrête à la cinquième puis je me convertis au jus de tomate tiens La Grande Jaune qui arrive toujours *stoned* comme d'habitude elle est pas parlable quand elle est gelée c'est jeune ça Mon Dieu que c'est jeune et ça ne marche qu'avec un joint comme s'il n'avait que ça dans la vie mais c'est son affaire qui est la fille à côté de toi Marielle je sais pas connais pas elle est gênée laissons-la tranquille un beau genre mais une intellectuelle c'est pas nous qui l'intéressons non c'est l'Autriche au bar dis-lui quand même bonsoir toi Marielle oui toi qui parles à tout le monde je suis pas assez intéressante pour quelqu'un comme ça moi mais oui tu l'es voyons t'es spéciale bonsoir je suis Marielle et je ne suis pas dangereuse c'est vrai elle n'est pas dangereuse tu veux une bière...? »

Ainsi Geneviève répondit au large sourire de Marielle par une poignée de mains.

— Viens à notre table, dit Marielle à Geneviève, on a toujours la crème à notre table, c'est pas vrai, Lucille? Lucille est née en Haïti, mais c'est quand même notre championne de hockey, viens que je t'embrasse, Lucille, je ne suis pas dangereuse, une bière, deux, oui, Tony... quand Lorraine danse avec quelqu'un, c'est Tony qui apporte les bières, il les dépose sur la table sans regarder les filles puis retourne derrière le bar, il est cool, bien gentil, disait encore Marielle, et comme nous autres, il a toujours des problèmes avec les femmes. Geneviève Aurès c'est bien ton nom? T'es sûre que t'es canadienne-française, t'es sûre avec un nom à coucher dehors comme ça? Ah! oui, tu arrives d'Europe, moi j'ai vécu trois ans avec la même fille à Vancouver, mais l'affaire a cassé, me voilà revenue au Québec, tu regardes beaucoup vers la porte hein, Geneviève? Ah! parce que tu es sculpteur... ah! oui, on connaît ça... elle te plaît hein... Oui, la fille aux cheveux courts dans son manteau militaire vert sombre, elle est bien, je pense, je l'ai vue souvent ici, tu veux que je lui parle pour toi, tu veux que...

Cette cadence verbale, cette ivresse, Geneviève en avait perdu l'habitude. Ces filles étaient ardentes, chaleureuses, et comme Lali Dorman qui ne regardait personne, assise au bar, elle était, elle aussi, capable de cette froideur, de ce détachement. Et pourtant, combien lui était agréable, soudain, la compagnie de Marielle et de ses amies! Là où Geneviève croyait admirer un tableau de Van Eyck, n'osant pas convoiter un visage qui incarnait pour elle une lointaine et mélancolique spiritualité, Marielle qui avait « changé des lits sales toute la journée à l'hôpital, et décrotté les robineux de la ville », ne comprenant rien à ces timides espoirs « d'une fille *gay* en retard pour son âge », bondissait de table en table dans son jean délavé mais propre, allait au bar de sa démarche un peu déhanchée, et recueillait de cette inconnue qu'elle traitait familièrement, un regard, un sourire à peine esquissé, et venait se fondre aux côtés de Geneviève avec tous ces dons qu'elle prodiguait le plus naturellement du monde, en disant:

— Elle s'appelle Lali Dorman, elle vient de quelque part, en Europe, l'Autriche, je pense, elle est fatiguée ce soir et ne veut parler à personne... Y a bien six ou sept ans que je la vois chez nous... Je l'ai aperçue dans un autre bar, un soir de bataille, elle était seule comme ce soir... un peu triste, c'est normal... pourquoi s'amuser quand on *feele* pas pour ça? Elle est médecin je pense... c'est pas une vie drôle, toujours à l'hôpital comme moi, on en voit de toutes les couleurs! Elle pourrait peut-être boire un verre avec nous demain, si elle est en forme? Moi aussi j'ai mes jours noirs, et dans ce temps-là, y faut pas me parler, je pique... je mords...

— Et tu es dangereuse, dit Lucille.

— Non, ne te lève pas pour partir, dit Marielle, en retenant Geneviève d'une poigne vigoureuse et brûlante, attends encore un peu, le *fun* commence, c'est pas le moment de partir, personne ne peut sortir du bar, il neige trop. Tony, quand est-ce qu'on les aura nos bières si Lorraine continue de flirter comme ça avec son amie?

— C'est son soir de congé, dit Tony.

— J'ai vu son petit garçon à neuf heures, il l'aidait à ranger les bouteilles... Un beau bonhomme...

— Oui, mais il n'aime pas l'école, dit Tony, ni l'école, ni les fifis, vous autres, les filles, il comprend, mais les gars, il aime pas...

— C'est pas bien, ça, dit Marielle, c'est l'âge peut-être, à onze ans, t'es conventionnel encore à cet âge-là...

Depuis plusieurs nuits, déjà, Geneviève s'habituait à la présence de Lali qui ne savait toujours rien d'elle: Marielle lui apprenait parfois, en bourdonnant à son oreille dans la clameur générale, « que la fille était souvent d'une humeur massacrante quand elle avait vu des patients toute la journée, et puis elle travaille avec des cancéreux, c'est déprimant à la longue », promettant que le lendemain elle deviendrait plus humaine, « moins raide », mais Geneviève admirait chez Lali ce refus à toute promiscuité, jugeant cette rébellion et cette âpreté comme les signes d'un noble caractère, et n'attendant donc rien d'elle, sinon qu'elle fût là, comme elle la voyait maintenant, ne vivant que de son propre rayonnement un peu glacé, pendant que les autres riaient et bavardaient autour d'elle, formant dans les lueurs rouges des lampes les figures du bas-relief dont Lali Dorman était le centre. Les nuits de neige, les filles se hâtaient de déposer au vestiaire leurs manteaux trempés, mais, bien souvent, Lali Dorman ne se dévêtait pas de sa « capote », peut-être parce qu'il était tard, et qu'elle « ne venait que pour une bière », comme elle le disait à Marielle en la chassant de la main, d'un air ennuyé, mais les heures passaient et Lali buvait toujours, avec une lenteur cérémoniale, regardant fixement devant elle, son long cou surgissant, orgueilleux et nu, d'une écharpe noire, laquelle rendait plus sombre encore le drap de son manteau, et tournant par instants, dans un mouvement d'affectueuse distance sa tête vers une amie, une connaissance, cette tête qui, en se rapprochant d'une autre, manifestait aussitôt combien elle était singulière et différente de toutes celles qui l'entouraient. C'est que dans cet univers clos du bar où la vie devenait théâtre, les femmes, pour Geneviève qui ne cessait jamais de les découvrir, n'étaient pas que riches en parfums charnels, en plumages et fourrures contre le froid, mais aussi toutes lui semblaient glorieuses, ruisselantes de cheveux, l'audace de ces cheveux, leur fantaisie, errant autour d'elles comme leurs désirs, et leur servant parfois d'instruments de conquête, deux coupes « Afro » pouvaient soudain éclore en une seule caverne effaçant deux visages, deux bouches qui se rejoignaient, cheveux gonflés, brefs ou longs, chacune portait sa tête avec triomphe, la livrant avec volupté aux regards des autres, et dans ce bouquet de têtes unies ou séparées, seule Lali Dorman promenait au large sa tête aux cheveux presque ras, épars et doux comme le duvet des oisillons, cette tête étrange et qui paraissait venir d'un autre temps et d'un autre monde et qui exprimait pour Lali ce qu'elle taisait, qu'elle était vraiment d'ailleurs, et que parmi ces fleurs épanouies à un soleil hivernal mais joyeux, elle était, elle, dont on connaissait si peu le passé et la vie, une fleur de la désolation, une fille de l'Europe d'après-guerre et une orpheline de sa nouvelle patrie. Lali ne possédait pas que cette ambiguïté: en un lieu où beaucoup de filles ressemblaient physiquement à leurs sœurs du dehors, attirant comme elles les hommes et réveillant bien souvent sans le vouloir chez eux, « l'espoir de fonder un jour un foyer », etc., et parmi elles, même les plus masculines comme Marielle à qui répugnait ce genre de tâches, Lali, elle, se distinguait par une affirmation profonde d'un idéal sexuel qu'elle portait dans toute sa personne, et cela, sans aucun compromis, il était écrit sur son visage aux traits purs et sans fard, comme dans la sobriété de ses vêtements de garçon, dans ses gestes économes, monastiques, éclaircis parfois d'une lueur de grâce, qu'elle était de ceux qui depuis longtemps assument le choix d'une sensualité prisonnière des lois du monde, d'un amour poli et travaillé comme une science, dont ils sont, malgré les fers sociaux qu'ils ont dû porter, non plus les victimes ou les martyrs de jadis, mais les radieux libérateurs de la race fière qu'ils représentent aujourd'hui.

Tard la nuit, même lorsque depuis longtemps déjà Tony et Lorraine avaient annoncé le *last call,* il arrivait à Lali de sortir soudain de son isolement, et toujours vêtue de son manteau long et droit qui épousait généreusement sa maigreur, les mains enfouies dans des gants d'hommes doublés de mouton, d'inviter à danser la femme la moins charmante de l'assemblée, souvent une femme démesurée et lourde en qui elle éveillait aussitôt une voix suave, une gratitude émue, et qu'elle invitait au milieu de la piste de danse, à l'heure où tout le monde se préparait à partir, pour une dernière valse dans la nuit agonisante, continuant à valser ainsi calmement, même lorsque d'un seul éclairage au néon, Lorraine et Tony détruisaient le décor et rendaient au jour ce qui ne doit appartenir qu'à la nuit. C'est qu'on avait l'impression, bien souvent, qu'avec la monotone intervention du jour qui avançait, c'est toute la magie des liens créés en quelques heures, pendant la nuit, et une nuit s'accentuant pour chacune comme une extase, qui s'évanouissait avec ces quelques mots *last call,* avertissement que Lorraine ponctuait à la fin avec énervement, ajoutant en s'emparant des bouteilles encore pleines sur la table: « Dehors, les petites filles, c'est l'heure d'aller vous coucher! » Geneviève avait connu, en sortant des mêmes bars, le silence de plusieurs villes d'Europe, la nuit, elle avait frôlé, avec ce sentiment craintif des rôdeurs que rien ne protège, des murs déserts, des rues givrées, endormies, qu'envahissait soudain de son ombre douteuse la silhouette d'un homme errant sans but, ou errant, le sexe affamé, vers une femme, mais elle avait peu connu encore ces nuits peuplées de visages, d'étreintes de femmes qui ne voulaient pas se quitter, même jusqu'au lendemain soir, car d'un soir à l'autre, ne risque-t-on pas de s'aimer moins, de commettre quelque acte de négligence irréparable, et elle aimait s'étendre elle-même avec ces nuits qui n'en finissaient plus, lesquelles se poursuivaient souvent dehors, à la sortie du bar, pendant que tombait la neige et que sifflait le vent...

 Sourde au troisième appel du *last call,* Lali Dorman dansait doucement, délectant, eût-on cru soudain, les derniers bienfaits de la nuit, mais sans hâte, ne cessant de danser, pensait Geneviève qui l'observait à la dérobée, que pour rejoindre au bar son sélectif groupe d'amies, si lentes à venir clore la nuit, ces amies, qu'arrivant vers 2 heures du matin, elles semblaient ne venir, tels dans les tableaux ces séraphins dont les plis du costume sont en désordre, comme s'ils s'apprêtaient à franchir toutes les tempêtes du ciel, que pour soulever dans leurs bras et arracher à son refuge ténébreux, Lali, que de sombres pensées agitaient. Auprès d'elles, sous leur protection réservée, elle osait s'abandonner au rire, à la tendresse. « C'est le moment, en passant devant ses *chums* pour aller dehors, suggérait alors Marielle à Geneviève, c'est le moment de lui parler... tu peux pas l'approcher, la fille, si tu lui parles pas... Tu peux lui dire, par exemple, qu'on aimerait lui offrir un *drink* toi et moi, tu vois bien qu'elle s'est adoucie et elle est bien quand elle est comme ça... » Son béret de laine au sommet de la tête, Marielle happait d'un coup de patte Geneviève qui lui résistait, marmonnant: « Ces filles de chez nous qui reviennent d'Europe, je ne les comprends pas, elles sont pires que celles de Vancouver, si tu lui parles elle te mangera quand même pas, pourquoi que t'es gênée comme ça? C'est vrai que je le serais aussi si c'était pour moi-même, pour les autres c'est plus facile, arrête donc de regarder le plafond, et suis-moi... »

— Bonsoir, c'est nous autres, s'écriait Marielle en marchant sur les pieds de Lali et de ses amies, excusez si je vous écrase les orteils en passant mais c'est pas bien large ici, y a une fille timide qui veut juste vous dire bonsoir...

— C'est René et Louise, mes amies, dit Lali en serrant la main de Geneviève d'un air prudent, *I never saw you here before...*

—*She is shy, you see,* dit Marielle, bon ben où elles sont les autres? J'espère qu'elles vont m'attendre pour le taxi...

Geneviève entendit vite le murmure de la voix étrangère de Lali qui confiait à ses amies dans un sourire moqueur: « *She is shy... very shy* », et elle disparut avec Marielle vers la rue, les filles attendries qui s'appuyaient les unes contre les autres, en attendant leurs taxis, pendant que sévissait un froid brutal.

— Tu viens chez moi, Marielle? demandait une jeune fille ivre à Marielle, tout en l'invitant à monter dans sa voiture.

— J'attends mon taxi, voyons donc, tu peux pas t'en aller seule?

— Trop triste ce soir.

— Tu dis ça tous les soirs, dit Marielle, moi j'ai ma *job* de bonne heure demain matin, je peux pas faire de folie...

— Viens que pour me tenir compagnie, on mangera des toasts, du café pour se réveiller, tu partiras après...

— Promis?

— Je veux pas être toute seule, c'est tout.

— Bon, ben attends un peu, dit Marielle en ouvrant la bouche toute grande comme pour boire de la neige, j'ai oublié mon sac sous la table, on en perd du temps tous les mois avec ces histoires-là, tout ce que je peux te dire, c'est que c'est injuste, le bon Dieu n'aimait pas les femmes, c'est sûr, une semaine de vie perdue par vie de femme, c'est trop sur la terre... Marielle revint en galopant vers le bar et dit en passant entre Lali et Geneviève: « Y manquait plus que ça, les filles, j'suis invitée pour un café chez Berthe, un café, chez une fille qui est sexuelle à mort, on verra ce que ça donne, mais j'ai pas le cœur à ça, j'ai trop mal au ventre, mille pardons si je vous écrase encore les pieds... » puis, son sac sous le bras, elle remonta vers la rue tout en reniflant l'air avec inquiétude: « En plus qu'y fait pas chaud pour l'amour. »

— Tu viens? demandait Berthe.

— T'es contente? Elle t'a souri, t'as vu, dit Marielle

à Geneviève sans se soucier de Berthe qui l'appelait, si t'es contente, je le suis aussi... Bonsoir, y a cette copine-là qui m'amène, on peut pas dire que ça me tente, reviens demain, je serai là, on jasera... Même si on risque pas beaucoup de se comprendre... On peut toujours essayer...

Lorsque Geneviève revenait au bar, le lendemain soir, des changements de scènes avaient déjà eu lieu: seule Marielle venant vers elle en bondissant, dominant de son visage serein la monotonie journalière, inspirait, à qui la voyait, que si toutes changeaient autour d'elle, d'une nuit à l'autre, qu'elle ne permettait pas à la nuit de la transformer, immuable comme le devoir, elle enlaçait une amie, réchauffait entre ses mains brûlantes une main engourdie par le froid, et ne montrait pas ce qu'il était si aisé de montrer, qu'elle aussi, comme les autres, avait ses soucis, ses déceptions. « La Grande Jaune » (que Marielle désignait ainsi « à cause de ses cheveux jaunes comme le foin ») languissait devant un verre vide, courbant vers le comptoir du bar son imposante stature, et pressentant en elle « un fond de tristesse », Marielle lui tapa sur l'épaule en disant:

— Ça va, toi, la Grande?
— Ne lui parle pas, elle est « gelée », dit Tony.
— Non, j'attends ma femme.
— Celle d'hier? demanda Marielle.
— Pas celle-là, je l'ai perdue.
— Mon Dieu que tu changes souvent!
— Elle préfère peut-être « le pot » aux femmes, dit Tony.

De nouveaux couples entraient, des collégiennes arrivaient par bandes, échangeaient des blagues qu'elles seules pouvaient comprendre, deux poètes s'isolaient dans un coin, roulant leurs cigarettes mutuelles d'un air consciencieux, mais de toute cette atmosphère que Lali Dorman n'avait pas encore foulée de son spectre délicat, à la fois compact et austère (car elle n'était toujours pour Geneviève qu'une suite de visions) tous les désirs de la veille ne semblaient plus que cendres, les femmes ayant été remplacées par d'autres, les corps d'hier volatisés dans la nuit et suppléés par une vigoureuse jeunesse que Geneviève ne connaissait pas.

— Un tas de p'tites jeunes, dit Marielle, au moins, elles s'amusent. Regarde-les danser par gangs et se sauter au cou l'une de l'autre, dire que depuis Vancouver, j'ai tellement vieilli... Mais il me fallait ça... La vie, par elle-même, nous fait tout comprendre, alors, qu'elles en profitent, c'est si court ce temps de l'inconscience...

Aux heures tardives, Geneviève apercevait Lali, de dos, parlant à une autre femme: elle n'était plus seule, ne fixait plus le vide de son regard étrange, endolori.

— Pas de chance, ce soir, dit Marielle, elle a une amie... Ah! Je la connais... Une Française de Bretagne, très gentille... On les invitera quand même à boire un verre avec nous, s'il y en a pour une... il y en a pour deux...

À la tristesse qu'elle ressentit soudain, Geneviève aurait pu comprendre qu'elle aimait Lali, mais elle se laissa rassurer par la pensée de son prochain départ, son travail, Paris. Elle n'aimait pas Lali, elle aimait en elle la beauté, la perfection de l'art. Mais ce qui la désemparait, c'était de comprendre que l'art est partout vivant et charnel, que ce qu'elle avait vu au loin et sans danger, dans la confiance des musées, vivait et frémissait tout près d'elle, dans sa vie même, cette œuvre vivante c'était Lali, vulnérable, soumise à toutes les puissances contraires à l'amour de la vie et de l'art, la violence, la guerre, la bêtise: si Geneviève l'aimait, comment la préserverait-elle de cette rudesse, de cette violence qui menacent les œuvres périssables?... Comme tant d'autres créateurs, Geneviève avait ce sentiment d'apprendre à conquérir un métier, un art, pour la futilité d'une immense haine née du cœur de l'homme qui engloutirait avec lui, dans le triomphe de ses œuvres mauvaises toutes les œuvres belles, même les futures dont on ne connaissait rien encore.

Geneviève se disait en même temps qu'il était bien vain de réfléchir ainsi, car s'éveillant à la nuit, La Grande Jaune mimait pour Marielle « un strip-tease » comme elle en avait vu « chez les topless du bas de la ville parce que j'avais une femme qui en était une, une fois, c'était pas drôle, habille, déshabille, je préfère travailler chez Eaton, on grelotte moins en hiver... », nouant et dénouant sa ceinture, déboutonnant sa veste de bûcheron, La Grande Jaune épanchait ainsi la sensualité de sa rustre adolescence, pendant que Marielle observait en riant:

— Une topless, d'habitude, ça a des seins, et toi, t'as rien, seulement le rythme...

— Attends, tu vas voir, un jour, Marielle!

Marielle et ses amies poursuivaient leurs activités tranquilles, le bras de Marielle enveloppait parfois la taille de Geneviève, c'était là, pour Geneviève, le solide, l'affectueux réel, quand au même instant, à quelques pas, Lali dansant avec une amie sur une ombreuse piste de danse, l'entraînait vers une zone de contemplation intérieure que tout séparait de ce réel, même de ces autres femmes pourtant si aimables, riant et bavardant près de Geneviève.

— Alors elle est arrivée, ta femme? demandait Marielle à La Grande Jaune.

— Non, mais ça ne fait rien, si elle ne vient pas, j'en trouverai une autre.

— Tu apprendras, ma fille, qu'on est toujours seule dans la vie.

— C'est des histoires, ça. Hier, j'avais une femme, demain ce sera pareil. C'est comme le « pot », y en a toujours. J'ai même eu une femme qui parlait que le grec.

— Ah! Oui, qu'est-ce que t'as fait?

— J'ai appris le grec, une dizaine de mots.

La danse achevait: acceptant l'invitation de Marielle, Lali et son amie vinrent se joindre au groupe. Assises l'une près de l'autre, main dans la main, Lali et « Le Croisic » (Marielle donnait souvent le nom des lieux à celles dont elle ne connaissait pas le prénom encore) environnées de la chaleur des amies, donc ayant déjà quitté le domaine de leurs rêves personnels et laissant courir au dehors ce qu'elles avaient concentré, en dansant, l'une en l'autre, les deux amies, peut-être parce qu'elles étaient toutes deux Européennes dans un monde qui ne leur ressemblait pas, paraissaient soudain ne plus former un couple d'amantes mais de sœurs. Était-ce un rite, pensait Geneviève, pour Lali, de prendre aussi délicatement la main d'une amie, de préserver, malgré ses sourires pleins d'hommages à la femme élue, une prudence et une froideur qu'elle conserverait peut-être jusque dans la solitude de ses étreintes? Même habitée par cette présence voisine, elle-même mélancolique et qui livrait au clapotis des conversations et de la musique qu'elle jugeait « barbare », la fraîcheur d'un accent venu d'un des plus beaux ports de France, et en ce chaos de sons charmants, la rigueur de la langue française, Lali ne semblait pas jouir de tout ce qui était pour Geneviève si doux à entendre et aussi à voir... Sa main seule, en un mouvement gracieux qui n'était pas dépourvu de raideur, retenait à elle, comme la corde d'un naufragé suspendue à un roc au milieu de la mer, l'autre, fermée et secrète, l'amie à qui tout était promis pourtant et qui était déjà « la sienne », l'amie de Lali, pour la longue nuit qui venait, mais l'amie qui doutait peut-être, elle, promenant vers l'ascétique profil de Lali son regard timide, si Lali Dorman qu'elle ne connaissait pas quelques jours plus tôt, était aussi consentante qu'elle-même. On sait si peu de choses, pensait Geneviève en étudiant le subtil jeu de séduction de Lali auprès des femmes, de la sexualité des femmes entre elles (car presque toujours, celle-ci est aperçue du point de vue de l'homme, soit qu'elle le gêne dans son expression virile, soit qu'elle lui serve de luxe pour amplifier ses plaisirs secrets auprès de sa femme, de sa maîtresse, et était-ce vraiment un « jeu » quand une femme exerçait auprès d'une autre, comme le faisait maintenant Lali, son pouvoir, par l'intensité des regards plutôt que par la contrainte des gestes, laissant comme au repos son corps pendant que s'élève au fond de ses prunelles un feu dont elle maîtrise tout le langage? Il est vrai que toutes n'étaient pas aussi patientes que Lali et son amie. « Comme ça, t'as passé la nuit avec Berthe? » demandait La Grande Jaune à Marielle. « Ah! parlem'en pas, quelle agrippeuse, celle-là, je saute dans son auto pour rentrer chez moi plus vite et elle m'invite pour le café et tout de suite après c'est le gros *french-kiss*, mais c'est la dernière fois qu'on me prend comme ça... si j'ai pas accepté ça des gars, pourquoi je l'accepterais d'une fille? Quand est-ce qu'elle va vieillir, Berthe? Apprendre à respecter les autres, hein? Ça se dit plein d'amour universel et, à la première occasion, bang, ça vous dévore, j'aime donc pas ça, sais-tu ce que ça me rappelle? Je faisais du service social dans une famille d'émigrants, l'an dernier, j'avais un idéal, toute la patente de la charité dans le monde, tu sais, du matin au soir, je lavais les planchers, je faisais manger mes invalides quasiment sur mes genoux, un jour j'allais dans une famille italienne où la mère était trop faible pour faire le lavage, le lendemain, ailleurs, et je me disais, ça c'est vivre avec décence, tu sais ce qui m'est arrivé? Un bon matin, j'étais seule dans une maison comme ça avec un bonhomme paralysé d'un bras, j'étais à quatre pattes, lavant le plancher et tout à coup, le bonhomme se lève, et l'idée lui prend de vouloir me violer... Imagine-toi, moi, me violer! Alors, j'ai fini le service social, et Berthe aussi, c'est fini...

— Tiens, ça doit être mon genre, je vais lui demander à danser, dit La Grande Jaune qui regardait ailleurs et qui n'écoutait plus Marielle depuis longtemps déjà. Le « genre » dont parlait La Grande Jaune était encore une fois pas le sien. Là où cette fille dans sa maladresse ne pouvait approcher quelqu'un sans se dandiner comme un singe, les divers « genres » qui l'attiraient étaient souvent de passage et d'une qualité exotique, éthérés qu'elle ne pouvait saisir qu'à travers la fumée « de la mari » dont elle remplissait son être, jusqu'à la stupeur, assise dans les toilettes. Ainsi se succédaient pour elle des rêves, d'abord très sensuels qui mettaient l'eau à la bouche à l'animal qu'elle était, lesquels, peu à peu, sous l'effet de la drogue, dissous comme des ombres, rendaient à la civilisation La Grande Jaune et sa gloutonnerie domptée par un autre vice. Ses yeux pétillaient encore, mais vaguement assoupis, lorsque plongeait soudain dans l'aquarium échauffé de ses désirs un modèle noir new-yorkais repoussant d'un seul de ses superbes mouvements, toutes celles qui soudain n'avaient plus l'air de danser mais de trottiner sur place, alors emportée par les transes de la somptueuse visiteuse, La Grande Jaune s'écriait des profondeurs de la brume: « *Oh! Beautiful! Beautiful! Oh! boy, so beautiful!* » comme si la drogue lui eût prêté pour la nuit l'art de ressentir ce qu'elle ressentait peu en temps ordinaire, que la déesse qu'elle contemplait ne lui était pas que supérieure dans son autorité animale, mais parce que tout, en elle, des pas, de la révolte cabrée des épaules et des hanches, tout en elle était musicien...

— Ah! c'est Rita June, dit Marielle, elle vient nous voir une fois par mois, quand elle passe par ici pour sa *job*... mais c'est toujours très vite, comme une étincelle...

— *Beautiful*, répétait La Grande Jaune, en bégayant de bonheur, *hello, Rita June, come with us...*

Sans se soucier de ses admiratrices, la jeune femme dansait seule et pour elle-même, elle eût dansé ainsi toute la nuit, mais « quelqu'un l'attendait toujours », disait Marielle, aussi essuyant dans son éblouissante chevelure ses mains moites de sueur, Rita June interrompait à regret l'allègre sacrifice qu'elle venait de faire d'elle-même (car c'est à une danse du sacrifice que par instants elle avait arraché comme des temps antérieurs, de la forme de ses doigts osseux, des appels saccadés de ses mains, de l'offrande délirante de sa tête) mais cette fois-ci un sacrifice victorieux, pour mieux revivre, et livrant aux filles, avec la blancheur du blanc de ses yeux, l'intacte blancheur de ses dents, elle les provoquait maintenant par une invitation qui ressemblait à un refus:

— *Sorry, girls, no time for a drink!*
— *Just one, please!*

— *O.K. girls*... si cela plaît à vous, cela plaît à moi aussi...

Malgré son état comateux, La Grande Jaune se réveillait toujours lorsque Rita June, venue pour elle « du monde de la gloire, un modèle de New York, tu t'imagines, avec nous autres, à l'Underground », jetait soudain par-dessus sa tête son chandail, « un chandail de chez Dior », soupirait La Grande Jaune, tel un objet qui la gênait, faisant ainsi dons, et le sachant bien, à l'odorat gourmand des unes, de ses aisselles ruisselantes dans la toile du chemisier rouge qu'elle portait cette nuit-là. Plus enivrée par leur parfum que par l'odeur de sa cigarette, La Grande Jaune n'avait que le temps de goûter sans la prendre cette contente sauvagerie, et vite emmitouflée dans son manteau de léopard, le modèle noir s'éloignait en disant: « Au revoir, *girls, somebody is waiting for me...* »

— Ben c'est comme ça, soupira La Grande Jaune, elle s'en va déjà, y a donc du monde chanceux, y dorment jamais seuls...

Ce serait bientôt la fin de la nuit, pensait Geneviève avec soulagement, lorsqu'elle vit Lali et son amie qui se levaient à leur tour pour partir, Lali s'attardant selon son habitude à quitter ces lieux qu'elle aimait, délaissant sa compagne pour aller saluer ses intimes, René et Louise, boire un dernier verre à leurs côtés. « On revient, oui on revient d'un *party,* dit René, cela ne se voit pas avec mon bel habit de tweed et ma cravate à pois? » « Belle, dit Lali, en souriant... » « Non, beau, corrigea René, arrête de te gratter la joue comme ça, Louise, c'est laid, cette sorte de nervosité (cette remarque de René s'accompagnait d'une gifle légère que Louise reçut sans se fâcher, levant vers le plafond d'un air tolérant sa haute tête de statue étrusque), tu viens dormir chez moi ce soir, *little brother?* » Lali ne répondit pas, indiquant seulement par la complicité d'un regard vers son amie française qui attendait son manteau, au vestiaire, qu'elle ne serait pas libre ce soir.

— Et tu vas chez cette personne, pour la nuit, dit René, sans même connaître son prénom, je parie, c'est bien comme toi, *brother*. Élise... elle s'appelle Élise, c'est une femme cultivée et sensible, et toi, tu ne lui poses aucune question... Est-ce qu'on vous apprend les bonnes manières en Autriche?

— Vous venez? demanda Élise à Lali d'un ton inquiet, il est déjà tard...

— *Yes, yes,* dit Lali, encore *a few minutes*...

— C'est que j'ai des cours très tôt demain matin, dit Élise, avec une expression digne, et vous aussi m'avez-vous dit, vous avez des obligations professionnelles tôt demain...

Geneviève voyait de plus près maintenant la noble Française aux yeux cernés, n'y avait-il rien de plus émouvant parfois, songeait-elle, qu'un visage de femme mûre, marqué par la fatigue et traversé de ce doute: « Suis-je aimable? Viendra-t-elle? » Ce visage se détendit soudain, se comparant peut-être à cet autre visage que Lali emporterait dans la nuit, quelques heures plus tard, celui des Vierges bretonnes dont on peut encore contempler les vestiges dans les fresques des églises, en quelque village perdu, là où le temps a effacé la finesse des traits, le regard bleu persiste, s'obstine à de tendres méditations.

Lali était là, elle prenait à nouveau la main d'Élise dans la sienne, comme pour la guider, étant des deux la plus grande, la plus alerte, et même si par modestie Élise hésitait encore à la suivre, les yeux bleus de la Vierge n'étaient plus résignés qu'à la sollicitude maternelle, ils disaient ici à une femme: « Je suis à vous. »

Lorsque Geneviève rentrait à son hôtel ce soir-là,

une lettre de son amant l'attendait. Jean lui rappelait qu'il viendrait l'accueillir à l'aéroport de Paris, dans quelques jours. Geneviève retrouvait sous cette écriture hâtive et sèche ce qu'elle n'aimait pas en lui, un ton d'autorité, cette sourde défense qu'il érigeait constamment entre elle et le monde, son monde, celui de Lali, des femmes. Il fallait revoir Lali, pensait-elle, quitter ces frontières déjà connues pour une liberté nouvelle auprès d'un autre être dont elle ne savait rien. Ce qu'elle ignorait, en recouvrant d'une esquisse de Lali la lettre de Jean, c'est qu'une femme rencontrée dans un bar n'est pas une femme rencontrée dans la rue, on la voit naviguant au milieu de plusieurs atmosphères, métamorphosée par celles qui l'entourent, ainsi pendant tout ce temps où elle n'avait fait qu'assister à ce spectacle où, l'heure venue, chacune de ces têtes entrait dans son cadre, Geneviève n'avait pas su que ce qui l'envoûtait derrière tout cela, c'était, plus qu'une expression artistique, une femme, une passion. Soudain, une nuit, elle ne fut plus celle qui regardait de l'extérieur l'aventure que vivaient les autres, ce n'était plus la main d'Élise que Lali prenait dans la sienne, par un retour de privilèges que ne gouvernait aucune loi morale, Élise que Lali avait choisie la veille, n'était plus là, et c'est la main de Geneviève, à sa propre surprise, qui reposait dans celle de Lali. Mais ce sentiment qu'on peut être envoûté et lucide à la fois ne la quittait pas, pourtant: elle se souvint des chiffres illuminés annonçant qu'il était minuit, au centre de la ville, lorsqu'elle y passait, quelques instants plus tôt, de l'impulsion folle qui la poussait vers le bar, et tout le reste de la scène avait été préparé par le destin, Marielle étant là pour l'incarner ce soir-là, unissant des éléments épars, dissemblables que le destin, à lui seul, eût tenus à l'écart.

« Je t'avais bien dit que je te ferais un cadeau avant ton départ pour Paris... Mais il faut que tu nous reviennes vite... » Même si Geneviève eût aimé poser quelques questions à Lali, si elle aimait ce pays, son métier, cela semblait vain, Lali ne comprenant pas toujours le français, et la musique du *box* envahissant l'endroit de son néant sonore, lequel était très bruyant et peu fait pour l'échange: « Mais on peut pas vous faire boire seulement avec des *slows,* expliqua Tony, vous en demandez trop... » Lali s'accommodait toutefois de cette musique et la rythmait de brefs mouvements de la tête, s'immobilisant parfois pour poser un regard pénétrant, en penchant la tête de côté, sur celle qu'elle découvrait à son tour, avec gravité. Est-ce ainsi qu'elle regardait Élise, hier? se demandait Geneviève. Mais il était sans doute préférable d'oublier Élise en cet instant. Geneviève espérait conserver, pendant ces quelques jours, ces quelques nuits qu'elle se préparait à vivre avec Lali, une conscience aiguë de ces heures que la vie lui offrait, pour aimer, et elle ne comprit que plus tard qu'elle avait vécu ces heures, en aimant peut-être, mais si consciente de Lali et d'elle-même qu'elle avait oublié tous les autres. Ainsi, une visite promise à sa famille, un appel téléphonique à Marielle, même si sa famille et Marielle lui étaient chères, elle n'avait pas pris le temps de penser à des êtres qui rendaient pour elle, soudain, plus inexorable ce moment où il faudrait se séparer de Lali, revenir à des régions de la vie où elle ne serait plus... Que signifiait cette expression fixe et douloureuse qui hantait parfois les yeux de Lali, lorsqu'elle était seule à l'Underground, buvant tard la nuit, après sa journée à l'hôpital, cette expression, ce sourire crispé, c'est tout cela que Geneviève tentait de déchiffrer pendant le temps de cette idylle, qui était-elle loin du bar, habituée à l'amour des femmes, à leur chaleur, que leur confiait-elle en les invitant dans son lit glacé, elle qui défendait déjà ses premiers silences? « Je parle trop de moi-même, disait Lali à Geneviève, jamais moi parler comme ça à quelqu'un. Oh! non... » Son accent apportait à Geneviève des bribes de tous les coins du monde, et lorsqu'elle consentait à parler d'elle-même, une profonde misère montait de ses récits, ainsi Lali, en donnant l'amour, sans le savoir, livrait sa vie, ce qu'il en restait peut-être, une fumée sanglante au-dessus d'un paysage dévasté.

Longtemps Geneviève se souviendrait des récits, de tout l'être de Lali, avec ce sentiment blessé que soulèvent bien des passions qui ne durent pas... Le déchaînement des vents, en ces nuits d'hiver, leur lamentation pénétrant toutes les fentes dans la grande maison de Lali, perdue au fond des bois, à la lisière de vastes champs plats et gelés, ces sons emplissant peu à peu la terreur de la nuit, ce trou noir dans lequel Lali, pourtant, avait l'habitude d'y venir étendre chaque nuit, son silence, sa fatigue, fortifiée par la présence des choses qui demeuraient là pour l'attendre, le reflet d'une lampe qu'elle avait allumée le matin, égrenant sa pâleur sur le sentier de neige, son chien noir qu'elle se mettait aussitôt à gronder parce qu'il avait dormi sur le sofa, ses chats qui avaient sali de leurs poils sa table ancienne, dans la cuisine, toutes ces présences captives ne chuchotaient-elles pas à sa rencontre: « Viens, nous sommes là, nous t'attendons. »? Mais pour Geneviève qui aimait surtout la ville, ces mêmes sons et surtout la plainte du vent dans les arbres sans feuilles, cette sécheresse venteuse passant partout, même sous les portes les plus closes, pendant qu'elle emprisonnait de ses bras les côtes maigres de Lali, auraient longtemps pour elle l'écho de la voix de Lali parlant en mots cassés, « de ce temps-là, oui, après la guerre... *I was little,* on mangeait bien quand même... mon père *was a baker*... *so we had bread every day*... mais tu sais quoi... Il y avait une grande cheminée dans la maison, et il y avait, comment t'appelles donc ça? un trou, une fissure dans la cheminée, et je regardais pendant des heures, ah! je pensais *with terror,* cela va tomber sur mes petits frères et moi et nous allons tous mourir, mais en même temps, plus je regardais, moins j'avais peur... » Geneviève songeait que c'était peut-être, encore aujourd'hui, cette brèche infime dans la cheminée que contemplait par instants le regard désolé de Lali, lorsqu'elle buvait seule au bar: de cette brèche, n'était-ce pas tout un monde sépulcral qui s'échappait? Celui des victimes dont on ne se souvient plus des visages, de réfugiés, d'errants dont les dos courbés, les pieds vêtus de loques longtemps vous persécutent? Toute l'enfance de Lali allait et venait par cette fente apocalyptique, et comme elle avait été seule autrefois à fixer de ses yeux agrandis la fuite des malheureux sous l'incendie de la guerre, et par l'ouverture dans la cheminée, la menace d'une catastrophe qui, en éclatant, emporterait son existence, elle était seule encore pendant ces nuits où confiant sa détresse à une autre femme tout en recevant d'elle son plaisir, elle savait pourtant que l'autre « ne savait pas, ne pouvait pas comprendre », ce qu'elle avait vu, imaginé et senti en ce temps-là, en ces jours hagards que l'autre ne voyait que comme un livre d'images aux calmes horreurs. Et autour de ces ruines universelles qui s'élevaient sous un ciel gris, étouffant, des enfants continuaient de vivre, mendiant l'air et le pain, l'égoïsme, les besoins de chacun s'épandaient, « *my mother went mad, then...* », disait Lali, était-ce plus tard, ou avant, Lali ne le savait plus, « *everything was madness...* » mais Lali se souvenait qu'au triomphe de la violence sur la terre, à la crainte des fusils et des soldats, le martèlement d'une colère sourde, familiale, éclatait aussi, plus dangereuse encore car elle était plus proche et recouverte d'une sombre sauvagerie qui faisait parfois paraître le monde et son drame comme des décors en flammes autour d'une scène de massacre qui, elle, se passait dans l'intimité. Était-ce en un paisible soir d'été ou d'automne où enfin on avait vu l'espoir de vivre enfin en temps de paix, « *without that fear* », que Lali avait vu ses parents se lever de table pour se poursuivre l'un et l'autre dans la maison avec des hurlements, sa mère brandir contre le mur un couteau en criant à Lali: « Si tu ne veux pas de ces fèves, va donc manger avec les cochons, toi! », cela se passait dans une autre langue et dans une brutalité qui inspirait encore la même angoisse à Lali car elle n'avait pas compris pourquoi on lui disait « d'aller manger avec les cochons » en une petite ville autrichienne où elle n'en avait pas vus souvent. Mais c'était peut-être sous le soufflet de ce mépris que le sourire de Lali avait pris ce pli crispé, têtu et douloureux, en ce jour où regardant ses parents avec froideur elle avait décidé « *to be silent, to be cool, to go away...* oui, partir, en Allemagne dès que j'ai eu seize ans, puis plus loin encore, en Amérique, plus loin encore... ici, dans ton pays... et maintenant je suis bien, ils ne peuvent plus me retrouver... » et cet aveu allait plus loin pour Geneviève qui pensait: « Non, ils ne peuvent plus te retrouver, Lali, ni eux ni personne... » Pour Geneviève qui ne revivait pas les mêmes souvenirs, absorbée par le bonheur du présent, il eût fallu, pensait-elle, adoucir sous ses caresses ces mortifications qu'avait connues autrefois Lali, dont son corps semblait encore porter les traces, mais elle ressentait aussi qu'il y avait tant de silence entre deux êtres que la satisfaction sexuelle ne tisse souvent entre eux que le repos, l'apaisement d'une illusion. Lali cesserait-elle de souffrir parce qu'elle l'aimait tant? Non, pensait-elle, son secours était aussi léger que celui de la morphine pour ces cancéreux dont Lali lui avait raconté l'agonie. Un soir, on les voyait s'apprêtant à de sublimes prétentions pour mieux rassurer leur famille, leurs amis, on disait « comme ils ont l'air bien », on les avait vus se lever pour une heure ou s'asseoir dans leur lit, se laisser vêtir de leurs robes de chambre, tolérer le maquillage sur leurs joues caves, la famille, les amis les avaient quittés en pensant: « Il nous a parlé d'aller en Chine, il va mieux... » mais Lali, elle, savait ce qui se cachait sous ce drap des apparences héroïques, à l'aube, elle s'était penchée sur des corps transpercés d'aiguilles que la vie avait quittés, elle avait vu tous ces cratères par lesquels elle avait tenté, elle comme les autres, d'infliger l'espérance, la résurrection, tout ce viol de la drogue dans une chair déjà condamnée, consciente sans doute, par tous les sens de l'âme, de sa propre putréfaction. « Pourtant, je vis, tu vois bien, et je veux être heureuse », disait Lali dont le sourire défiait soudain tous les cauchemars pour venir se fondre sur les lèvres de Geneviève. « Il faut toujours vouloir vivre, tu ne penses pas, parce que c'est beau aussi, c'est vrai que toi tu retournes déjà à Paris dans quelques jours? »

— Oui, mais je reviendrai vite, répondit Geneviève, j'ai une exposition de sculptures là-bas...

La tête de Lali quittait brusquement l'épaule de Geneviève, un premier silence passait entre elles: Geneviève, sculpteur, habitait un univers étranger à celui de Lali, plus scientifique, plus rationnelle. Pourquoi l'art devait-il exister, semblait réfléchir Lali, pendant que sa tête glissait au fond de l'oreiller, oui de quel droit, dans un monde que gouvernaient surtout d'impitoyables réalités, telle l'usure de nos vies communément par le travail et la souffrance?

— Et quand je reviendrai, ce sera peut-être le début d'une autre vie pour moi, ici, tu m'écoutes, Lali?

— Bien sûr que je t'écoute, dit Lali avec impatience.

« Je parle trop, pensa Geneviève, ce n'est pas de cela dont elle a besoin », et elle se rapprocha à nouveau de Lali dont l'expression du regard, s'arrêtant sur elle, lui parut impénétrable. Même si elles étaient si proches l'une de l'autre, se livrant soudain chacune à leurs pensées, ne venaient-elles pas de rompre, pensait Geneviève, le fil d'une béatitude toute physique, insulaire.

— *I will miss you,* dit Lali plus doucement.

Mais le mot « manquer » pénétra l'esprit de Geneviève avec une plus claire intensité, c'est qu'elle imaginait déjà ce qui était encore pour Lali un paysage concret, la chambre, le lit, le côté du mur que Lali avait peint en bleu, la petite table de chevet qui contenait les cigarettes, le dictionnaire de Lali, dans lequel elle cherchait, aux moments les plus inattendus, le vocabulaire indispensable, tout cela qui enveloppait encore Lali de sa toile éphémère, devenait déjà pour Geneviève, qui avait le pouvoir de l'imaginer demain et plus tard, « le souvenir de Lali », et avec lui le déchirement de sa privation. S'il est doux de contempler un foisonnement d'images quand on serre dans ses bras la personne qui vous les inspire et qui vous les fait voir et sentir, Geneviève n'ignorait pas que ce même profil fermé, vu dans la solitude de l'avion qui la ramènerait à Paris, lui infligerait soudain tous les doutes, toutes les craintes. Et ainsi pour chaque geste, chaque parole, on ne les perçoit pas, ne les entend plus de la même façon quand on a quitté ce que l'on voudrait garder près de soi jusqu'à la saturation, mais cette saturation, que le rythme, les obligations de la vie ne permettaient pas, ou permettent rarement, n'était-ce pas elle qui, parce qu'elle n'a pas lieu, provoquait l'œuvre artistique? On écrivait, peignait par désir. On refusait de laisser s'éteindre, dans l'obscurité des temps, le profil de Lali qui avait dit: « Je me tais, laisse-moi seule », ou le mur peint en bleu qui avait dit: « Regarde-moi pendant que tu es près d'elle, et ne m'oublie pas, je suis moi aussi comme tous les objets que tu regardes dans cette chambre, une partie de vous deux. » Ainsi, tout ce qui allait rattacher Lali à Geneviève était plus vaste que Lali elle-même, puisque c'était à travers les gens et les objets autour de Lali, le monde que Geneviève aimait. Mais ne serait-ce pas un supplice dans l'éclair de leur proche séparation, pensait Geneviève, de toucher, comme si elle était là, mais sans y être, donc sans espoir de nourriture, la nuque longue et creuse de Lali que seule une main caressante pouvait aussi bien connaître, se disait-elle, et de n'avoir devant soi si elle se trouvait dans un lieu public, songeant à Lali qu'elle aurait quittée, que de fortes nuques d'hommes et de femmes qui parlaient peut-être à d'autres avec leurs corps, à ce moment-là, mais qui ne lui parlaient pas, à elle, Geneviève, amoureuse d'une forme secrète qu'elle portait en elle. Au souvenir de la nuque de Lali, d'autres détails viendraient se tisser, la texture d'une blouse de médecin usée dont Lali revêtait son étroite poitrine de garçon lorsqu'elle avait froid, la nuit, le duvet un peu rugueux sur ses jambes athlétiques, peu importait l'incohérence de ces détails, leur apparente confusion éclaterait dans un ordre certain, pour Geneviève qui aurait pourtant l'impression d'être victime d'une tempête de tous ses sens, mais toujours ce ne serait que Lali et tous les mondes dont elle était le centre qui allaient vibrer en elle, le trouble ne viendrait peut-être que de cette pensée,

« tout cela me la fait aimer encore et encore, et elle n'est pas là ».

Si Lali était trop préoccupée, comme le sont tant d'êtres distraits par leurs tâches, pour aimer l'art, du moins pendant cette saison de sa vie si brève où elle révélait à Geneviève, tel un trésor, son âme faite d'un acier qui ne demandait pourtant qu'à fondre mais sans plier au contact d'une autre plus tendre, Geneviève continuait, elle, à retrouver avec joie en Lali cette essence d'une beauté pure qu'elle eût savourée dans un musée de Berlin, devant le *Portrait d'une jeune femme* de Van Eyck, peint, dit-on, après 1446... Par quelle fascination, quelle magie, pensait-elle, le regard de cette jeune femme morte depuis longtemps descendait-il soudain vers elle, hésitant entre le don de sa chaleur dorée et le retrait de la méfiance, dévoilant un même front haut et nu, la respiration de la jeune femme traversant jusqu'à l'opacité du tableau, sa farouche immobilité, pour laisser parcourir sous la peau fraîche de Lali le sang d'une nouvelle jeunesse qui teintait ses joues d'une même coloration que celle du portrait, d'un rose diaphane, si vulnérable cette coloration des joues de Lali que le simple effleurement d'un ongle déposait dans la matière même du tableau une fine craquelure...

— Et à Paris, *you will be with a man? How could you? I don't like men!*

Geneviève eût aimé parler de sa rupture avec Jean, ajouter aussi qu'elle avait aimé cet homme, mais que par instinct elle avait préféré les femmes, cela, depuis toujours, mais Lali lui tournait le dos dans un mouvement sec de tout son corps, disant qu'elle avait besoin de sommeil, et Geneviève se dit qu'il lui serait impossible d'oublier ce dos, cette tête refusés de Lali, lesquels coupant promptement à tout l'abandon qui avait précédé, rentraient à nouveau dans l'exil de Lali, s'éloignaient... s'éloignaient... Inconscient de cette séparation, l'un des pieds de Lali enlaçait encore la jambe de Geneviève, mais cette étreinte née du rêve, de l'habitude de Lali avec ses amies, plutôt que de rassurer Geneviève, ne rendait que ce moment plus cruel. Cette scène lui reviendrait étrangement en mémoire à l'instant où apercevant de dos l'imperméable beige de Jean, à l'aéroport de Paris, elle songerait: « Il y a cinq ans, c'était sa nuque à lui, son corps à lui que j'aimais, pourquoi ne m'émeut-il plus? » Mais à la voix de Lali annonçant dans un bâillement: « Je m'endors », ce n'est pas Jean que Geneviève vit venir vers elle, d'un pas lent, mesuré, comme s'il fût pris soudain de vertige en la revoyant, mais dans une sorte de brouillard fiévreux, cette tête aveugle de Lali contre laquelle elle s'était endormie à son tour, et s'éveillant, les minces cheveux de Lali dans son visage dont elle reconnut l'odeur. Après la torpeur d'une nuit en avion, elle s'éveillait à nouveau, mais cette fois, Lali n'était plus près d'elle. Le bras de Jean enveloppait son épaule d'un geste familier, il disait: « Tu peux te réjouir pour l'exposition, il y a plus de femmes artistes que d'hommes, cette année, c'est bien ce que tu voulais, je pense... » Une morne lumière tombait sur toutes choses, sur Jean buvant son thé devant elle, dans une perplexité qu'elle connaissait trop bien, car il ne tarderait pas à lui faire des reproches, reproches dont elle connaissait aussi la nature, car il cultivait une obsession des amies de Geneviève, sur les cheveux de Jean qu'elle ne désirait pas même caresser du regard, sur cette foule de voyageurs, conspirant autour d'elle, dans l'innocence de leurs retrouvailles, l'attente de leurs valises, pensait-elle, pour lui rappeler qu'elle n'était plus que cela, la femme d'un homme, la maîtresse de cet homme qui la regardait avec une inquiétude contenue.

— Tout cet épuisement, toute cette fatigue, pour une femme sans doute, encore... Depuis quand n'as-tu pas dormi, mon petit?

Ces mots prononcés à voix basse, pendant que Jean prodiguait vite autour de lui l'expression de ses yeux alarmés, firent tressaillir Geneviève de colère, car l'évocation de Lali lui tournant le dos en disant: « *I don't like men* », intensifiait soudain l'absence qu'elle éprouvait d'elle, de sa nuque creuse, de cette tête d'enfant d'après-guerre lui confiant le silence de sa détresse, cela pourtant, dans un mouvement de fière résistance et de dédain qui semblait dire aussi: « Nul ne peut pénétrer le silence de ma torture. »

— Parfois, Jean, je pense que tu ne sais pas encore qui je suis... qui nous sommes, nous, les femmes...

— Tu te plains sans cesse, et pourtant qui est plus libre que toi? Tu as ton atelier, ta chambre, ta vie... Quant aux femmes, cela ne me concerne pas...

Jean avait peut-être raison: peut-être s'efforçait-il, dans son amour pour elle, de tout lui « accorder », même cette liberté funeste due à chaque être humain. Cette liberté qui était la grâce et le malheur d'une vie et qu'elle n'avait pas su apprécier parce qu'un autre être, tout en s'en emparant, lui en faisait don. Qui sait, Lali ne tarderait-elle pas, elle aussi, à se sentir prisonnière comme elle se sentait elle-même prisonnière de la rigide liberté que lui offrait Jean? Que faisait-elle depuis qu'elle l'avait quittée à l'aéroport, n'était-elle pas dans les bras d'une autre, amoureusement tenue et noyée dans une autre présence que celle de Geneviève? Contempler la liberté, c'était contempler cela aussi, que l'autre se transforme en d'autres liens et auprès d'un autre corps...

Lali était sans doute aussi sincère lorsque, rejetant toute idée de rupture avec Geneviève, elle affrontait dans les rues, la veille, comme dans les bars d'une scène aussi visible, transparente qu'un aéroport international, toute condamnation sociale en gardant serrée dans la sienne jusqu'à minuit la main de Geneviève, en plongeant jusqu'au fond de son regard, ce regard d'une vigilance éperdue qui n'appartient qu'à ceux qui s'aiment (ce même regard qui peut les rendre si détestables pour les autres, toutefois), oui, elle était aussi sincère la veille, dans ce comportement, que le lendemain dans un autre, éprouvant des émotions opposées, et auprès d'une femme ne ressemblant en rien à Geneviève. Mais Lali avait-elle ressenti l'humiliation que Geneviève avait ressentie pour elle, lorsque soumettant ses valises à un officier des douanes ces mots hostiles avaient soudain franchi la dignité de leur amour:

— Elle part avec vous, « celle-là »?

Ces mots étaient des viols, d'imperceptibles coups de fouet à tout sentiment de dignité, mais Lali, comprenant souvent mal le français, n'avait pas compris pourquoi Geneviève rougissait soudain, resserrait son étreinte plutôt que de la renier, le sourire de Lali que les plaisirs de la nuit avaient adouci, dépouillé de toute âpreté, voguait comme au loin, s'évadait même de la bassesse de cet homme, et on eût dit que Lali, debout auprès de Geneviève, et en cet instant si aimante, eût exprimé par toute l'offrande de son visage, de son corps apaisé: « Ce n'est rien, je vous pardonne à vous aussi. » Mais cette harmonie venue de l'intérieur, une femme aimant les femmes pouvait y être aussi sensible que Geneviève elle-même, ainsi, pour se consoler de l'officier des douanes et de l'affliction qu'il avait causée, Geneviève se souvint d'une femme d'âge mûr qui, les reconnaissant, sans les avoir même jamais vues auparavant, mais cette connaissance fut vive, inaltérable, lorsqu'elle vit l'épaule de l'une accueillant la tête de l'autre, au moment de se séparer, leur fit en passant près d'elles, ce qui, pensait Geneviève, était plus qu'un salut respectueux, mais une sorte de révérence, l'alliage de ce geste et de la simplicité de cette femme étant d'autant plus étonnant que l'inconnue qui se penchait ainsi vers deux êtres graciles était une personne solide, d'allure montagnarde, et vêtue ce soir-là, de cette cuirasse bariolée que portent les skieurs, laquelle semble les rendre inamovibles et peu portés à cette souriante inclination du corps. Mais peut-être cette marque de respect de la skieuse penchant sa robuste forme vers les deux amies défaillantes à la pensée de se quitter émut-elle davantage Geneviève, parce qu'elle rattacha aussitôt à cette femme et à son geste d'autres femmes, d'autres gestes exerçant encore sur elle leur durable séduction, même si leur apparition dans sa vie avait été fugitive, très souvent. Cette femme ne leur disait-elle pas à toutes deux, avec la voix de l'expérience: « Reprenez courage, vous aimerez encore beaucoup et de bien des façons... » et cela que Geneviève ni Lali ne pouvaient entendre alors avec leur raison, elle leur faisait comprendre par une révérence complice pleine de gaieté dans laquelle elle semblait dire aussi: « En attendant, amusez-vous bien, je suis avec vous... » Geneviève n'avait-elle pas connu, depuis son plus jeune âge, ce même frisson d'allégresse à « connaître » ou reconnaître, des femmes qui, elles, l'avaient d'abord ainsi reconnue, et qui, fidèles à des rites anciens comme le monde, l'avaient ainsi secrètement abordée, et sans même la toucher, avaient imprimé en elle tout leur être? De toutes ces visiteuses à chaque heure accueillies, pendant un voyage, un arrêt dans une gare, une promenade dans un parc, comment eût-elle pu parler à Jean ou à tout autre homme qui ne fût pas comme elle, tout aussi sensible à des nuances qui ne sont pas de l'ordre de la possession, pensait-elle, mais plutôt une sorte d'éveil lent et sublime à la qualité, à la beauté des femmes, à cet amour profond qu'elle portait en elle depuis des générations? Jean parlait des femmes qui avaient initié tôt Geneviève à leur tendresse comme des « corruptrices », sa vanité jalouse ombrageant sur toute femme trop tendre auprès d'une femme qu'il voulait posséder, de cette fureur, de cette malédiction, si calmantes pour lui, si purulentes pour Geneviève qui ne pouvait supporter autour d'une sorte d'amour qu'elle avait choisi avec élévation, cette vulgarité, cette bassesse.

Ainsi, ce que Lali et Geneviève saluaient à leur tour chez la skieuse ce n'était rien de cet esprit corrompu, tentateur qu'un homme tel que Jean aurait pu apercevoir là, croyant ne pas se tromper, mais la nature de l'amour qu'elles avaient choisi avec une même conviction, et avec cet amour, toutes les femmes qu'elles avaient aimées, lesquelles étaient encore contenues en elles, ennoblies par leurs souvenirs. Geneviève pouvait se demander quels visages, quels profils passaient soudain devant le visage en apparence si rigoureusement appliqué à sa peine, de Lali, une inconnue venait de les sortir de la nuit, promettant que l'amour serait joyeux, et que Lali comme Geneviève ne pouvaient cacher à une femme aussi consciente de ses dons, cela malgré son charme robuste, que si grand soit leur chagrin de se séparer l'une de l'autre, elle lisait en elles tout un passé de caresses et de baisers et que c'était bien ainsi, l'avenir n'en serait que plus léger, si elles devaient connaître l'une par l'autre, beaucoup de souffrances. Geneviève se souvint d'une visite qu'elle avait faite un jour avec Jean chez une comtesse italienne, il y avait de cela plusieurs étés, mais la skieuse projetait derrière elle tout un écran de sensations parfumées, délicates. Jean discutait du prix de l'une de ses sculptures, sur la terrasse, avec le mari, et la comtesse avait dit en entraînant Geneviève vers sa chambre: « Laissons-les entre eux... Ils font à peine attention à nous... venez dans ma chambre, il fera plus frais, Lucia nous apportera du thé glacé... » Geneviève n'avait pas trahi Jean, elle n'en avait pas eu le temps, mais il avait semblé que pendant ce passage de la terrasse ensoleillée à la chambre de la comtesse elle avait cessé de vivre sous l'emprise d'un homme, de partager cette réalité tout extérieure qu'elle partageait avec lui pour céder complètement à cette seule attirance, la femme, et celle-ci, si lumineuse en cet été italien...

Si ces instants avec une femme dont le prénom était pour elle un chant, Maria-Anna, si ces instants avaient été trop courts, leur densité demeurait extrême. Une présence vaporeuse remplissait sa mémoire, ouvrant des bras chauds, répandant sur un oreiller de dentelles ses beaux cheveux sombres et odorants, la lumière de ce splendide été allait et venait sur l'opulence d'une femme offrant toutes ses richesses à la fois, les parfums de son linge fin comme sa poitrine nue, la paresse d'une courtisane, et sous ses sourcils noirs, l'intelligent regard de l'artiste qu'elle était aussi, c'est tout un tableau italien que les sens de Geneviève avaient saisi là, pendant qu'elle reposait un moment sur ce sein triomphant, celui d'une femme ennemie de toute sagesse, surtout par un jour aussi parfait, quand dans les rues de Naples, sous un ciel fastueusement bleu, jouaient les enfants et buvait aux terrasses des cafés toute une nonchalante jeunesse... Mais l'amour n'était pas non plus toujours aussi extatique que cette fugue italienne: parfois le quotidien tuait tous vos rêves. Geneviève connaissait assez les femmes pour sentir gronder, sous les silences de Lali, ses réticences dont la pauvreté du langage n'était pas toujours la cause, le chuchotement d'une répression, tout ce que le poids de la vie avait légué à un être qu'elle comprenait encore bien peu et dont Lali cachait à tous le drame. Pendant qu'elle étreignait Lali dans la chambre froide, ce silence, lié à la mélancolique tendresse qu'elles éprouvaient l'une pour l'autre, ne l'avait pas oppressée, mais soudain, pendant que le taxi les ramenait vers Paris, elle et Jean, ce silence lui parut aussi opaque et froid que la matière dont était faite la grisaille du jour qui se levait. Peut-être Lali était-elle incapable d'aimer, n'y avait-il pas en elle quelque chose de traqué, de dur? Ceux que l'on voit d'abord comme des anges, pensait Geneviève, ne le sont plus lorsqu'on les voit frapper trop fort ou agir avec violence, et Lali était à son égard d'une attitude irréprochable, d'une douceur peut-être redoutable si elle était profondément indifférente. Avait-elle suffisamment écouté Lali? Ne lui avait-elle pas trop parlé de la peinture, sujet qui l'ennuyait, et avec trop d'enthousiasme de ses projets de travailler avec d'autres femmes peintres et sculpteurs? Lali qui avait toléré sur son lit, pendant trois nuits, ses chats et l'abondance de leurs poils, ne s'était-elle pas levée en hurlant contre son chien lorsque Geneviève lui avait demandé si elle connaissait bien les musées d'Europe? À cela, Lali répondit sèchement qu'elle ne connaissait « que les bars de là-bas », puis sautant du lit en un seul bond, elle accabla son chien d'injures: « *Oh! you, bad boy, get out of here...* » s'écriait-elle, pendant que son poing, au bout de son long bras, tendu devant elle, dans une expression vengeresse, semblait tenir une épée.

— Ne le punis-tu pas trop sévèrement? demanda Geneviève.

— *Why!* C'est une question de principes, *I have to clean, not you, so, you don't care, I am not severe, I am just.*

C'est là, pensa Geneviève plus tard, qu'à cet instant, « l'ange a frappé trop fort... » Lali n'étant pas sévère mais juste, mais si cette sévérité qui avait le pouvoir d'incliner en un mouvement de soumission la tête d'un grand chien qui avait, selon Lali, dans les bois, la réputation de se livrer aux carnages d'un loup, que deviendrait Geneviève sous le tranchant de cette justice lorsque son tour viendrait, elle qui n'avait ni la docilité du chien, et pas encore appris la férocité du loup? Ne devait-elle pas se préparer dès maintenant à la révolte, à une obscure riposte qui la brisait déjà lorsqu'elle s'en imaginait le devoir? Parfois le visage de Lali s'adoucissait, son silence devenait moins lourd. Geneviève alimentait ses souvenirs de Lali de toutes les rigueurs dont Lali était victime, celles de l'hiver, de sa rupture récente avec une amie qui l'avait abandonnée après trois ans de ce que Lali appelait encore « un mariage » et de la rigueur, la plus terrible peut-être pour Lali, de vivre avec elle-même et son passé, et un caractère qui passait de la plus noble espérance à la tristesse la plus repliée.

Il y avait aussi l'hôpital et l'effort pour Lali, dans sa profession, de ne jamais se résigner à la fatalité de la douleur et de la mort. Lali transportait peut-être, même dans les bras de ses amantes, l'agonie d'hommes et de femmes dont elle ne parvenait pas à se délivrer, même dans sa sensualité, et cette pâle résurrection qu'était l'amour pour elle, parfois, ne pouvait toujours la distraire d'un mal que nul ne combat. Lali se souvenait d'une femme condamnée qui, dans son convulsif désespoir, l'avait suppliée de se dévouer pour elle, « *to teach her love and sex, because she was afraid to die without it...* » elle jugeait ces propositions blasphématoires, oubliant que, pour celui ou celle qui va mourir, l'amour de la vie peut aller jusqu'à ce blasphème. Geneviève se disait que ce que les patientes devaient voir apparaître soudain à leur trouble chevet, avec son fin visage d'un rose presque transparent, dans la blancheur d'un vêtement qui était déjà pour elles signe de leur deuil, c'était lui ou elle, avec cette perfection de l'ambiguïté des sexes, chez Lali, cette perfection qui pouvait inspirer à celles qui perdraient tout, autant de désir que de folie, c'était en un seul être confondus les Anges de la vie et de la mort, aimables, tangibles, et se tenant là tout près dans les dernières lueurs de l'aube, elles ne voyaient dès lors en Lali que cet éblouissant désordre charnel, si tranquille au pied du lit, et non la jeune femme qu'était Lali, qui avait grondé son chien la veille ou bravé la tempête pour aller quérir son chat, blotti au creux d'un arbre, dans la forêt. « *I just want to be myself, that's all* », disait-elle en secouant loin d'elle ces cris, ces implorations, dans une froideur absolue. Geneviève pensait aussi que ce que ses malades attendaient d'elle, peut-être, c'était cette divinité de l'accueil qu'elle avait pu contempler au musée Rodin, sans jamais en résoudre le mystère, dans cette mère enlaçant sa fille mourante, ne faisant qu'une avec elle, cela même dans ces sillons frustes dont le bloc de marbre était encore soulevé comme du labeur de l'agonie, écriture par laquelle le sculpteur entrait en agonie, lui aussi, la fillette allongée sur le sein de sa mère le précédant dans la mort. Cette œuvre de Rodin pouvait impressionner Geneviève pour d'autres raisons, aussi, pensait-elle: ne figurait-elle pas, comme Lali auprès de ses mourantes, les diverses expressions d'une maternité morale qu'elle avait souvent eu l'occasion d'observer entre femmes? Comment démontrer à Jean qu'une femme pouvait en choisir et en aimer une autre que pour la délivrer du poids de son passé, que pour lui inculquer au prix de toutes les abnégations, parfois, de tous les sacrifices, une nouvelle éducation de la vie? « Mais non, ce n'est qu'une question d'attirance sexuelle », dirait Jean, mais Geneviève se disait que même une grande tendresse risquait de passer dans la vie de ces couples comme un baume ou un souffle de fraîcheur sur un espoir, beaucoup plus secret, de guérir à deux ce que l'on ne peut soigner seule: une angoisse de vivre que les unes peuvent éprouver à l'extrême quand, plus favorisées, les autres l'éprouvent beaucoup moins, ne connaissant pas le malheur de la voir renaître comme la fièvre du printemps. Cette mère de Rodin, malgré son visage imprécis dont ne ressortaient que les traits forts du nez et de la bouche, affrontait l'avenir sans le voir, elle aussi avait peur de la mort mais ne l'eût jamais avoué car elle devait survivre pour d'autres à tous les tourments. Geneviève avait connu des femmes belles et sereines qui s'étaient emprisonnées ainsi dans le destin d'une autre, plus torturée, parfois, dix, vingt ans, pour garder l'autre captive d'une vie dont elle sortirait, inévitablement. Mais celle qui donnait ainsi chaque jour son sang, sa joie de vivre, à une autre dont le destin était de mourir étouffée dans sa voiture, au fond d'un fleuve, de finir asphyxiée dans une chambre d'hôtel, n'était peut-être pas toujours à plaindre, pas plus que cette figure de Rodin qui remplissait sans le trahir quelque devoir invisible, elle avait la consolation d'avoir prolongé en douceur, non seulement par une vigilance physique, sensuelle et maternelle, mais avec la constance d'un amour presque religieux, ce qui était condamné à périr abruptement un jour, en apparence au moment où tout allait bien, quand enfin on se disait que l'été se rapprochait et que le soleil serait plus radieux. Mais là où Geneviève pouvait voir dans une œuvre de Rodin une sorte de Pietà homosexuelle appuyant ses rêves, son idéal, d'autres respectaient peut-être davantage l'auteur et son œuvre en ne voyant en eux que le seul sujet qu'il eût traité, la douleur unique d'une mère tenant dans ses bras sa fille mourante. Mais Geneviève pensait que l'art seul, en ce monde, nous permet ainsi d'investir toute notre liberté et que chacun peut reconnaître là que sa douleur à lui est aussi universelle que l'universelle conception qu'un sculpteur génial en a eue. Aucun tribunal, aucune société ne peuvent ici défendre même à un meurtrier d'avoir l'illusion qu'il est devenu bon au contact d'une œuvre belle, car cet espoir n'appartient qu'à lui. Geneviève, comme beaucoup de femmes aimant les femmes, n'avait pas l'impression de chercher particulièrement en ses amies, des mères ou des sœurs, parce qu'elle recherchait en elles toutes l'amitié, la compréhension, l'amour. Non seulement en l'une d'elles, mais en plusieurs, ce qui donnait à sa vie avec Jean (qu'elle considérait maintenant comme une erreur de jeunesse) un aspect double et de plus en plus inquiétant, car il lui semblait que ce qu'elle partageait avec Jean, elle l'enlevait à ces autres femmes, encore inconnues, que la vie aurait pu lui offrir. Mais soudain la rencontre de Lali, même si elle se demandait, séparée d'elle, si elle n'avait pas rencontré l'ange des ténèbres plutôt que l'ange de la lumière, lui montrait qu'en continuant de vivre avec Jean, elle ne pourrait que continuer d'offenser cet homme. Jean ne semblait plus vouloir affirmer cette virile arrogance qu'elle avait si souvent détestée en lui. Peut-être la méprisait-il trop, soudain. Elle remarqua, lorsqu'il alluma une cigarette, dans le taxi, que sa main tremblait, mais plutôt que de s'arrêter au tremblement rétif de la main de Jean, c'est le souvenir de Lali qui lui revint, le geste solennel, touchant de Lali, amenant dans sa voiture américaine, une amie qu'elle ne connaissait pas la veille, et mouillant de ses lèvres, avant de les lui offrir tout en les lui glissant dans la bouche d'une main experte, ces cigarettes, instruments de séduction mais aussi de coutume (combien de fois n'avait-elle pas fait ce même geste avec d'autres, avant?), ce geste de défi qui était aussi une douce invitation à d'autres plaisirs qui suivraient, car la route serait longue dans la nuit, et il neigeait encore abondamment, ce geste de Lali, pensait Geneviève, s'inscrivait déjà en vous comme la marque d'une étreinte. Mais peu importait si Lali usait des cigarettes comme d'un rite, car quelle femme ne le faisait-elle pas pendant cette période où l'attente est encore courtoise, réservée? Si l'on savait prévoir l'être et ses actions en jugeant selon ce premier échange des cigarettes, pensait Geneviève, on pourrait déjà discerner tout son avenir mais, d'habitude, on ne voit ni ne discerne, c'est dans la fumée d'un ensorcellement que l'on voit l'autre goûter avec vous à un objet insignifiant auquel elle a apporté sa propre saveur, en le portant d'abord à ses lèvres. Au fond, si Geneviève avait pu comprendre, encore dans la voiture de Lali, ce qu'elle comprenait maintenant, loin d'elle, aux côtés de Jean, ce geste de Lali, loin de l'émouvoir et de la charmer, lui eût paru, détaché, d'une exquise neutralité n'engageant que Lali elle-même. Car une amie plus possessive, plus avide de connaître l'autre, n'eût-elle pas agi autrement, imposé de main à main et d'un geste brusque et conquis, sans passer par ses lèvres pour orner le vide de tout cela, sa cigarette, offrant sans penser déjà à ces petits actes de séduction? Ce sentiment d'avoir été leurrée par les gestes de Lali deviendrait plus vivace encore pour Geneviève, lorsque s'enfermant seule chez elle, dans son atelier (même si elle partageait la maison de Jean, il franchissait rarement le seuil de sa retraite), elle réfléchit à son aventure comme à un rêve, car le romantique décor qu'il y avait eu autour de Lali semblait disparaître soudain et ne laisser place qu'au vide. Avant son départ, elle avait travaillé avec ardeur, maintenant elle regardait les quelques ébauches de ses sculptures gisant devant elle dans la lumière hivernale qui tombait du toit vitré non seulement sans ardeur, mais en frissonnant de dédain, car ces expressions du visage humain qu'elle avait voulu sculpter avec passion, ne l'habitaient plus, sauf pour la tourmenter par la pâleur de leur inachèvement. Elle eut pour ses propres mains, nerveusement nouées sur ses genoux, un regard de pitié, puis elle se rappela que les femmes qui n'aimaient pas toujours la fixité de son regard myope aimaient beaucoup ses mains, et elle se dit qu'elle recommencerait à travailler dans la joie qui avait précédé son départ. Jean préparait du café dans la pièce voisine: quel jour étions-nous? Jean avait parlé d'aller voir ses enfants, chez leur mère, en dehors de Paris. À part ce sifflement de la bouilloire, dans la pièce de Jean, on eût dit qu'aucun bruit n'existait, que tout se taisait autour d'elle, que seuls les objets respiraient et haletaient dans cette lumière matinale qui tombait du toit avec toute la tristesse du ciel. Elle évitait de regarder ses outils, ses esquisses dont la grossièreté lui déplaisait maintenant, un seul objet la hantait, c'était ce téléphone noir d'une laideur et d'une inefficacité monstrueuses, couché à ses pieds, le seul espoir qui la rattachait encore à cet instant à Lali. De si loin, de si près, elle entendit en tremblant ce murmure joyeux de la voix de

Lali qui lui apprit que là-bas: « Oui, on s'amuse beaucoup, surtout la nuit... je suis avec René et Louise, tu veux leur parler? *You remember,* René, *my brother?* »
« *Your brother?* » « Oui, tu sais cette fille que j'appelle toujours mon frère, parce que c'est vrai, c'est mon frère, et Louise, son amie... *We drink... we dance... you should be here with us...* » et à travers le rire lointain de Lali une note plus mélancolique vint jusqu'à l'oreille de Geneviève: « *Oh! I miss you, when do you come back?* »

— Dans quelques semaines...
— *Don't wait too long...*
— Je t'assure, Lali, pas plus qu'un mois...
— Mais c'est trop long, *much too long...*
— Je te téléphonerai dans quelques jours...
— *What? I don't hear you anymore...*
— Je te...

Mais même si interrompue par quelque difficulté technique, leur conversation se perdait soudain dans un épais brouillard, éteignant jusqu'au rire, jusqu'au souffle de Lali, Geneviève se sentit plus rassurée. Il lui semblait maintenant que ce jour blême, humide, finirait par passer (mais était-ce croyable que ce fût toujours pour Lali et ses amies, la nuit royale, la nuit païenne?) et que la nuit venue, Geneviève, renouant avec ses habitudes, marcherait seule dans un Paris désert, mystérieux, le sien, dont elle connaissait tous les bars et aussi l'étrangleuse solitude, si bien que sortant parfois dans la nuit avec un cœur fou de tous les désirs, elle rentrait chez elle comme après une promenade dans une église, recelant jusque dans les pierres de ses murs la glaciale fraîcheur d'un hiver que rien ne réchauffe. Elle passait partout comme un fantôme, on l'ignorait. Elle savait que même en entrant dans quelque antre malfamé qu'elle fréquentait depuis des années, une femme qui avait pu lui sourire, une semaine plus tôt, aujourd'hui l'ignorerait, seule peut-être la tenancière des lieux qui était espagnole et d'un tempérament irritable mais fougueux lui dirait en l'apercevant: « Ah! c'est vous, il y a encore une place en haut près du feu... d'habitude vous préférez en bas, il y a moins d'hommes... »

— Cette vieille vache ne nous a pas payées depuis deux mois, grograient deux jeunes filles, à la porte, aie, la vieille, laisse-nous rentrer qu'on te parle, on veut notre argent!

— Allez vous faire foutre!

La tenancière dont on apercevait la rondeur de la forme par le carreau d'une fenêtre basse, discrètement voilée d'une pénombre rouge, propre à la vie des bars parisiens, refermait, telle la grille d'un confessionnal, le rideau; les jeunes filles continuaient de frapper des pieds et des mains contre la porte en criant: « Ah! la vieille salope, elle nous a eues! » « Essaie donc de passer par la cour, Sabine, elle verra qui nous sommes... »

— Tu sais, elle me fait peur...

— Je vais lui tordre le cou, je te dis, quelle vache alors, tout ce boulot pour rien...

— Elle a des muscles comme un mec, pis elle est copine avec les flics, c'est que des flics avec leurs femmes qui viennent dans ce bar-là, on sait ça, nous autres, elle voulait nous avoir comme entraîneuses...

— Ah! la vieille vache, non, quand même!

Geneviève se demandait en observant le profil cupide de la tenancière si le cœur de cette reine qui fondait davantage les espérances de son royaume sur le gain que sur l'amour, si ce cœur céderait, un jour, mais bien souvent la tenancière demeurait imperturbable, n'ouvrant pas sa porte sous les frétillants coups de pieds de ses jeunes esclaves. On la connaissait ainsi depuis trente

51

ans: pourquoi changerait-elle? Comment « ces gamines » pouvaient-elles inspirer l'homme dans ses caprices nocturnes, discrètement lui souffler dans le noir, pendant une danse serpentine: « Si Monsieur désirait inviter pour la nuit la brune ou la rousse, ou bien les deux, je vous ferai un prix... » Non, on ne pouvait pas bien faire l'amour « et avoir l'air anémique de ces petites... » Buvant seule au bar, Geneviève feignait d'écrire ou de dessiner dans son carnet, ainsi les hommes ne l'invitaient pas à danser, mais elle cherchait du regard quel être pouvait se dérober sous l'une de ces anguleuses jeunes femmes qui travaillait « pour Madame » et qui ressemblait, dans son chemisier blanc, son étroit pantalon noir, tournant vers les hommes sa tête blasée (elle les repoussait les uns après les autres, ce qui semblait rendre pour eux le commerce encore plus excitant), à une couventine dont le développement eût été retardé, l'initiative sexuelle mise de côté pour cette forme de sophistication, de paresse? La voyant souvent, Geneviève l'avait baptisée « Le Visage sorti du tombeau », car elle lui trouvait si peu d'humour et de grâce dans ses poses, que cette fille jouait certainement à la morte pour paraître volontairement si peu vivante. Mais quelles émotions rôdaient sous ce mur tombal? Quels dégoûts avaient ainsi refroidi la jeunesse de ces traits qui n'exprimaient plus désormais qu'une rituelle servitude aux besoins des hommes, amenant chez eux, grâce à elle, des femmes qu'elle eût préféré broyer pour son plaisir sous sa sèche violence plutôt que de les soumettre à des caresses lubriques qu'elle exécrait; aussi, ne ressentant plus rien, elle n'exhibait plus d'elle-même que cette enveloppe vide, le pantalon noir, le chemisier blanc ouvert sur un cou de marbre n'étant plus que les ornements d'une innocence à jamais perdue, de la chair avilie qui ne tient même plus à plaire. Lorsqu'elle dansait avec des touristes de passage, c'était avec cette même cadence de pantin et elle ne s'éveillait de son désintéressement figé que pour saisir d'un geste précis le salaire qui lui était dû. Geneviève, qui avait fréquenté ce bar depuis des années, souvent aux mêmes heures et aux mêmes nuits, et souvent assise à la même place, n'avait jamais réussi à arracher de son tombeau le Visage qui avait trouvé là son ombre et dont on ne pouvait attirer le regard. On ne la voyait pas, on la remarquait moins encore, et Geneviève rentrait chez elle en se demandant si elle existait vraiment pour les autres, ces autres qui partageaient pourtant le langage de ses sens, et qui, d'une manière visible ou invisible, ne lui avaient parlé toute la nuit que d'argent. Il y avait parfois, vers la fin de ces nuits, une ironique consolation qui venait vers elle, cela avait une forte odeur d'homme aussi, mais la misère en adoucissait les tons crus, c'était une femme corpulente qui s'accrochait à son bras soudain, faisant tinter ses bracelets, étalant dans la lumière de l'aube, qui est souvent une lumière sans pitié, les perles de ses yeux, des yeux qui avaient bien servi et servi à tout, pensait Geneviève, mais dont l'arc vert d'un pinceau maladroit, sur les cils et les sourcils, exposait tous les dards pendant que la bouche, elle, souriait avec courage sous ses humides épaisseurs de pourpre: « Alors, mon petit chat, on est tout mignon et tout seul? Où l'on va comme ça? Est-ce que l'on veut bien m'offrir un pot? Ils m'ont encore insultée ces salauds-là, ah! les hommes, ma jolie, on n'est bien qu'entre nous, pas vrai? Vous savez ce qu'ils m'ont dit, non, vous ne devinerez jamais... Je buvais seule dans un pub du boulevard Saint-Germain, et soudain deux de ces cochons sont venus vers moi, m'ont demandé ma profession, mais je suis coiffeuse, c'est un métier respectable, je ne leur demandais qu'un pot, quelques cigarettes, rien de plus, ils m'ont insultée, en disant qu'une femme qui sort seule la nuit ce n'est qu'une putain... ah! mon poussin, me dire cela à moi! Ne marche pas si vite, tu rentres chez toi? Viens chez moi, on parlera... »

— Je dois vous quitter ici.

— Mais pourquoi si vite, ma chérie? On pourrait se comprendre, j'aime bien te parler... Avec les hommes, on ne peut pas...

— Demain, peut-être...

— Non, demain, j'ai un rendez-vous, je ne remets jamais rien au lendemain, moi.

À l'image de ces doigts pleins de bagues qui se refermaient sur son bras, à ce désespoir soudé à elle, Geneviève greffait dans son esprit, pendant qu'elle marchait aux côtés de cette femme, le symbole si modeste de ses gros pieds meurtris dans des sandales appartenant à une saison ancienne, poussiéreuse. Elle eût serré dans ses bras, tant elle était triste, à cette heure-là, toutes les déchéances incomprises dont cette femme, sous l'air d'une actrice de cinéma que le temps eût maltraitée prématurément, devenait le monument dont les ruines parcouraient encore les routes. Bien souvent, pendant que Geneviève errait ainsi dans la nuit, à la recherche d'une nourriture devenue pour elle si distincte que son absence lui causait une sensation de faim, elle était frappée soudain par la fausseté de son destin. Ce n'était pas vers une femme désirée qu'elle marchait ainsi, mais vers Jean ou son atelier solitaire. En vivant avec un homme, n'avait-elle pas fui toutes les femmes du monde? Peut-être avait-elle aimé Jean pour mieux préserver cette zone d'étrangeté et de froideur dont les artistes entourent leurs œuvres: il la laissait être, car il lui était étranger, mais un seul sourire de Lali, une inconnue rencontrée dans un bar, un être surgi brusquement de son propre azur ténébreux et dont elle ignorait, hier, l'existence, avait enchaîné en elle l'artiste et la femme. Elle avait vécu avec un homme de façon si séparée de lui, même en partageant son lit, qu'elle arborait partout sa solitude comme une armure, disant aux autres qu'elle n'aimait pas les couples (car elle n'en faisait pas partie), mais ce mot « nous » qui ne l'avait jamais effleurée pendant toute sa liaison avec Jean la pénétrait soudain d'une émotion douce lorsqu'elle pensait à Lali. Aussi, marcher dans Paris, s'attarder dans les bars et savoir que cette nuit, comme demain, Lali qui continuait loin d'elle son existence ne lui serait pas accessible réveillait en elle ce douloureux appétit que laissent les morts derrière eux: on les aime, ils ne sont plus là, et leur absence dévore même cet espace réservé à ceux qui leur survivent. Toutefois, pendant ce temps, même si Geneviève avait la certitude de ne pas marcher vers les bras de Lali, de n'être plus déjà celle qu'on attendait à cette heure de la nuit, dans les bars d'autres couples se formaient, de jeunes femmes allaient les unes vers les autres sans se connaître encore, la même électricité du désir ne tarderait pas à courir dans leurs veines, leurs joues à rougir du même émoi lorsqu'une danse servirait de prétexte à une première étreinte, et ainsi, pensait Geneviève, ce mot « nous », si réconfortant à entendre pour ceux qui ne sont plus seuls, chasserait de bien des vies la stagnation et la morosité. Aimer Lali, en particulier, jetait pour Geneviève, sur toutes les femmes en général, cette ardente lumière de l'amour qui n'appartenait pourtant qu'à un seul visage: une jeune femme en retrouvait-elle une autre, accourait-elle à un mystérieux rendez-vous, dans un café, que Geneviève franchissait soudain l'océan qui la séparait de Lali, il lui semblait avoir sur elle l'odeur de sa peau et entendre l'essoufflement de sa voix lorsqu'elle lui parlait à l'oreille. « *Yes, yes,* nous nous amusons beaucoup, *I miss you, please come back...* » mais que cette voix claire et lointaine, venue d'une autre extrémité du monde, parlait de choses troublantes! C'était ce mystère de Lali dont Geneviève ne savait pas s'il était tendre ou glacé, c'était le souvenir de cette opacité un instant ouverte, souriante, qui donnait à cet amour pourtant juvénile et moqueur l'élancement d'une longue maladie. Geneviève enviait soudain tous les couples de femmes qu'elle côtoyait, simplement parce que ces femmes étaient ensemble, quand pendant ce temps où Lali disait « s'amuser » avec Louise et René, c'est son corps entier, soudain détaché de Geneviève voltigeant seul vers ses plaisirs, donc aussi incontrôlable qu'une balle dans l'espace, qui interrompait par un « je » insolent le « nous » qui avait duré si peu de temps. Pourtant, Geneviève n'imaginait pas sa vie auprès de Lali, car peut-être n'y avait-il pas de vie auprès de Lali, sinon le silence d'une maison froide que viennent peupler le froissement de la vie animale, les pas feutrés d'un chien, des chats, et la plainte de l'amour quand Lali ramenait une amie de la ville, guidant par la main sur ses déserts de neige, pendant que le vent soufflait, une fille dont elle aurait vite jugé en la tenant près d'elle, en dansant, les capacités amoureuses. Peut-être même à cet instant, pensait Geneviève, l'amour était-il déjà mort pour Lali, quand pour l'autre dont elle retenait la main docile en disant « *take care, it is so icy...* », il ne faisait que naître. Lali, même lorsqu'elle n'était pas seule, rentrait dans sa maison comme en elle-même, l'autre ne s'aventurait pas dans ces pièces froides aux rites déférents: Lali rangeant avec soin son manteau militaire, Lali secouant la neige de son écharpe, préparant le repas de son chien, ces gestes si ordinaires enfermaient Lali, et Lali seule, dans le cadre de son immense austérité et cette austérité lui seyait aussi bien que le vaste paysage dans lequel elle vivait, cette blancheur traversée parfois d'une lueur rose.

Geneviève pensait aussi qu'à l'heure où l'hiver parisien répandait partout une humide grisaille dont elle avait l'habitude depuis des années, Lali et ses amies, elles, étaient cernées par la ouateuse intimité de leur hiver, cet hiver prolongeant ses indulgences, son énergique sensualité dans toutes ces petites habitations, ces caves d'ombres sous leurs voûtes de neige que devenaient les bars des grandes villes en cette saison. C'est ainsi que bien souvent les filles attendaient avec impatience cette saison en feu, flambant pour elles seules et leurs amies, quand les passants qui longeaient ces rues en luttant contre le vent pour descendre vers les rues principales, n'eussent pas même remarqué l'enseigne de l'Underground et moins encore aperçu les tièdes incendies qui couvaient derrière la vitre du souterrain, vitre fendillée que la boule de neige d'un étudiant ivre avait une nuit marquée du signe des taudis. Une école de musique et une bande d'étudiants s'égayaient aux clartés nocturnes de l'Underground, tels ces animaux partageant un même arbre secoué par la tempête, on les voyait sortir du feuillage de leurs livres et de leurs thèses, pour se pencher, accoudés à leurs fenêtres, vers trois heures du matin: « Alors, ça va les filles? demandaient-ils, vous êtes toujours aussi *gay* qu'avant? »

— Ouais, répondait Marielle, et on se plaint pas, ça va, vous autres, la biologie et la chimie?

— On travaille de la caboche, pas le temps de fourrer *around,* nous autres.

— Plaignez-vous pas, pas d'études, pas de salaires.

— C'est vrai, que vous avez une piscine en arrière? On a cherché, on n'a pas trouvé...

— Si on en avait une, les gars, c'est moi qui vous le dis, on vous inviterait pas, on est trop bien entre nous...

Geneviève revoyait avec affection Marielle jacassant avec les garçons du haut, pendant qu'elle frottait ses oreilles nues du bout de ses mitaines. Berthe l'invitait-elle à monter encore dans sa voiture « juste pour une causette à la maison » que Marielle s'écriait, renfrognée:

— Non merci, quand c'est non, c'est non. Quand j'y ai goûté, j'y ai goûté.

— Qu'est-ce que tu veux dire? demandait Berthe en sortant sa tête joufflue par la portière, t'étais pas contente avec moi?

— Je suis faite pour le célibat, répondait Marielle.

— Tu verras on s'en lasse. Qu'est-ce que j'ai fait pour ne pas te plaire?

— Rien. T'accroche juste un peu trop fort. L'amour ça ne se commande pas comme une tasse de café, dans un restaurant.

— Bon, ben tu réfléchiras quand même à ma proposition, j'ai une chambre de libre, l'autre je la garde pour développer mes photos, tu serais plus à l'abri que dans l'Est à cinquante piastres par mois...

— C'est tout réfléchi, ma fille, j'suis bête comme mes pieds des fois, mais au moins j'ai une qualité, je ne mens jamais, c'est pas une qualité pour vivre avec le monde de nos jours, bonne nuit, Berthe, pis parle-moi plus parce que je vais me fâcher.

— Je serais bien mieux en Afrique, disait Berthe en claquant la portière de sa voiture sur son opulence rejetée, oui bien mieux qu'avec des femmes qui ont pas même une once de chaleur par un temps pareil quand on gèle dehors et qu'on frit en dedans... »

Comme tous les soirs, Lucille, la championne de hockey née en Haïti, faisait-elle ce qu'elle appelait sa

« tournée », tournée de baisers venus du froid que Marielle commentait de ses exigences: « Comment ça, Lucille, tu me donnes des baisers mouillés? Tu sais que j'aime pas ça... »

— Tu deviens difficile, Marielle, tu devrais te marier.
— Jamais de la vie!
— Avec la perle de ton cœur, je veux dire. Juste ce qu'il faut, pas trop sexy...
— Ça fait rien, donne-moi un autre bec pendant que je suis encore libre... Hum, c'est bon, t'as mis ton chandail serré?

Lucille qui était solide et grande et dont les cheveux crépus dégoulinaient encore de neige, penchait la tête vers ses propres seins qu'elle contemplait avec un sourire maternel, ce sourire allant avec une insistante gourmandise de ses seins à Marielle à qui elle disait:

— C'est un cadeau de mon équipe de ballon-panier, regarde, c'est écrit dessus en grosses lettres: Victoire.
— Pour ça, oui, c'en est toute une, disait Marielle en riant. Tiens, tu me changes des idées de Berthe qui ne pense qu'à coucher avec moi, toi au moins, on sait que tu n'as pas que ça dans la tête, tu penses à ton championnat, c'est sain, ça, fais attention, La Grande Jaune est encore *stoned,* regarde-la qui branle devant sa bière, un jour y lui arrivera malheur, ça fait donc pitié...
— Ah! Marielle, être *stoned* c'est passer à côté de la vie, bon ben je te laisse, j'ai pas fini ma tournée, et il y a une petite fille qui me plaît bien là-bas, au fond, elle vient de Québec, qui sait, une chance peut-être, je te reverrai tantôt Marielle, fais pas ta dangereuse et griffe pas personne pendant que je te surveille pas...

C'était toute cette famille autour du fantôme de Lali, Lali qui, sans Geneviève, perdait sa consistance et revenait à son atmosphère, à ce foyer d'attirances, de chaleurs qui était le sien, c'était ce voisinage, tantôt trop étroit, tantôt en fuite et sur lequel de loin Geneviève n'avait aucune prise qui lui donnait ce sentiment d'être soudain si seule, si séparée de Lali. Cet amour lui semblait inexorable car elle qui avait longtemps gardé tant d'heures de son existence pour elle-même, ses réflexions, les projets de son avenir, ne pensait plus qu'à ce que faisait l'autre. Dans le tableau rieur que formaient Lucille, Marielle et leurs papillons de nuits, Lali arrivait la nuit parmi les siennes comme une étrangère: ne ressemblait-elle pas alors, eût-on dit, à ces pestiférés qui même lorsqu'ils sont beaux ne peuvent éviter de semer autour d'eux un rayon de silence et de mort dont on s'écarte. À l'apparition de Lali, on riait moins fort, on dansait plus calmement, pensait Geneviève. Lucille ne poursuivait pas sa tournée du côté de Lali, elle savait quelle moue contractée, peut-être même méchante, eût amoindri son offrande, elle tapait plutôt sur l'épaule insensible de La Grande Jaune en disant:

— Voyons donc, réveille-toi, c'est plein de gentilles femmes autour, à quoi tu penses de t'engourdir comme ça avec le *speed* ou le *pot* ou quoi encore?

— Laisse-moi tranquille.

— Sois polie, au moins, et toi, Lali, ça va toujours avec tes cancéreux? Ça doit pas être bien remontant pour le moral?

« *I am fine* », répondait Lali avec froideur, chassant d'un geste de la main la triomphante poitrine de Lucille qui avait effleuré son dos: « *Yes, I am fine, thank you!* » Peu de femmes s'approchaient de Lali lorsqu'elle venait de quitter l'hôpital, sinon Élise, la Bretonne, qui buvait certains soirs, elle aussi, solitaire. Si Élise était parfois accablée, comme Lali, de semblables difficultés de vivre, ses conflits intérieurs ne se répandaient pas autour d'elle en cette effervescence transie qui semblait composer, certains soirs, la matière même du cœur de Lali: « À quoi pensais-tu alors? » demanderait plus tard Geneviève à Lali qui, vexée d'avoir été observée elle qui se croyait au bar *very invisible* » avouait d'un ton irrité qu'elle pensait « à elle, oui, celle qui m'a quittée *after all these years, yes all these years together, and she just left my house and vanished...* » La fureur d'être « l'abandonnée » et non celle qui abandonne l'autre allumait dans l'œil creux de Lali des lueurs meurtrières.

—*I am so sorry for you, Lali.*
—*Sorry? How could you dare? Nobody should feel sorry for me, I prefer to be alone... it is much better!*

Taciturne à nouveau, rigide et calme sur son haut tabouret, comme pétrifiée dans sa peine, Lali buvait une bière après l'autre.

— Regarde, disait Marielle à Geneviève, elle peut en enfiler comme ça une douzaine et ça ne paraît pas... son visage n'a pas même un petit pli... on dirait un masque... c'est injuste, moi j'en bois cinq et je vais aux toilettes dix fois... Tiens, René et Louise qui arrivent, ça va lui changer les idées à ta Lali!

René se tenait négligemment appuyée contre Louise dont le regard distrait semblait chercher quelqu'un au fond de la salle. Pour Geneviève qui avait longtemps joué le rôle d'un témoin en ce lieu, René et Louise lui semblaient un des couples les plus étonnants de l'Underground: non seulement parce que René ne parlait d'elle-même qu'au masculin et que, de petite taille, elle paraissait aux côtés de Louise, toute en altitude, avec sa gorge abondante, le trait droit de son nez étrusque, le gardien ou le maître d'une précieuse antilope, mais aussi parce que ce couple unique, fait de tous les contrastes, avait su conquérir Lali qui ne lui ressemblait pas, qui ne ressemblait qu'à elle-même, lisse, fermée, sauvage.

— On vient te chercher pour un *party, brother,* dit René en élevant dans l'air un poing de guerrier, *stop your brooding and come!* C'est une invitation d'une de mes anciennes maîtresses... fais pas la grimace, Louise, j'ai jamais dit que te t'aimais... Hé, Lali, mon frère, tu as remarqué que je porte mon bel habit du temps de mes belles années en Europe? Ah! Christ, je n'ai plus que des vestiges aujourd'hui... finis ta bière et on s'en va chez ma *chum,* elle nous invite pendant que son mari est en voyage, c'est une jeune Anglaise, elle était amoureuse folle de moi, voulait planter là le mari et les enfants, juste parce qu'on avait baisé un soir, quand même j'ai dit, stop, hein, stop, pourquoi me regardes-tu comme ça, Louise?

— Je t'ai déjà dit que je n'aime pas t'entendre parler des autres femmes de ta vie, dit Louise.

— Écoute, tu en demandes trop, quand on a baisé avec toute la province comme moi...

— Je sais, je sais, répliqua Louise en soupirant d'ennui.

— Il faut bien quelqu'un pour franchir le mur du son... Moi, je l'ai franchi avant tout le monde, on devrait me donner la médaille de la lesbienne libérée, toujours de bonne humeur... Toi, Louise, pendant ce temps-là, tu étais encore dans le sein de ta mère. Mais pas d'argent, pas d'amour, Christ!

— C'est faux, dit Louise, l'amour ce n'est pas cela...

— C'est l'argent aussi, l'amour, Louise. Crois-en mon expérience. Pour être tout fringant et beau pour séduire une femme, il faut des sous.

Geneviève absente, que devenait Lali dans le sillage de René et Louise en ces soirs de *party,* quand René commandait de sa voix souvent éraillée par les bronchites: « Hé, montez donc dans ma Chevrolet, j'ai mis la chaufferette, je ne veux pas te geler là *little brother,* je vais nettoyer mes vitres, on voit rien... » et à quoi songeait-elle quand les voitures ivres des filles, envahissant la nuit de leurs cris de joie, de leurs impudentes clameurs, l'emportaient vers des festivités qui ne finiraient qu'à l'aube, à cette heure où, le visage pâle, sa trousse sous le bras, elle retournerait seule à ses malades, sa vie?

Il n'y avait pas de doute, pour Geneviève, que Lali fût prédestinée, depuis toujours, à être « le frère » de René, car elle savait que les femmes inventent entre elles des liens plus forts que les liens du sang. Ces liens qu'un homme n'eût pas tolérés avec une femme (parce qu'ils étaient décevants, irrévérencieux pour ses besoins virils), une femme en dispensait souvent une autre femme, par une aptitude à comprendre des excès qu'elle avait d'abord observés en elle-même. Les frères et sœurs que Lali, l'aînée de la famille, avait laissés en pleurant, le jour où elle avait quitté son pays, c'est en ce respect buté et chaste qu'elle éprouvait pour René, fragile et sans défense sous son masque de jeune homme en colère, qu'elle les retrouvait aujourd'hui, même si René avait plus de quarante ans et semblait narguer toutes les femmes, avec ce goût de les dominer aussi, lequel était plus timide que féroce, lorsqu'une d'elles devenait son intime. Couronnée de ce titre de « frère » par René, parce que le chirurgien en Lali avait une nuit sauvé Saturne, le chien de René (toutes les amies de René affrontaient Saturne comme une rivale car Saturne aimait tant René, et René Saturne qu'on ne savait laquelle des deux exerçait le plus sa spectaculaire autorité), Lali, la femme, l'amie, protégeait en René, comme René en Lali, une variété d'êtres faibles et touchants, de tous ordres et de tous sexes, indéfinis et pleins de doutes, sous les apparences, qu'elles deux seules peut-être pouvaient percevoir l'une de l'autre, cela sans aucun échange physique puisqu'elles échangeaient tout de leurs âmes. Pourtant, on eût pu dire aussi qu'elles échangeaient jusqu'à leurs corps, comme des frères, les passions, les amours qu'elles vivaient à côté de ce lien ne devaient jamais atteindre la réciproque urgence qu'elles déployaient à se venir en aide en tout temps: ainsi, Lali pouvait abandonner une amie au milieu de la nuit, sans attendrissement pour l'extase qu'elle avait éveillée au fond de ses draps froids, s'écriant avec l'accent d'une incorruptible intégrité: « *I have to see my brother René, she is down, she needs me! It is too bad... it is 20 below zero tonight but a brother is a brother, shit!* » Sans doute Lali arrivait-elle chez René en grommelant car elle n'aimait pas interrompre une aventure, et surtout, ce qui était pour elle la partie essentielle, le flirt lent, pensif, régulier; non, s'extirper de ce repos pour sauter dans sa voiture frigorifiée ne lui plaisait pas, mais elle ne tarderait pas à s'adoucir en voyant venir vers elle son René, le frère, qui, lui, se trouvait si peu aimable pourtant puisqu'il exigeait une telle preuve d'amour à quatre heures du matin, et qui, pour une autre personne que Lali l'eût été en réalité beaucoup moins, avec son visage barbouillé par la bière, son slip de garçon dépassant de sa veste de pyjama, mais ce réalisme échappait à Lali, l'infirmier ou l'infirmière, qui, tout en déboutonnant son manteau, disait d'un ton sec:

— *So you are down? You drank too much again... What do you want?*

— Que tu me laves les cheveux, mon frère. Je me sens sale. Et je suis si *down* c'est pas croyable, je pensais à mes succès d'antan, à mes femmes d'antan, Nathalie, ah! Nathalie, et les autres... J'ai bien fait de vivre follement, mais je suis sur la paille... Avoir une si belle carrière avec les femmes et se réveiller tout seul et tout nu...

— *So 200 miles just to wash your hair? Are you mad?*

— *Yes, I am.* Si tu savais tout ce qui me trotte dans la tête, tu ne le croirais pas. *You had a little girl at home?*

— *Sure! What do you think? That I lose my time? I am not like you!*

— Tu aimes bien l'amour, hein, *brother?* On est pareils là-dessus, on se corrigera jamais.

— *Why not? When it is soft, very soft... Take your pyjama off, anyway, I will wash your hair...*

— *You are kind, brother, you are kind,* les hommes te comprennent pas, Christ! Les femmes, je veux dire, les femmes surtout...

— *I hate men, anyway, just don't speak to me about them.*

— O.K., frère, O.K., je t'en parlerai plus jamais.

René et Lali pouvaient passer des heures en ces petits riens fraternels, bavardant de leurs conquêtes et fumant sans trêve ou bien se taire complètement si elles en avaient envie, parfois si fondues l'une dans l'autre, elles qui ne se touchaient jamais, qu'elles parvenaient à s'oublier dans ce même accord sans paroles. Soudain Lali se levait du fauteuil dans lequel, pendant tout ce temps, elle s'était tenue assise avec la raideur d'une barre pour annoncer d'un ton décidé à René encore perdue dans ses rêves.

— *Give me the vacuum cleaner, it is time now to clean your place...*

— Mais tu as un défaut, Lali Dorman, tu ne rêves pas assez! On voit que t'es pas d'ici. Nous autres, du rêve, on pourrait en vendre. Toi tu rêves tellement peu que je m'ennuie en ta compagnie, bien souvent. Mais oui, pour te dire la vérité, Lali, je t'aime, je te le jure sur la tête de Saturne, mais, mon Dieu, que t'es plate, on peut pas dire autrement, c'est le mot qu'il faut.
— *The vacuum cleaner, where is it?*
— Est-ce que je sais, moi? Je n'ai pas même défait mes boîtes depuis mon dernier déménagement, en cas de déménager encore, on sait jamais... Un *vacuum,* ça s'emprunte toujours à ses voisins, c'est pas la fin du monde!

René avait enfilé sa culotte de pyjama comme le lui ordonnait la décence de ses rapports avec Lali et, les mains dans les poches de sa veste, elle persécutait Lali de ses discours pendant que Lali, qui semblait si peu faite pour cela, mais qui se faisait à tout, vaquait au ménage, Geneviève, de si loin, imaginait ces scènes qu'elle ne pouvait pas vivre, Lali menant ses amitiés, subissant ses humeurs, Lali au centre d'un monde qui n'était déjà plus le sien. Geneviève qui savait pourtant, déjà, combien la femme pratique en Lali était loin des émotions de l'esthète, s'étonnait de ressentir doublement, à travers son amour pour Lali, tout ce qui la séparait d'elle, et qu'elle continuait seule d'aimer et de vivre. Aussi, quand elle admirait un tableau désormais, elle ne pensait plus: « Ah! si Jean voyait ce que je vois: » Elle oubliait Jean pour devenir en Lali l'œuvre d'art qu'elle contemplait, ainsi tous les Goya qu'elle avait vus avec Jean revenaient à sa mémoire, comme filtrés par la transparence si vite ombragée de son amour pour Lali. Peu importait alors que Lali fût loin puisqu'elle était partout en elle, joignant son désespoir anonyme à ce chien de Goya s'enlisant dans un trou et dont on ne voyait que la tête, pendant que son regard implore l'invisible bourreau dans une lucidité insoutenable. Tout ce que Geneviève voyait en réalité ou en souvenir ne la remplissait pas que de la douceur d'avoir saisi ce qui est beau, mais de l'inquiétude aussi d'aimer ce qui, comme le chien avalé par la mort, est sujet à toutes les violences de Dieu et de la terre, et surtout Lali qui venait de lui livrer ses premiers secrets de victime avec ses secrets d'amante. La vie continuait pourtant et Lali ne périssait pas. Geneviève retrouvait presque chaque nuit sa voix au téléphone, Lali attendait, disait-elle, et sortait peu, « *except on saturday nights sometime with the girls...* » elle parlait avec dégoût de son travail, de l'hiver trop long, de sa haine des chasseurs, et sa conversation paraissait toute bercée par ces faits humbles qui tissent bien des vies, il y avait là quelque chose de si harmonieux, de si rassurant aussi que lorsque Lali, lassée de ses propos, demandait à Geneviève d'une voix déjà impatiente: « *Ah! and you, darling, what are you doing? You are still with that man?* Tu sculptes toujours dans la pierre? » Geneviève, honteuse d'une vie trop fondée sur l'esprit répondait en hésitant: « *All is well for me too... the weather is not so bad here...* je pense tellement à toi! »

— Moi aussi, beaucoup, beaucoup à toi...
— *All the time.*
— *But I am afraid, it is a crazy story,* je n'aime pas les histoires de fous...

Souvent, Lali laissait Geneviève sur ce nuage entre deux continents, ce doute qui se transformait bientôt pour Geneviève en la conviction qu'en effet Lali avait raison, que prises toutes deux entre deux continents invraisemblables, elles vivaient une histoire invraisemblable elles aussi. « Et nous ne parlons même pas la même langue! » pensait-elle. Mais soudain, Lali, qui avait réfléchi à son tour, téléphonait à nouveau, Geneviève retenait ce cri d'espérance: « Peu importe, *yes, let's be crazy, let's give ourselves a chance... a good chance...* Je t'attends, chérie... » Ces « chéries » que prononçait parfois Lali auprès de ses amies contenaient, avec leur ton un peu cassé, leur accent germanique, tout le souffle de Lali, son haleine d'enfant, ses baisers, pensait Geneviève. Pourquoi le doute devait-il s'insérer en elle de nouveau quand elle avait tenu de si près le visage, la bouche de la femme qu'elle aimait, ce doute qui lui rappelait dans sa sécheresse, son aigreur même que tout amour est peut-être un don, une merveille, mais un don marqué par nous du signe de sa propre folie, de sa propre perte?

Geneviève comprenait les craintes de Lali car elle s'enfonçait elle-même avec Lali dans cette saison de délire. Elle remarquait avec quel courage Jean l'évitait, car un amour isolé éloigne fatalement tous les autres: lorsqu'il leur arrivait de dîner ensemble dans Paris, il était vite irrité par sa présence ou posait à Geneviève des questions qui la hérissaient aussitôt: « Tu penses encore à elle... à cette femme, Lali, dis-tu? Je le sens... tu n'es pas avec moi... tu ne vis que pour elle, ces nuits d'insomnie... cet épuisement, tout cela c'est pour cette femme qui t'a sans doute déjà oubliée! J'ai dix ans de plus que toi... je veux te protéger contre toi-même, au fond, tu le sais bien, tu es égoïste, et dans ton égoïsme, tu as besoin d'un homme... De toute façon, on ne peuple toujours chez toi qu'une petite place... »

Jean ne lui parlerait plus ainsi, pensait-elle. Elle ne le verrait plus. Où était ce visage de lui qu'elle avait d'abord aimé, puis étudié pour ses dessins? C'était, lui aussi, un visage lié à un chef-d'œuvre: Jean avait d'abord évoqué pour elle ce portrait du *Confesseur* d'El Greco, mais dans le remords qu'elle éprouvait à être pour lui une cause d'amertume, l'idée du *Confesseur,* unie à la contenance sérieuse de Jean, l'agaçait plus encore et elle se reprochait d'avoir pu comparer le sublime *Confesseur* à cet homme qui, parce qu'il avait été son amant, en usurpait le rôle.

« Je sais, dit-il enfin, ta patrie est un lieu où il n'y a que des femmes... tu les voudrais toutes d'une intelligence supérieure, eh bien! cela n'existe pas, tu le vois bien avec ton exposition internationale des femmes, artistes ou pas, elles se querellent sans cesse, elles sont plus envieuses encore que les hommes, elles ne possèdent pas notre loyauté, peut-être au fond la pire ennemie d'une femme est-elle une autre femme? Oui, tu comprendras plus tard... »

Jean se levait promptement, quittait le restaurant. Elle ne le suivait plus comme autrefois. Elle cachait entre ses mains son visage fiévreux de colère. Elle songeait à ces couples de femmes qu'elle avait admirés: ils passaient sous ses yeux, si unis qu'elle en eût pleuré. Ce qui la révoltait d'elle-même, c'est qu'il lui avait fallu Lali et ses révélations (des révélations étrangères à Lali même) pour sentir naître en elle tout ce flux de conscience, conscience tardive d'elle-même, de sa valeur, de la valeur des autres femmes, dont elle savait désormais qu'elle ne pourrait plus se séparer. Elle avait vu bien des femmes qui s'aimaient et qui avaient fait de leur vie une réussite mais, étonnement, elle n'avait jamais espéré attirer vers elle ce bonheur à deux, tant il lui paraissait, par orgueil sans doute, plus naturel de préférer un bonheur incomplet, mais tiré de soi-même, ainsi risquait-on de le perdre moins vite. Lali abolissait de tels principes: elle disait d'elle et de ses semblables: « Qu'attends-tu pour nous découvrir toutes? » Elle montrait du doigt, au-delà de son champ hivernal, en pénétrant la conscience de Geneviève, toutes ces femmes que Geneviève portait en elle, et les autres qu'elle avait longtemps méconnues, elle arrachait à leurs souterrains celles qui s'aimeraient bientôt à la lumière du jour: maîtresses, amantes ou compagnes versatiles, et ce groupe d'êtres dont Geneviève avait subi très longtemps les sensuelles attirances, ou quelque expression plus réduite de leur tendresse, n'était plus un chœur d'endormies mais un chœur de ressuscitées, chacune de ces femmes douée d'une intelligence, d'une sensibilité souvent indéchiffrables pour l'homme, dont Geneviève connaissait le code.

Jean lui dirait peut-être encore: « Tu vis à l'écart de tout, ta sexualité même fait de toi une ennemie de la société, les femmes comme toi ne peuvent pas être les mères de nos enfants... » mais ces mots ne sauraient plus l'atteindre, car elle avait en Lali, même si Lali devait la quitter demain, un nouveau trésor de connaissances. Elle se souviendrait toujours des femmes qu'elle avait rencontrées depuis cette nuit où elle avait vu Lali pour la première fois, à l'Underground; plusieurs qui exposaient leurs œuvres avec elle et qui étaient souvent d'autres générations et de d'autres pays partageaient pourtant avec Geneviève ce temps intemporel des pensées, de la création épanouie que l'ombre de l'homme ne pouvait pas assombrir de sa force. Et plusieurs, avait-elle remarqué, aussi, avaient longtemps vécu comme elle de leur vie intérieure. Ainsi Ruth et Clara, deux artistes américaines d'une soixantaine d'années, l'une peintre, l'autre sculpteur, dont elle avait pu admirer les œuvres à l'exposition. Là, toutefois, songeant encore à Lali (même si Lali n'était alors qu'un refuge à l'état de symbole et non la maison d'une femme ouverte pour elle, lorsqu'elle y reviendrait), Geneviève avait frissonné d'une secrète envie en voyant combien le temps, uni à l'intimité de liens très puissants entre deux femmes qui se comprennent autant sur le plan de l'esprit que sur le plan du corps, achevait, affinait ce qu'elle avait à peine commencé avec Lali et qui n'était encore qu'une sorte de brouillon passionnel d'une réalité vécue plus accomplie. On ne pouvait être plus fertiles, à leur âge, que Ruth et Clara, dont l'inépuisable énergie, la vigueur créatrice éclataient de jeunesse. Ces femmes majestueuses, dont les visages semblaient taillés au couteau, dont les mains larges et sûres faisaient jaillir du bois, du métal, des formes nuancées, c'étaient elles les vétérans, les pionnières de cet amour qui avait su résister à tout, surmonter depuis toujours la trahison, l'injure et le mépris. Leur amour ne s'exprimait plus, peut-être, mais cela Geneviève le savait-elle, avec la fraîcheur, les cajoleries d'autrefois (car Geneviève avait cette idée que le ridicule ne s'exprime qu'au premier âge d'une passion, le sien avec Lali), mais cet amour était une expression si totale de leur vie, si séduisante aussi, qu'en vieillissant ensemble, tout en se ressemblant de plus en plus, en prenant de l'une et de l'autre les mêmes plis, les mêmes intonations de voix, le même sourire un peu sévère, et vite déridé, elles étaient comme fixées l'une et l'autre par ce rajeunissement gris et or qui était plus que le second été de Geneviève aimant Lali, mais un printemps dont on ne prévoyait pas la fin, sauf par la mort de l'une ou de l'autre. « Ne portez pas ce bloc de bois, disait Clara, c'est trop lourd pour vous... », et Ruth reprenait: « Il faut dire « tu » en français, *give me that, darling, you will kill your back* », et cette prévoyance, cette excellente éducation qui ne semblaient en surface que des manières de vivre d'une certaine civilisation bourgeoise étaient, pour Geneviève qui en reconnaissait les signes, autant d'assurances que ces deux femmes ne cesseraient jamais de s'aimer, cela étant si profondément vécu à travers un quotidien prolongé, ardu, calme aussi, qu'elles n'avaient plus besoin de se le dire. Toutefois, Geneviève voyait peut-être ces deux femmes d'un regard trop idyllique, se cachant à elle-même tout un aspect de violence, de dissemblance physique et morale aussi entre Ruth et Clara, qu'elles réservaient pour leur vie intime, offrant à celles qui les voyaient de passage, comme Geneviève, ce côté plus radieux de leur union. Car la vie des couples est faite de la même violence que la vie elle-même et tout ce qui sommeille ou s'agite entre deux êtres n'est souvent connu que d'eux seuls qui le subissent. Mais en présence de Ruth et de Clara, Geneviève baignait dans une atmosphère sans trouble, et la dignité de ce vieux couple la reposait de Lali. Elle promit de leur rendre visite plus tard dans leur ferme près de New York, et pendant que Ruth lui décrivait leur maison (qu'elles avaient construite elles-mêmes au cours des années), les bois environnants, les cerfs apprivoisés, elle eut le pressentiment que, lorsqu'elle reverrait Ruth et Clara, Lali ne serait déjà plus dans son existence. Peut-être même Ruth qui la regardait avec un sourire narquois, en lui disant: « *And so, you are in love, be careful my dear,* retournez dans votre pays si vous ne voulez pas la perdre... » Peut-être ces deux femmes, enfin assagies par l'expérience et satisfaites de l'être, ressentaient-elles, sans le dire, le risque de ce genre d'aventures. Geneviève décida, en les écoutant, d'avancer son retour. Elle ne croyait pas en ce principe que lui avait énoncé Clara, tout en posant sa main sur l'épaule de Ruth: « *My child,* quand on aime, il faut être propriétaire... », mais

elle rêvait de voir, un peu plus conquis par elle, un être qui gardait toute pour soi cette liberté de conquérir, évitant ainsi ce piège de l'amour. Lali comme René étaient reconnues à l'Underground pour ne jamais dire à leurs amies qu'elles les aimaient: c'était là la résistance qu'elles opposaient à l'envahisseur, flairant de très près la candeur presque territoriale qu'elles exprimaient contre toutes formes d'attachements et de liens. Ainsi Lali accueillait au téléphone la nouvelle du retour de Geneviève sans trahir son calme habituel:
— *Good, very good...*
— Tu viendras à l'aéroport?
— *We will see... Wait for me, anyway...*

Geneviève attendit une heure, deux heures. Il lui semblait que jamais Lali ne viendrait, et comment le pourrait-elle quand une tempête paralysait toute la ville? Cette neige, ce froid venteux, Geneviève qui en avait eu une telle nostalgie les voyait maintenant comme des éléments jaloux du bonheur des hommes, cette furie blanche, hennissante qui se déchaînait partout, fermant les routes, arrêtant les trains, interrompant le destin des individus, n'était-elle pas l'ennemie de tout abandon, de toute chaleur? Soudain Lali apparut. C'était pour Geneviève, qui ne l'attendait plus, une apparition aussi surprenante que la première qu'elle avait eue d'elle au bar. Lali accourait vers elle, ses lèvres touchaient les siennes, mais elle avait la sensation d'un contact froid, souriant et terrible. Lali avait écarté la foule de voyageurs munie de sa beauté, de son étrangeté, et on aurait pu ne pas la remarquer à cause de cela, car son extrême dépouillement vous la faisait oublier, mais on la remarquait, avec un mélange d'hostilité et de fascination, car elle incarnait, pour ceux qui ne la connaissaient pas encore, une forme de sexualité que l'on eût préféré ne pas voir de façon aussi nette, déterminée. Dans cette cohue étouffant sous ses fourrures, débordant de tous les excès vestimentaires imposés par la saison, Lali arrivait tête nue, et on eût dit que la tempête qui faisait rage dehors ne l'avait pas touchée dans l'ordre qu'elle avait mis sur elle-même, la raie masculine qui séparait ses rares cheveux avait encore la trace du peigne, et toute droite dans son mince manteau militaire, elle arrivait en ce lieu où tout le monde éternuait et secouait sa peau de neige, comme une voyageuse d'une autre espèce, d'une espèce immaculée que ne touche pas la neige mais qu'un froid intérieur redresse, durcit mystérieusement. Soudain elle se pencha vers Geneviève et dit en riant:

— *So you wait for me,* je pensais pas venir, j'avais un malade... *But look at you, you look so funny...*

— Pourquoi? demanda Geneviève.

— *All these things with you... all these things,* mais viens, j'ai une surprise pour toi, tu ne sais pas, hein, où je t'amène?

— Avec cette neige?

— *That's nothing! Just a little storm, come on.*

Geneviève suivait Lali, encombrée de ses cartables de dessins, de ses ébauches, lourde de tout ce bagage spirituel dont Lali se moquait, lui semblait-il. Tout en elle-même lui déplaisait soudain, de ses vêtements qui trahissaient une absence de goût que Jean lui avait souvent reprochée, car elle portait sous son manteau, à la manière d'un uniforme, la blouse et le pantalon qu'elle revêtait quotidiennement à son atelier, à cette allure incohérente, désordonnée qui lui semblait la sienne lorsqu'elle s'imaginait aux côtés de Lali, Lali dont la simplicité était hautaine, pourtant, même lorsqu'elle s'inclinait vers Geneviève pour lui dire à l'oreille:

— *I am happy to see you*, chérie, *let me help you now, and so, here you are, I hope we could have a few weeks together... you are skinny, did you work hard?*
 — Où allons-nous, Lali ?
 —*It will be a longer drive because of the snow... but you will see*, c'est une surprise pour toi...

Puis, cédant à la fatigue, Geneviève se dit qu'il ne lui restait plus qu'à céder, en même temps, à la séduction de Lali, sans penser au lendemain. Elle se laissa porter par la voiture américaine de Lali, les chansons de sa radio, et la lenteur du voyage sous la neige épaisse; de sa voix un peu alanguie, Lali expliquait, en passant d'une langue à l'autre, allumant et éteignant une cigarette, baisant la main de Geneviève qu'elle gardait sur ses genoux, qu'elle avait dû s'arrêter ici, en pleins champs, en de semblables nuits de tempêtes, et qu'elle avait dormi chez des fermiers, l'invitant parfois pour une durée de quatre jours dans leurs familles. « *When the road was closed...* » Elle désignait ainsi du doigt les fermes ensevelies sous la neige de cette route hospitalière et Geneviève l'écoutait en silence, étourdie par ces instants qu'elle vivait aux côtés de Lali, ces instants qui ne contenaient presque rien, pourtant, un visage, une voix, quelques gestes sous le toit d'une voiture laide, laquelle, tout en roulant avec douceur, avait la mollesse d'un nid.
 —*Here we are, I think*, s'écria soudain Lali... *We are out of town... take care in going out of the car, the wind is strong...* Tu vois ce restaurant avec *the red light?* Quelqu'un nous attend là...

C'était peut-être l'un des côtés déraisonnables de Lali (qui l'était autrement si peu) de savoir soudain arracher de la morne réalité, pour celles qu'elle aimait, ces moments de féerique rémission: un orage, une tempête l'incitaient à la bataille de tous ses sens soudain dévoués à la femme qu'elle avait choisie, même si c'était pour bien peu de temps. Il n'y avait que Lali, dans son opiniâtreté chevaleresque, pour songer, en une nuit pareille, à un rendez-vous lointain, en quelque restaurant de campagne... et que cette randonnée ne devienne pas seulement possible mais qu'elle se transforme soudain en une fête joyeuse, pleine de bruits et de lumière. On vit s'allumer l'enseigne du restaurant dans un tourbillon de brumes blanches, une frêle silhouette apparut sur le seuil, agitant les bras, c'était René, criant de sa voix éraillée: « Les enfants, venez, j'ai trouvé un *job* comme maître de cérémonie et, ce soir, je vous attends... »

— *So here is our surprise, love, food and drinks.*
— Traîne pas par ce froid, mon frère, monte, il fait bon ici, j'ai réservé votre table...

Geneviève ne savait plus de quel monde elle venait, dans quel autre elle pénétrait, mais la vie lui semblait généreuse, bénéfique depuis qu'elle avait retrouvé Lali. Elle découvrait aussi le charme de René qui, vêtue d'un élégant costume d'homme pour l'occasion, la cravate au vent, les serrait toutes les deux dans ses bras en les entraînant vers le bar: « Hé, il faut boire, et célébrer, vous ne le croirez pas, mais ici on m'accepte telle que je suis, et on vous acceptera aussi! C'est pourtant un endroit bien sage avec des couples mariés et tout... il y a justement une femme qui se chicane avec son amant... il faut arranger ça... Venez, vous aurez tout le temps pour vous regarder au fond des yeux... Quand même, j'aime bien vous voir ensemble, ça réjouit toujours, le bonheur des autres... »

Geneviève, toutefois, oppressée par les inquiétudes qui l'avaient hantée à Paris, se dit que tout se passait à une allure trop accélérée, soudain: elle revoyait l'arrivée de Lali à l'aéroport, son teint rose, presque diaphane, lorsqu'elle avait rapproché d'elle, dans la foule, ce visage qui, plus que jamais, pouvait être une copie du grand maître hollandais, un front, des yeux, des joues qui flottaient hors du temps, de la réalité, puis cette promenade dans la nuit, et maintenant René qui ouvrait le champagne, elle seule riant et bavardant avec les autres clients, consolant d'une tape dans le dos un homme que sa femme avait insulté en public, donnait à ce climat ondoyant, qui était le climat de Lali, la note concrète, charitable qui lui manquait. Qui sait, pensait Geneviève, ce songe s'achèverait peut-être avec l'aube, lorsque Lali aurait semé toutes ses illusions, mais en attendant René était là et, auprès d'elle, on s'indignait, on parlait trop fort, on buvait trop, mais on ne quittait jamais le plancher de la vie.

— Tu ne manges pas, *brother?*

— Ah! oui, je veux *a big steak, I have a* faim de loup...

— Je comprends, tu ne manges jamais dans ce sacré hôpital...

—*It is too depressing, don't you understand, death and sickness it is just so damn depressing!*

— T'as qu'à lâcher ça, *brother,* t'as qu'à lâcher, regarde, moi j'ai trouvé une autre vocation... il n'est jamais trop tard...

—*But you are always poor,* René, *I hate to be poor!*

Lali abandonnait brusquement la main de Geneviève qu'elle avait gardée dans la sienne pendant l'apéritif et, avec une vigueur qui surprenait Geneviève, s'attaquait à son steak d'un air vorace, tout en fixant Geneviève d'un regard doux et lointain. Lali détestait préparer un repas, elle n'en avait pas le temps et se nourrissait « de hot dogs *days and nights* dans les snack-bars », mais lorsque René l'invitait à dîner, que ce fût après son travail ou pour mieux clore les nuits de l'Underground, dans son *Steak House* de banlieue, ou dans quelque indolent refuge de la ville ouvert tard la nuit, ou toute la nuit à ceux qui jamais ne dorment, Lali se jetait sur la nourriture comme une affamée, maniant de son couteau dans la chair saignante comme elle l'eût fait, avec ce même profil concentré, dans l'exercice de sa profession. Geneviève la regardait en se disant qu'il était trop injuste que l'acte de manger déforme tant de gens, quand chez Lali, cette gourmandise qui n'était qu'une expression désespérée d'une faim plus ancienne peut-être, la marquait d'un éclat, d'un ravissement qu'on ne lui voyait que dans les bras des femmes, peut-être.

— Tu te souviens, Lali, de nos nuits au Captain, après l'Underground, avec la bande de Marielle et tous les travestis de l'Est? On attendait des fois une heure pour avoir un café, pour une pizza, trois heures, et pour un steak, *brother,* tu le mangeais pour le repas du soir, quant à attendre, on attendait, et la brave serveuse Justine que je courtisais dans le temps passait entre les tables en secouant son derrière, et elle préférait les hommes, c'était sûr, car nous autres, elle nous disait toujours: « Patience, les petites filles, je viens! »

— *Men, always men, it is too unfair,* répondait Lali avec amertume.

— Te plains pas d'eux, Lali, dit René, ils nous comprennent parfois mieux que les femmes, ils sont brutaux mais ils sont désintéressés aussi des fois, tandis que les femmes... Mais au Captain, tu t'en souviens, on

n'avait là que des bons petits gars maquillés qui venaient manger avec nous après leurs spectacles et Justine les appelait ses fils en promenant sur leurs nez ses beaux seins...
— *Disgusting!*

Le Captain ne fermait jamais ses portes. C'était, après la pénombre et les chuchotements de l'Underground, la lumière crue du néon sur des visages hâves ou bariolés quant, aux premières heures de l'aube, les travestis venaient se joindre aux filles, s'accoudant comme elles, avec leurs amants encore suspendus à leurs bras, devant un plat graisseux, un café, lesquels avaient alors beaucoup de prix. Les espoirs de la nuit, les espoirs réalisés ou ceux qui étaient encore en attente, semblaient s'évanouir devant cette tasse de café que l'on buvait brûlante, en crachant des jurons.

— Christ, Pierre, pourquoi que t'as l'air efféminé comme ça? C'est ta peau de renard autour du cou, encore! On dirait que je m'occupe pas ben de toé, que je t'habille pas comme du monde, t'es trop jeune à seize ans pour te mettre du vermeil comme ça sur la paupière...

— Parle-moé pas, Georges, j'ai mal aux dents.

— Tu dis ça à chaque fois que tu veux pas faire l'amour, mon petit verrat!

— Je m'en vas toutes les faire arracher ces tabernacles de dents-là. Tu le connais, toé, la tapette qui est au fond? C'est pas l'une des nôtres du *show?*

— Ben non, Pierre, où t'as la tête à toujours flirter même icitte dans une place *straight,* non t'es cave, c'est rien qu'une lesbienne, ça!

— Ah! ben on sait jamais...

Lali et ses amies entraient dans ce décor par la

porte de la cuisine, dans le sillon onctueux des graisses de barbecues ou de *Hot Chicken Sandwiches* (plats que Justine servait en courant sous les boulettes de pain que lui lançaient les garçons, pour la « chatouiller », disaient-ils), la bande de Marielle, Lucille, Berthe et d'autres filles traînaient derrière Lali, on savait, en les voyant rentrer, que c'était là la dernière écume de l'Underground, que le bar était enfin fermé sur ses secrets jusqu'au lendemain soir... Marielle enlevait son bonnet de laine en criant à Lali:

— Dis donc, Lali, si on partageait une pizza à nous toutes? Comme on est toutes cassées, ça nous arrangera le portefeuille jusqu'à demain...

L'échange des morceaux de pizza autour d'une même table prolongeait un peu plus encore la tendresse de la nuit, « Ouvre ton large bec, Marielle », disait-on en riant, et les bouches s'ouvraient une à une pour cette communion pimentée, laquelle, si banale en apparence, entourée de rires et de jeux, entretenait des rites d'échanges, entre femmes, plus obscurs mais tout aussi physiques que les liens sensuels. Lali disait, la première nuit, à une amie qu'elle invitait chez elle: « *You could use my tooth brush* », comme elle eût dit: « *You could take my body if you please...* », et là où sa nature princière répugnait au vol, il lui semblait tout naturel de célébrer le don qu'elle faisait d'elle-même dans des détails comme la brosse à dents, la serviette de bain, en ces heures éphémères où les mots chez elle « *all that is yours,* et tout toi à moi » s'imprégnaient d'une poignante sincérité, car on savait que cette sincérité ne serait peut-être plus vraie le lendemain. Geneviève se disait que l'on peut être aussi possessif de l'autre lorsqu'on donne que lorsqu'on reçoit. Ces objets, dans la salle de bains de Lali, que Geneviève, songeant à leur possesseur, avait caressé d'un regard tendre, ces objets à la fois indifférents et pleins de leur signification propre, ces objets qui avaient une histoire aussi longue que celle de Lali, obéissant à leur maître, caresseraient à leur tour, comme les lèvres de Lali, sa langue, d'autres bouches, d'autres dents. La sensualité n'était pas enfermée que dans un corps, elle émanait de partout. Ainsi, se disait Geneviève, si l'on guérit si mal de cette soif de la possession, c'est peut-être parce que l'on vit un amour, en partie hors de soi-même et de l'être aimé, dans cette zone où la nécessité devient toute-puissante, où un peigne, un mouchoir, quelque objet esseulé lié à l'idée d'un corps, prennent autant de place que ce corps lui-même qui les a connus. Mais ces octrois rituels des objets que Lali faisait à ses amies, de la brosse à dents aux chaussettes qu'elle leur enfilait elle-même le matin, de la cigarette mouillée de sa salive à sa bouche devenue moins sensuelle que la cigarette, ces échanges avaient-ils chaque fois la même réjouissante valeur, ou dans leur répétition ne s'usaient-ils pas? Marielle ne semblait pas se poser ces questions: après avoir dévoré sa pizza, nourri Lali, elle bâillait, se frottait les yeux de ses poings comme un chat qui se lave, en disant:

— Vous m'excuserez, les filles, mais je pars... J'ai changé d'emploi, il faut que je me lève tôt demain...

— Qu'est-ce que tu veux dire, tôt? Il est déjà huit heures du matin...

— Ben justement, il faut que j'aille à mon usine de *fudgickles,* on travaille avec des casques comme les pompiers...

Pendant que René évoquait ces heures passées au Captain auprès de Marielle et des autres filles, Geneviève songeait que s'achevait déjà ce premier dîner de célébration avec Lali. Le sentiment de l'intermittence de cet amour lui revint, fulgurant, pénible, et elle voulut détourner les yeux de Lali qui, toute rose et animée par le champagne, racontait à René le cauchemar qu'elle avait fait pendant la nuit. Il s'agissait là d'un rêve atroce né de cette campagne du souvenir qui n'a laissé derrière soi que cendres et végétations meurtrières, mais Lali parlait doucement, par petites phrases mesurées, en ces diverses langues en broussailles qui étaient les siennes, un allemand pointu, un français chantant, un anglais vindicatif et la signification même du cauchemar semblait se perdre dans la musique de sa voix, telle la voix d'un ange annonçant posément un désastre, Lali racontait son exode vers la mort et, par allégorie, l'extinction de sa race. Geneviève figurait dans le rêve de Lali, et ce « *we* », ce « nous » à peine formé que prononçait Lali de l'air de le savourer, se mit à hanter Geneviève comme une mauvaise prédiction.

— D'abord, *we were so happy... and it was so beautiful... Oh! so beautiful...* toi et moi, *we were at the sugar party in the sun,* c'était le printemps et *then suddenly...*

Lali décrivait cette lumière du printemps tombant sur la neige, la sève d'érable qu'elles avaient bue ensemble en riant, « *but suddenly... why did they come, yes suddenly the Germans were there around us...* ont demandé à toi et moi *if we were Jewish, I said sure, sure, yes,* alors ils ont dit à nous autres, allez dans le wagon à bestiaux avec les enfants, *don't worry, don't worry, we will dress you in white, it is sunday...* ils ont dit qu'ils nous puniraient pas... *No... But listen, if you faint, we will beat you all...* Je m'en rappelle, on partait en voyage, on était des milliers, on voyait pas les visages, *just the back of the heads,* beaucoup, beaucoup de gens... »

Lali était si envoûtée par son récit qu'elle s'arrêtait parfois pour regarder Geneviève comme si elle eût dit: « Tu te souviens? *Do you remember, we were together, a long time ago... oh! I don't know when, and then, I think we fainted,* toi et moi, et ils ont dit « à genoux, on va vous battre », ils ont attaché nos mains avec des cordes et dans les cordes il y avait des clous, *you asked them:* « Pourquoi vous faites ça? » Ils ont dit: « *We just want to brake your hands for ever, so that you will never write again, never paint, never...* »

René interrompit Lali en levant son verre à sa santé:

— T'inquiète pas, mon frère, dit-elle, si vous étiez ensemble, c'est pas un rêve bien méchant, *you are not dead, child,* c'est le passé, *you are still alived,* Lali!

— *Oh! yes,* dit Lali avec un sourire un peu troublé par son récit, *not a bad dream at all, we had songs in the train, lovely music, Mozart, I think... But I knew we would all die, I knew it in my heart...*

Geneviève connaissait trop peu le passé de Lali pour pouvoir pénétrer ce cauchemar dont Lali venait soudain de se couvrir comme d'un linceul, mais si elle ignorait ses origines ethniques elle connaissait de Lali son présent incompris, et ce présent était d'autant plus incompris que Lali agissait comme un être libre, écartant ces entraves que l'on imposait à son sexe depuis des générations. Lali n'était pas qu'une femme n'appartenant pas à la caste des femmes, elle était une femme aimant les femmes, et longtemps sa race avait été condamnée, longtemps sans le savoir elle avait expié, ainsi son rêve la dépassait elle-même pour rejoindre d'autres prisonnières, d'autres femmes martyres qu'elle n'avait jamais connues. Là où d'autres races, d'autres ethnies avaient subi la mutilation et la mort parce que, dans son instinct de perversité, la bassesse humaine avait élu ces races et ces ethnies pour le châtiment dont de tout temps elle n'avait jamais su épargner les hommes, Lali apparaissait sur la terre sans être ni une race ni une ethnie, héritière d'une nature et de goûts que la société dénonçait comme criminels, mais si criminels et si honteux qu'elle daignait à peine les nommer, craignant peut-être qu'une épidémie de femmes comme Lali déferle sur le monde, et le frappe de sa jubilante stérilité. Mais si tout en Lali demeurait, malgré cette atteinte, fraîcheur et innocence, elle ignorait qu'elle était de « celles dont on ne parle pas », dont il vaut mieux méconnaître les habitudes et les vices, elle qui n'était pas un être d'habitudes et qui ne savait pas ce qu'était le vice. On laissait Lali et ses sœurs à ce purgatoire où les âmes malades se débattent entre elles, où criminels, voleurs, lesbiennes, suicidés mêlent leurs souffles fébriles, et malédiction à ceux qui osaient descendre vers ces plaies cachées et ramener à la surface de la terre, sous un soleil plus compatissant, ces hommes, ces femmes qui vivaient comme tous les autres, sans être meilleurs ou pires, qui n'étaient que des autres hommes et des autres femmes, les frères, les semblables, mais créés autrement du sein de la vie, non seulement pour mieux souffrir que les autres, mais peut-être aussi pour mieux vivre, pour mieux répandre autour d'eux, une idée d'harmonie, de tolérance, d'amour. Mais si Geneviève se sentait alourdie par le rêve de Lali, Lali, elle, ayant achevé son récit, paraissait plus légère encore, sa tête fine, au bout de son long cou était d'une mobilité presque aérienne pendant que son regard, se perdant au loin, semblait chercher quelqu'un au fond du restaurant.

— Nous avons bien bu, bien mangé, les filles, reprenons la route, la tempête a encore augmenté, dit René.

Rien ne pouvait trahir en Lali ce poids de ténèbres qu'elle venait de disperser autour d'elle, sans le vouloir, sinon ce frisson qui la saisit soudain, lorsque, se levant de table avec Geneviève et René, elle les prit toutes deux par la taille... Cet infime tremblement dont elle était soudain secouée, sous son chemisier de soie, elle qui, ce soir-là, comme les autres soirs de fête, avait brisé sa rigueur vestimentaire pour mieux orner sa séduction du vaporeux chemisier blanc sous une veste de velours, de coupe plus masculine, plus raide, toutefois, ce frémissement dont le corps de Lali ne pouvait soudain plus se défendre et qui la parcourait toute, de l'échine jusqu'aux pieds, bouleversa Geneviève comme si le corps de Lali, se rapprochant d'elle, lui eût parlé. En même temps, Geneviève se reprochait ce fracas de sensations physiques dont elle était soudain envahie, plus que du sentiment même de son amour pour Lali: tout passait par ses sens, l'arôme du repas, la chaleur des lieux, le pétillement de l'alcool dans les verres, et lorsqu'elles reprirent leur chemin dans la nuit, dans l'ample voiture ronronnante de Lali, jusqu'à la force des rafales de neige, tout semblait s'enfoncer avec elle dans cette paresse de vivre, paresse joyeuse, haletante, aussi, faite de tous les désirs. Mais en Geneviève, la personne qui se préparait à souffrir (du moins à être déçue par amour pour Lali) regardait Lali comme si elle ne fût pas encore la maîtresse de son destin: où allaient-elles ainsi toutes les deux? N'était-il pas déjà trop tard pour visiter des amies de René? « Ah! c'est des vieilles *chums!* marmonnait René, on peut venir chez elles quand on veut. »

— Tu as peur, *brother,* je ne vais pas si vite...

— *Oh! yes,* mais pas ce soir, *sometimes, I am scared when I am happy...* dit Lali.
— *Not tonight, brother, just relax...*
— Tu aimes les *partys with women, I mean?* demanda Lali.
— Je ne sors jamais avec les autres à Paris, dit Geneviève.
— Nous autres, on va te sortir, dit René, ah! ces petites Canadiennes à Paris, c'est pire que des bonnes sœurs!
— *She has not the time, she works hard, like me,* dit Lali.
— *But tonight you could relax,* mon frère, oublie tes malades et toute l'affaire, *enough is enough...*

C'était donc vrai, Geneviève aimait, et Lali, par quelque élégant pouvoir de courte durée sans doute, amènerait Geneviève vers ses nuits à elle, non plus ces nuits de la campagne dormante, ensevelissant avec elles jusqu'au souffle de l'amour, tel le froissement de deux corps vite suspendu, assourdi, mais vers les nuits de » sa » ville, les nuits de Lali, de cet *underground* suintant de tous les bruits, dégageant jusqu'au dehors toutes ses amoureuses décadences. Il ne fallait plus penser alors que la vie quotidienne avait encore un sens, que la nuit était liée au sommeil, non, le regard de Lali qui ne promettait rien pourtant, tant c'était un regard figé par son propre songe de séduction, doux par instants, et vite transi par un désir inconnu, ce regard semblait tout promettre, et surtout tout comprendre, même cet élan de furie généreuse que Geneviève ne comprenait pas en elle-même, elle qui se croyait raisonnable et qui, soudain, la main de Lali dans la sienne, ne l'était plus.

— *You, poor innocent soul,* dit Lali en riant.

— Hé, parle pas, *brother,* toi aussi, à ta façon, mon frère, tu es comme elle, une enfant, une vierge, le bon Dieu m'a punie, j'en ai deux pour mon malheur, je te connais, va, tu n'enlèverais pas ta veste pour un empire. Et dans ton cas, c'est grave, c'est pas la pudeur, mais que tu ne veux pas l'user, c'est pas une conception romantique de l'amour, ça, maudit !
— *Shut up, I am happy.*
— O.K., je vais la fermer, ma grande gueule, j'espère quand même que vous aurez le courage de vous embrasser chez les filles, ce monde-là ça se gêne pas, et vous autres, je parie que vous allez me faire honte, qu'est-ce que tes parents t'ont donc appris en Autriche, Lali ? *That must be the fault of your fucking mother...*
— *Oh! No,* dit Lali, d'une voix traînante, *don't worry, René, even as a child, they gave me sex books to read, but it did not interested me, not at all, too disgusting!*
— T'as tort, dit René d'un ton grave et tranchant droit dans un rempart de neige, au bord de la route, le sexe c'est bien ce qu'il y a de plus propre au monde...
— *Sure, it is, with the right person, sure, you are right...*

Mais peut-être était-ce René, pensait Geneviève, qui possédait davantage la ville, la nuit et ses secrets, et ceux-ci étaient si dépourvus de mystères pour elle, qu'elle entrait dans la maison de ses amies d'un air fripon, sautillant, qu'elle avait pour étreindre son chien, caressant une joue, pinçant une hanche, comme eût fait un seigneur affamé après des heures de chasse...
— Ah ! le beau feu de cheminée, Christ que c'est bon la vie... Il ne me manque plus qu'une bière... Je vous ai amené des petites filles bien élevées, il faut en prendre

soin, en attendant, je vais enlever mon chapeau de poils...
 Geneviève apprendrait peut-être, elle, enfin de quoi était fait son désir pour les femmes, et le désir des femmes entre elles, se dit-elle, en suivant Lali partout, jusqu'au fond de ces nuits mêmes où, à l'abri de toute loi, de toute injure judiciaire, des femmes venues de tous les coins de la ville, affrontant la tempête avec enjouement, se retrouvaient pour la célébration d'elles-mêmes et de leurs plaisirs, buvant et riant ou s'aimant jusqu'à l'aube. Ou bien peut-être rêvait-elle encore, ses doigts enlacés aux doigts de Lali, que plutôt que de voir une œuvre de Delvaux, comme elle avait eu l'habitude de le faire dans un musée, elle entrait à l'intérieur d'une suite de tableaux du peintre, se transformant elle-même en l'un de ces spectateurs tout de sombre vêtu en un paysage de femmes nues, les unes, debout contre la cheminée, les autres, endormies ou à peine (car elles accueillaient les nouvelles arrivées d'une moue féline qui ressemblait à un sourire), roulées en boules dans de hauts fauteuils, car ce paysage était, malgré la vague de corps blancs ou roses qui le traversait dans le reflet des flammes, un paysage d'un calme domestique, domestiqué, dans lequel Geneviève se retrouvait sans surprises, et comme dans les rêves, comme si elle y eût toujours vécu, sa valise à la main, engourdie de froid dans son manteau écossais, et le visage ainsi tourné vers la clarté de l'aube qui approchait, de l'autre côté des colonnes de neige, de ces colonnes qui sont de marbre dans les temples de l'amour du peintre. Geneviève reconnut les deux jeunes femmes qu'on appelait « les poètes » à l'Underground, ne dormant pas, comme plusieurs de leurs compagnes, elles fumaient d'un air sophistiqué et échangeaient un code de métaphores qu'elles seules comprenaient, tel: « tu as le sein long et l'œil mauve de la mélancolie », ou bien « pose

ta main sur ma hanche, je me désole seule sans ton corps », assises près des poètes, d'autres filles bavardaient, un verre à la main, plus simples dans leur nudité qu'elles le seraient plus tard, toutes habillées. Un vétuste arbre de Noël jauni traînait dans un coin de la pièce et René, tout en suspendant son écharpe à l'une de ses branches, s'écria en apercevant Louise qui venait vers elle pour l'embrasser:

— Oh! tu es là, toi, mon chéri, mais pour l'amour du ciel, enlève-moi toutes ces pelures, qu'est-ce que cette pudeur malsaine, voyons, on s'aime ou on s'aime pas?

— Oui, mais j'aimerais mieux être seule avec toi, dans notre chambre, René.

— Il faut que je fasse ton éducation, toi, mon universitaire, avoir tant de diplômes puis si peu savoir de la vie, tu me fais pitié, dégrafe au moins ton chemisier que je vois tes seins, tu ne peux pas en avoir honte, ils sont magnifiques...

— Cela non plus, vois-tu, je n'en avais pas l'habitude avant toi, René.

— Tout s'apprend et se comprend, tu verras.

— Je ne sais pas, dit Louise, pour moi, le monde privé existera toujours...

Geneviève songeait que Louise, telle cette première apparition qu'elle avait eue d'elle à l'Underground, cette nuit-là, aux côtés de René qu'elle semblait dépasser de plusieurs têtes, ressemblait plus que jamais à une antilope: elle avait de cette bête timide, et pourtant fastueuse, le regard chaud, la langoureuse approche et, sous ses cheveux répandus en vastes couronnes au-dessus de son front, les mêmes mouvements de fuite, d'indépendance, d'envol sauvage, mais tout cela, René ne paraissait pas le voir en Louise, ne voyant en elle que la femme, une femme dont l'animal en elle, de nature moins délicate, ne pensait qu'à caresser de sa patte gourmande.

— Après tout, René, nous nous connaissons depuis si peu de temps, je ne parviens pas à être libre comme toi. Toutes ces femmes nues, qui sont-elles? Il y en a beaucoup que je n'ai jamais vues... pas même dans les bars de femmes.

— C'est pas à l'Université que tu risques de les rencontrer non plus, mon chéri, descends un peu de ton arbre de connaissances et regarde-nous vivre, tiens, regarde-moi ces deux enfants d'école, Lali et sa Geneviève, je te dis, on dirait des vierges, enlevez au moins votre manteau, on ne vous mangera pas, vous pouvez aussi vous embrasser, c'est permis, vous savez...

— *What a party!* dit Lali à René, toutes des maîtresses à toi, René?

— *A lot, yes, brother,* mais je frôle la cinquantaine, à mon âge, tu sais, on a eu le temps de bien des fredaines, bien des veuvages aussi...

Lali consentit à se dépouiller de son manteau militaire, mais là où ce groupe de femmes aimaient si peu être chastes, car les couples défilaient d'une chambre à l'autre, et plusieurs commençaient leurs étreintes dans le salon même, pour les achever à l'écart, Lali, tout en gardant respectueusement la main de Geneviève dans la sienne, n'eût pas même retiré sa veste de velours devant les autres. Assise toute droite aux côtés de Geneviève, on eût dit qu'elle était d'une race d'êtres purs qui ne se donnent pas, son regard était brillant et doux, couleur or, ses joues maigres avaient cette rose transparence qui saisissait tant Geneviève, car elle voyageait du portrait ancien de Lali à Lali elle-même, si grave, sous sa douceur, si peu tangible dans sa chair, que sa beauté austère semblait peinte sur elle, rien n'était plus étrange que cet étrange désir, dans le cœur de Geneviève, car tout en adorant Lali, sa présence s'infiltrait en elle avec douleur, et elle craignait que cette douleur lui devînt indispensable.

Même à l'heure où toutes cédaient à l'alanguissement qui suit l'amour, Lali, elle, qui n'avait pas aimé, tombant exténuée sur le sofa, paraissait enfermer entre ses bras stoïques non pas l'amie qu'était Geneviève pour elle, mais une sorte de camarade d'armes qu'elle eût résolument abritée de la fureur du Ciel. Lali dormait de son sommeil le plus sain, le plus impertinent, quand autour d'elle montaient puis s'éteignaient ces plaintes, ces modulations de l'amour, venues de si loin du corps des femmes que même lorsqu'elles se retrouvaient enchevêtrées l'une à l'autre, comme des vignes, si elles sont sœurs par la distinction de leurs sexes, leurs voix, lorsqu'elles s'aiment, exhalent souvent une sonorité si diverse, que l'on pourrait croire, pensait Geneviève en les écoutant, que l'une pleure quand l'autre rit, ou que l'une chante quand l'autre gémit. Ce chant d'un bonheur un instant perdu et éperdu, Lali ne pouvait en saisir toutes les nuances puisqu'elle dormait cavalièrement, la tête droite, retenant Geneviève d'une poigne ferme, pendant que son autre main reposait sur sa poitrine, ressemblant ainsi, dans cette attitude d'une inflexible abstinence à ces rois espagnols endormis, une épée contre le cœur, sur leurs tombeaux de pierre. Geneviève succombait au sommeil de Lali comme elle eût succombé à ses caresses, elle se disait, le front contre la joue de Lali, que communiant de si près à son sommeil elle pourrait pénétrer le secret de ses rêves, mais si elle se mit aussitôt à rêver, ce ne fut que pour elle-même, car notre sommeil est inexplicablement seul, même à deux, et si Lali remplissait tout l'espace du rêve de Geneviève, car elle était là partout, il n'y avait qu'elle souriante, moqueuse, si éclatante que Geneviève n'existait plus, Geneviève, elle, n'était présente en elle-même que comme le poids de ses propres sentiments ambigus envers Lali, c'est-à-dire qu'elle était de trop: Lali courait avec ses amies dans un verger au printemps, elle déjeunait avec elles sous les arbres en fleurs et quand Geneviève l'approchait en disant: « Te souviens-tu de moi? C'est moi, Geneviève... », Lali la regardait longuement avec une douce insolence et répondait en souriant: « *Hello, who are you?* » Geneviève se réveillait auprès de Lali qui dormait encore, frémissant à peine dans son sommeil, les branches de pins crépitaient encore dans la cheminée, sur les braises vives, et une lumière orange, la violente lumière du matin après la tempête, envahissait toute la pièce où dormaient enlacées sous leurs manteaux, car on avait eu froid pendant la nuit, jeunes filles et jeunes femmes, toutes ces étrangères du tableau de Delvaux que Geneviève ne reconnaissait plus maintenant, elles qui avaient dissipé ailleurs, en même temps que leurs plaisirs, leurs visages nocturnes, et qui retournaient à la familiarité du jour, comme si Geneviève les eût soudain rencontrées dans une gare, attendant un train.

L'une d'elles se leva mécaniquement et marcha vers la salle de bains, les yeux fermés, elle revint s'étendre près de sa compagne, du même pas somnambule et Geneviève ne vit plus de ce couple, sous les manteaux, que les boucles emmêlées de leurs cheveux, dans les reflets du soleil matinal. Tout dormait, respirait d'un calme lénifiant, intime, auquel Geneviève ne participait pas, elle qui cherchait encore à comprendre cette seconde Lali qui l'avait désertée dans son rêve et dont elle subissait encore les cruautés, bien que la première Lali fût en même temps si sage, près d'elle, qu'une si monastique sagesse, en une maison si peu ouverte à la retenue, semblait presque une inconvenance. Soudain un cri très lent s'éleva, dans ce jour de lumière et de neige auquel toutes paraissaient sourdes et aveugles, Geneviève songea qu'elle était la seule à l'entendre car, autour d'elle, rien ne bougeait encore sauf un chat siamois qui, entrant subitement dans la pièce, vint en un bond s'installer sur ses pattes de devant pour contempler le feu, lui seul, en dressant les pointes de ses oreilles, eut l'air d'écouter avec Geneviève cette voix qui lui rappelait ses propres faims assouvies, puis continua sa méditation devant le feu :

— Pas si fort, dit René, de l'autre côté de la cloison.
— Pardon, je n'ai pas pu m'en empêcher, dit Louise. Tu es le meilleur amant du monde.
— Tout le monde sait cela, tu ne m'apprends rien de nouveau.
— La meilleure amie, la meilleure maîtresse, je voulais dire... Les mots ici ne servent à rien, tu me rends très heureuse.
— Dors maintenant, gronda René.
— Tu me quittes déjà ? Où vas-tu, René ?
— Dans la chambre de la fille d'à côté. Je lui ai donné ses premières leçons d'amour, quand elle avait seize ans. Ensuite, j'ai eu sa mère.
— Et moi ?
— Tu peux venir aussi si tu veux.
— Jamais, René. Je suis ton amie, je ne suis pas celle de tes anciennes amies, ou bien cela signifie que je ne t'aime pas.
— Dors, je te dis.

On entendit encore quelques bruits de pas, René

n'était plus aux côtés de Louise, Geneviève qui ne s'endormait plus eut pour elle seule la vision de Louise sortant toute nue de la chambre, appelant René du regard puis s'immobilisant, elle qui se croyait invisible, au seuil de la chambre, dans une pose à la fois indolente et boudeuse qui lui donnait tant de charme qu'une tout autre femme que René, passant par là, eût bien vite consolé et renfermé dans la chambre cette captive aux yeux pleins de larmes qui réchauffait son grand corps aux flammes orange du jour, n'attendant plus personne que celle-là même qui ne pouvait pas l'aimer. Elle resta ainsi longtemps immobile, tout éclairée par ce jour en feu, pendant que coulaient sur ses joues, soudain très pâles sous sa couronne de cheveux sombres, ces larmes, pensait Geneviève, qui exprimaient peut-être autant de volupté que de chagrin.

Avec la venue du matin, toutes ces visions disparurent, les activités reprirent comme au lendemain d'un rêve, des étudiantes retournaient à leurs cours, d'autres filles rentraient d'une promenade dans la montagne, déposant partout leurs bonnets de fourrure, secouant leurs bottes, on avait soif de café, on avait faim de « toasts et de confitures » et même Lali brisait son sommeil d'ascète pour commander d'un ton brusque à ses compagnes:
— *Yes, some coffee, please,* et n'oublions pas *to feed the cat...*
— Mon Dieu, nous avons invité nos mères à déjeuner, il faut vite rentrer à la maison pour préparer le repas, il sera bientôt midi, dit l'une des poètes à son amie toujours enfouie sous les manteaux, réveille-toi, Sophie, allons, ma belle, réveille-toi...
— Hein? quoi?

— Maman, ta mère, tu sais bien qu'on les invite toujours, le jeudi...
— Merde, alors!
— Sophie, ton langage! Dis-moi, où sommes-nous? Tiens, nous avons dû être invitées, ici, hier soir, en sortant de l'Underground. Mon Dieu, quelle vie nous menons, Sophie, lève-toi, je t'ai dit, si nous continuons à sortir ainsi, à aller d'un *party* à l'autre, toutes les nuits, ah! Sophie, ton œuvre et la mienne, que risquent-elles de devenir en ces nuits de chaos? Sophie, debout, ou je te jette de l'eau à la figure...

Les « poètes » repartaient en frissonnant vers les rues froides, si leurs mères étaient riches, elles vivaient, elles, dans un quartier pauvre, et quand les autres sautaient dans un taxi à la sortie de l'Underground, il n'était pas rare de les voir rentrer à pied, toutes transies, l'une au bras de l'autre, on eût dit alors que dans leur démarche jumelle, et même dans leur grelottement, elles formaient quelque couple inséparable, séculaire, et leur langage étant vieux pendant qu'elles demeuraient jeunes, leur tendresse elle-même s'imprégnait, comme les traits de leurs visages, de plis plus anciens, désuets. Toutefois, solidaires bien que lointaines, elles avaient apporté à Lali son café, et la veille, la voyant endormie, lui avaient enlevé ses bottes dont elle nouait maintenant les lacets d'un air morose, tout en demandant à Geneviève de l'accompagner à la campagne.
— Seulement si tu veux, Lali, ton travail...
— O.K. O.K., *I never do something I don't want to do... come... it will be nice,* et pour mon travail, *shit, it will be for to-morrow...*
— Tu as entendu, cette nuit?
— *What?* Non, je dormais, moi. *And there was*

*nothing to hear, anyway. Nothing. You have too much
imagination,* toi te dépêcher, *it will be so peaceful
up there, and my dog is waiting...*

La lumière de midi inondait maintenant la ville
blanche, givrée, et pendant que Lali conduisait sa voiture en silence, oubliant, lorsqu'elle s'allumait une cigarette, de la partager avec Geneviève, une légère insatis-
faction se lisait sur ses lèvres étroitement scellées, tout
au creux de ses joues que la réverbération du soleil
décolorait, ainsi ces rayons de soleil qui tombaient
sur le visage de Lali traversaient comme un voile cette
soie qui recouvrait ses joues et qui ressemblait si peu à
de la chair pour faire saillir au dehors une ossature
diaphane, fantôme d'un autre visage privé de toute vie,
dont Lali elle-même paraissait ignorer la présence, car si
elle était lasse, elle avait faim et ne coupait son silence
que pour parler à Geneviève « des *hot dogs and cheese-
burgers* » que l'on mangerait bientôt en route, car cette
route, peut-être parce que Lali était taciturne, semblait
interminablement longue. La voiture de Lali avait frôlé
les silhouettes des deux « poètes » qui rentraient chez
elles en grimpant le long des trottoirs devenus des ava-
lanches, pendant la nuit: les filles l'avaient hélée au
passage, et Lali avait répondu à leur salut par un geste
gai de la main, puis son visage avait repris son expression lisse et contrainte.

— Hé, *these two girls, they are a bore!*
— Pourquoi, Lali?
— *Because they are, I tell you, they write a lot of
shit, love songs and everything stupid,* elles, jouer la
comédie, tu comprends? *I hate it!*
— *I like them,* et puis elles s'aiment si fort l'une et
l'autre.

— *Love, always love,* dit Lali abruptement, *they are a bore, I tell you!*

Lali était insatisfaite: mais pourquoi? Peut-être son puritanisme s'offensait-il de ces jeux de la nuit auxquels elle avait assisté sans le vouloir, ou peut-être, pensait Geneviève, ce puritanisme n'existant pas pour elle-même, quant aux écarts de sa propre conduite, hérissait-il toutes ses défenses, toutes ses interdictions latentes quand les autres s'emparaient de ces joies qu'elle considérait seules les siennes? Incorruptible, elle entraînait Geneviève par la main, vers le snack-bar et exigeait d'un ton impoli au garçon:

— Hé, Charly, *two hot dogs and two coffees.*
— Comment sais-tu qu'il s'appelle Charly?
— *I don't know, but who cares? Charly, quick, please!*

Assise en face de Geneviève qu'elle ne regardait pas, Lali avalait ses frites avec peine, car elle les avait trempées dans une vulgaire substance rouge, laquelle débordait de son assiette, et cette assiette sur laquelle Lali figeait son beau regard qui était parfois celui des égarés sur la terre, cet objet qui offrait aux voyageurs ses indécentes nourritures, le hot dog se glorifiant en même temps d'être l'un des confortables symboles de l'Amérique du Nord, avec le Bar-B-Q qui représentait pour Lali « *a luxury meal for sunday* », cet objet, comme tant d'autres autour de Lali, telles sa brosse à dents ou ses cigarettes, entrait dans son histoire, pensait Geneviève. Car combien de fois, seule au milieu de la nuit, Lali n'entrait-elle pas dans ces snack-bars pour venir s'asseoir au fond de ces salles trop éclairées, mangeant sans faim, jouant avec ses frites, pendant que son regard s'abaissait ainsi, sous ses paupières cernées de bleu, vers cette même assiette en carton, symbole aussi de la macération quotidienne de ces aliments, qui, parce qu'ils ne nous nourrissent pas, finissent par nous dévorer? Mais si Geneviève se demandait comment Lali pouvait survivre avec éclat, elle qui se nourrissait si mal, et de si peu, ce qui l'inquiétait plus encore, c'était ce silence de Lali, triste et pesant qui les accompagnerait peut-être partout désormais.

— Tu as reçu des nouvelles de ta famille?
— *No.*
— Ton frère viendra-t-il cet été?
— *No. Let's go home!*

Avec le retour à la maison de Lali, Geneviève retrouvait tous ses rites, la neige qu'elle balayait de ses escaliers de glace, le chien qu'elle grondait aussitôt: « *Ah! the bastard, just one night and shit all over my rug, what a monster!* » le manteau, l'écharpe rangés avec soin, tout ce despotisme du réel sur les gestes de Lali semblait lui faire oublier ces péchés qu'elle n'avait pas commis pendant la nuit, pensait Geneviève, avec d'autres femmes que Geneviève, plus agréables, et dont Lali devait avoir l'habitude, elle qui sortait si souvent avec René la nuit, car autrement comment s'expliquait cette impénétrable nostalgie dont elle était tout enveloppée, même en compagnie de Geneviève qui l'aimait?

—*First, I will clean the house, if you don't mind... you could wait for me in my room, take a bath, if you please...*

Pendant que le bruit de l'aspirateur infestait de sa plainte morne le silence de la maison, de la campagne, et même ce silence de Lali qui avait eu en Geneviève son écho particulier, Geneviève éprouvait que les réalités de la vie, lorsqu'elles se rassemblent autour de nous, en traîtresses assassines, sont capables de nous vider, nous et nos rêves, de notre sang, plus vite que ne le ferait un bourreau. C'était ce rêve de Lali saigné à blanc, n'édifiant plus que des vérités incultes, comme les nécessités dans l'existence de Lali, du *vacuum cleaner,* du hot dog ou du *cheeseburger* qui détruisaient soudain toutes les valeurs spirituelles d'un amour pour les remplacer par l'avidité des hommes et des choses, pensait Geneviève, tout en s'appropriant davantage de ces objets dans la vie de Lali: sa « salle de bains, sa baignoire », sans lesquels elle-même eût été incapable de vivre. Mais malgré tout, c'était dans cette froide salle de bains perdue seule au milieu de l'hiver, emmurée par des étendues trop vastes, que l'intimité de Lali, si minuscule, commençait à régner en souveraine: c'est ici, dans cette cuve d'eau chaude si bienfaisante qu'elle venait délasser le soir son corps tremblant de froid, peut-être invitait-elle des amies à se joindre à elle, pensait Geneviève, tout en se disant aussi que Lali était de celles dont on ne peut prévoir les désirs, car elle semblait bien peu aimante en cet instant, courbée sur son aspirateur, et rageant contre sa domesticité animale.

— Des poils, des poils partout, *I will kill you, all, you, terrible cats!* Es-tu O.K., *darling, upstairs?*

— *Yes.*

— *You could use my parfume, if you want.* C'est dans l'armoire, *open it, you will see...*

L'armoire dont parlait Lali exposait, alignés selon leur ordre de grandeur, une douzaine de flacons d'eau de Cologne, venant de tous les pays d'Europe, chacun, en dégageant son parfum eût révélé à Geneviève le prénom d'une femme que Lali avait aimée au loin, ou même tout près d'elle, car l'Underground était aussi le port d'accueil de cette récolte étrangère dont Lali était friande, car elle aimait parler toutes les langues qu'elle connaissait, et ces femmes venues pour Lali de régions évocatrices du pays de sa naissance, tout en refermant, à l'intérieur des murs de sa maison canadienne, la fenêtre de l'exil, avivaient peut-être aussi en elle, avec leur géographie éparpillée, une science érotique locale connue de Lali seule et que les bouteilles d'eau de Cologne, avec la discrétion propre aux objets, ne présentaient plus à une amie passagère comme Geneviève, qu'à l'état de souvenirs pénibles mais effervescents. Geneviève qui avait eu la même inspiration, l'idée de couvrir des arômes d'un jardin le corps déjà frais de Lali lui paraissant originale, se retrouverait-elle aussi un jour liquéfiée dans l'un de ces flacons, aux côtés de ces végétales senteurs venues de France, Lali ayant une prédilection pour ce pays, ainsi à côté de l'*Eau sauvage* une autre femme que Geneviève, invitée à passer la nuit chez Lali, verrait un jour cet *Été rouge* que deviendrait Geneviève, peut-être même avant la fin de l'hiver, et se dirait comme Geneviève se le disait maintenant: « Comment était celle qui m'a précédée ici? »

Lali ouvrit la porte de la salle de bains, son aspirateur à la main: « Toi, vite aller au lit, *it is cold here!* » Rien ne pouvait moins préparer quelqu'un à l'amour, pensait Geneviève en regardant Lali armée de son aspirateur, que cette intrusion d'une autre Lali, soudain impérieuse, elle qui l'était si peu la veille, non que ce fût dans le caractère de Lali de l'être mais parce que la nécessité, pensait Geneviève, en nous modelant pour ses devoirs, fait de nous des êtres pieux à la servir, mais sans gloire pour nous servir nous-mêmes. Lali s'étant dévêtue de son costume de velours pour un vieux jean qu'elle avait rapiécé aux genoux de morceaux de cuir, dans son sens de l'économie, son chandail gris à la forme lâche errant autour de sa poitrine maigre, Lali pensant d'abord à nettoyer sa maison avant d'étreindre une amie qui, répétait-elle, lui avait « manqué, beaucoup, beaucoup, *terribly so* », cette Lali était-elle encore l'éphémère amante qui avait ouvert ses bras à Geneviève à l'aéroport et qui, la tenant serrée contre elle en public lui avait dit à l'oreille: « *So, here you are, here you are at last!* »

— Tu as du whisky, Lali?
— *Yes, but it is so expensive...*
— On en achètera d'autre...
— *O.K. whisky and music, it is a special day after all... don't drink it all,* ajouta Lali en riant et en posant soudain l'un de ses longs bras autour du cou de Geneviève, « *shy as you are, don't drink it all...* »

— Je te connais si peu, Lali...
— *You think so, darling?*

Mais sans lui laisser le temps de répondre, Lali dit en poussant Geneviève vers son lit, en posant sur elle ce regard dont Geneviève ne pouvait dire s'il était fait d'insolence ou de tendresse:

— *You are gay, I am gay, all is well,* toi vraiment drôle pour une fille *gay,* toi... très comique...
— Tu veux me parler de toi, de ta vie, Lali...?
— *Why? It is not the moment...* Écoute la musique, elle est tellement beau, c'est une femme qui chante, *and she sings for other women, for us... it makes me happy, women and songs...* c'est tellement beau...

Il n'y avait plus de doute que Lali, la ménagère, avait quitté la chambre, et que l'authentique Lali, celle qui semait sous les cavernes neigeuses de l'Underground sa foudre aussi subtile que secrète, rentrait dans la tente de son lit comme elle le faisait en conquérante, lorsqu'elle franchissait l'igloo de l'Underground. Geneviève qui avait été si heureuse au début de son aventure avec Lali (peut-être parce qu'elle aimait Lali sans penser et que l'intelligence est souvent nuisible à l'amour, du moins à cette sorte d'amour qui, chez Lali, était adversaire de l'intelligence, aussi spontané à naître qu'à mourir) ne l'était pas moins aujourd'hui, en tenant si près d'elle la tête de Lali, cette tête qui avait été longtemps pour elle la reine moqueuse d'un corps plus inaccessible encore, que Lali fût là toute réveillée à une seule femme, elle qui feignait de dormir à tant d'autres, était déjà un miracle, et Geneviève lui caressait les cheveux et la nuque comme pour se rassurer de ces furtifs contacts, car elle ne savait à quel moment Lali déciderait soudain de se lever, quel caprice viendrait encore la saisir au vol, mais au bonheur d'avoir Lali si près d'elle et en cet instant, pour elle seule au monde, elle joignait le malheur de raisonner au sujet de Lali... Lali n'était pas qu'une femme belle, elle avait le génie d'éveiller l'amour sans pouvoir y répondre, ou bien elle y répondait sans aucun désir de l'âme, chérissant chez les femmes ce qu'elle leur donnait d'elle-même, leurs corps et le sien maintenus en quelque rigoureux équilibre pour une apothéose physique dont elle avait, comme une mathématicienne, une idée parfaite, une idée si exacte que la moindre faiblesse, la moindre maladresse, dans ses bras, risquait d'être sévèrement châtiée. Donc, pensait Geneviève, elle était plus maître que maîtresse de cet amour, dont elle puisait, parmi ses ancêtres saphiques, la savante doctrine, et ce sourire moqueur sur ses lèvres douces n'était-il pas un sourire de mépris, lorsque ne se laissant plus choyer comme l'enfant qu'elle était au début de leur aventure, elle régnait maintenant au lit comme l'eût fait un garçon de seize ans, découvrant, ce qu'il ignorait hier auprès d'une femme, qu'il était superbe, et le maître d'un sexe plus faible? Pourtant, si ces pensées hantaient Geneviève, pendant qu'une chaude voix de femme chantait: « Il est trop tard... Il est trop tard... », Lali, elle, resplendissait de tout ce qui faisait sa beauté, laquelle était indépendante des pensées de Geneviève et, en ce moment, de toute pensée, on eût dit que toutes les femmes qui l'avaient aimée, ces étrangères multiples chargées de leurs caresses, de leurs parfums, dont l'essence amoureuse dormait maintenant dans les flacons de la salle de bains, avaient déposé en Lali toute leur ardeur, et que le bruissement de leurs voix, la chaleur de leur haleine passaient par la voix, le souffle de Lali pour mieux fêter avec elle cette idée pourtant très cérébrale que Lali se faisait des corps, laquelle ne pouvait se délivrer que par sa chair à la fois ardue et frémissante, car Geneviève craignait qu'aucun esprit, pas même l'esprit charnel ne fût en elle pendant qu'elles s'embrassaient et s'aimaient. Toutefois, seul le génie de Lali pouvait unir ce qui était si dissemblable, et nier, par les inventions du plaisir, des différences qui paraissaient à Geneviève des infirmités. Là où Geneviève était sombre de peau, riche en cheveux, Lali montrait une tête fière, presque glabre, et cette blondeur rase dont elle était comme enduite des pieds à la tête était une autre des supériorités de Lali, qu'en plus de sa peau si fermée sur elle-même, ce second vernis, plus rude vînt se placer sur elle, comme une épreuve de plus à franchir, comme si ce velouté blond et sensuel environnant la peau de Lali, lui eût servi de temple, de protection, pendant que des mains inconnues se posaient sur elle. En même temps, Geneviève se disait que c'était son regard à elle, ce regard oubliant jusqu'à sa myopie (Lali n'eût pas plus toléré qu'un affublement vestimentaire qu'une amie vînt près d'elle, accoutrée de ses lunettes) c'était le sien, qui, en effleurant la peau de Lali, en exagérait les particularités les plus innocentes, tel ce fin duvet roux qui éveillait chez Geneviève une émotion si affectueuse, et dont Lali était inconsciente, car elle n'imaginait pas qu'on pût aimer ou choisir en elle d'autres parties plus attirantes que son sexe, ses seins.

— *You have a dark skin*, dit Lali, *it is nice, I never noticed that, before.*
— Tu veux me donner mes lunettes maintenant?
— *Oh! No, certainly not, stay quiet, darling, I feel so good, so restful, now...*

Geneviève songeait que Lali qui bâillait, tout en étirant ses longs bras devant elle, ne tarderait pas à s'endormir et que ces heures dont l'attente l'avait tant exaspérée à Paris s'effaçaient, désormais, de façon irrécupérable. Déjà, déjà. Lali, tout en égrenant près du visage de Geneviève ses bâillements, ses soupirs et ses jeux pleins de nonchalance, car n'ayant plus envie de conquérir ce qui était déjà à elle, Lali s'amusait à frôler du bout de ses lèvres roses les paupières de Geneviève, ou, lorsqu'elle s'ennuyait trop, à lui glisser ses cigarettes dans la bouche, tout en fredonnant avec la chanteuse d'un air espiègle ces paroles qu'elle ne comprenait pas: « C'est pour l'éternité, l'éternité... », paroles qui devaient provoquer chez elle des désirs de somnolence car tout en balbutiant « éternité, éternité », elle bâillait plus encore, et à plat sur le ventre, laissait choir l'un de ses bras durs à la dérive, contre l'épaule de Geneviève, ou là où il tombait, avec toute la force concentrée dans nos membres, lorsque l'un d'eux meurt ou s'évanouit. Prisonnière de ce bras et très souvent comme « autrefois » pouvait-elle se dire déjà, de l'athlétique pied de Lali, lequel, lui aussi, au repos sur le pied de Geneviève, n'avait rien de doux, Geneviève regardait s'inscrire autour d'elle cette empreinte de Lali qui était, à l'image de son corps, celle de la pierre, d'une solidité dans l'existence, aussi invincible et intraitable que ces matériaux dont Geneviève, dans son art, cherchait à voir renaître la forme et l'esprit. Pourtant, Lali étant au repos, on apercevait dans la lumière hivernale qui descendait avec le jour, sur son dos de gisante, l'extrême vulnérabilité de sa chair, même lorsque cette chair, dominant sans le savoir, est le symbole pour l'autre d'âpres ou d'étincelantes victoires. La vie de Lali était écrite sur son dos, dont les muscles soudain se décontractaient, sous cette brève sueur dont il y a un instant elle était recouverte, et chacune des marques, étoiles ou sinuosité dont sa chair avait conservé le modelage, était un aveu même de cette barbare écriture de la vie qui, même sur l'être le plus parfait, taille sa route d'obstacles et de malheurs. Lali ne se plaignant pas d'avoir été maltraitée ou battue, ce dos aurait pu le faire à sa place.

— *No, no nobody ever touched me*, toi si fou d'imaginer ça, *but I spent a year in the hospital, not able to walk, there was someting wrong with my spine...*

— Tu as dû beaucoup souffrir...

— *Oh! not so bad, but I had many operations, sometimes, they had to cut some parts of my flesh to put it here and there,* l'important c'est d'être *alived, don't you think?*

Lali racontait à Geneviève, sur le même ton détaché, qu'alors immigrante aux États-Unis, elle avait pu poursuivre ses études, et que ce séjour d'un an à l'hôpital « *was not so bad, after all, maybe useful, since I studied medecine all the time, particularly through my own pains... at night, you see, it was growing, growing...* » Elle avait craint, à cette même époque, l'esclavage de la morphine et avait entraîné son corps à ignorer les maux dont il souffrait. « *But flesh is like meat, it bleeds...* mais toi trouver tristes mes histoires, vaut mieux dormir... » Lali ne pouvait pas savoir, elle qui avait exercé son âme à une discipline contraire à cette perméabilité des émotions sur la chair, non, elle n'eût pas même compris combien Geneviève était soudain émue par elle, ou par cet hymne de courage qu'exprimait pour elle, cette ligne émaciée de son dos, cela seulement, qui la rendait soudain si humaine, et plus digne encore d'être aimée, lorsqu'on voyait de l'intérieur, ce que l'on voyait peu de l'extérieur, sous sa forme ravissante, lustrée par le besoin de séduction qu'on en avait (plus que le goût de séduire que Lali pouvait éprouver pour les autres). Qui donc eût pu concevoir que lorsque Lali, abordant une femme à l'Underground, dans cette attitude noble et douce qu'elle avait soudain en penchant la tête vers elle, que dans cet acquiescement même de tout son corps en apparence si harmonieux, si parfait, dans sa rigide autonomie, il y eût une faille, que ce qu'elle inclinait alors vers vous, ce n'était pas que la hauteur et la grâce de ses perfections, mais le poids d'un seul de ses défauts, lequel était invisible, enseveli parmi ces invisibles étoiles, au dos de Lali, qu'une habile chirurgie avait presque effacée, que ce qui causait cette inclination charmante de sa tête, c'était encore, en elle, ce défaut, si minime pourtant et qu'elle ne parvenait pas à redresser? Cette faille, dans la personne de Lali, avait servi de gîte à toute la souffrance en général qui rôde par le monde et dont tout homme peut s'étonner, en se levant le matin, qu'elle ne le tue pas sur place, tant elle entoure toutes les vies de son oppressante masse. Mais cette faille, aussi, pensait Geneviève en recouvrant le dos de Lali de la verte blouse médicale qu'elle portait au lit, ne se comparait-il pas « à cette brèche dans la cheminée » dont lui avait parlé Lali, ce trou dans le mur du passé par lequel Lali avait vu fondre, sur elle et les siens, la guerre et ses crimes, ou si elle était trop jeune, la sanguinolente fumée qui en restait? Il y avait, dans un coin de la chambre de Lali, une petite valise noire contenant, à l'image des stigmates cachés sur son dos, ces mêmes vestiges du passé. Le nom de Lali y étant imprimé en lettres bleues, et ce « Lali Dorman » pâlissant avec le temps, depuis que Lali parcourait le monde, semblait témoigner lui aussi de la solitude de cette fugitive emportant avec elle, au-delà des frontières, ses quelques poussiéreux trésors, dans une valise étroite qui ressemblait par sa taille à un cercueil d'enfant. Parfois, la nuit, dans un élan de confiance, Lali ouvrait pour Geneviève cette valise dont elle examinait méticuleusement le contenu effeuillé sur son lit: un doigt dans la bouche, un pli grave lui traversant le front, on eût dit qu'elle s'efforçait de comprendre là quelque mystère, bien qu'il n'y eût aucun mystère dans ces friables reliques qu'elle contemplait, photos jaunies de ses parents, de ses grands-parents, de ses camarades à l'école: « *This one, I almost killed her one day* parce qu'elle avait volé *my bike,* sais-tu ce que moi j'ai fait? *I took her by the hair and I threw her on the ground, like that!* » mais il y avait parmi ces pauvres choses une dépouille soudain plus précieuse que les autres, c'était le portrait d'un vieillard, un inconnu, un clochard, peut-être, peint d'un trait caricatural, tragique et dément, peut-être, aussi, par un jeune garçon qui était le frère de Lali.

— *He was so unhappy, you see, that's why he painted that...* Il avait quinze ans, dans ce temps-là, *he used to* be so unhappy because of ours parents that he would take a lamp and broke it on his own head, you see, the face of this old man, in the picture, it was like him then, a child with a very old face, screaming, screaming, with bloody tears all over him, but all is well now, he is studying to be an engineer... No tears anymore...

— Et tes parents?

— Vies perdues, *lost lives*, dit Lali en repoussant la valise noire sous le lit, *they are well and alive, I am glad for them, but they lost their lives... that I know!*

Ces mots prononcés par Lali, pendant que son regard se perdait au loin, remplissaient le silence de la maison déserte, en cette désertique campagne, de leurs deux glas apeurés: « Vies perdues! Vies perdues! » et peut-être était-ce parce que Lali venait de rejeter hors d'elle-même leurs ténébreuses résonances que soudain prise d'un frisson d'effroi, plutôt que de se rapprocher de Geneviève à qui elle avait ouvert son cœur, trop vite ou trop tôt, craignait-elle, elle s'en éloignait, et même allait jusqu'à l'oublier complètement, comme si elle eût près d'elle non plus une amante, une amie, mais une intruse, menaçant de la posséder, elle et toutes ces « vies perdues » dont elle espérait, par sa vitalité, son espérance aussi, inhumer les cadavres. Mais voici que parce que cette femme l'aimait, Geneviève, dont elle avait parfois du mal à se rappeler le prénom, voici que cette Geneviève osait exister en elle-même, sur ce territoire où rien d'autre ne pouvait être écrit que « Lali Dorman ».

Les yeux de Lali, très sévères soudain, même s'ils ne perdaient rien de leur chaleur dorée, paraissaient accabler Geneviève de cet avertissement: « Défendu, *forbidden* », ou bien « *I belong to myself and to myself only* ». Ce n'était plus de Lali, douce et câline, dont Geneviève devait se préparer à embellir le souvenir, car cette jeune femme ou ce jeune garçon ou ce mélange de plusieurs incertitudes délicieuses que l'on rencontre dans un seul être, parfois, cette femme était une apparition de nuit, une orpheline du hasard, d'elle, une autre, une implacable jeune femme appelée Lali Dorman imposait ses droits, gouvernait « son » monde, et dans ce monde, l'amour, la passion, ces mots dont la signification était toute physique, pour cette autre Lali, ces mots assouvis au grand jour n'avaient plus lieu d'être, ils gênaient, emprisonnaient, et la vie normale devait se poursuivre sans eux. Lali se levait donc comme une flèche le matin pour intégrer Lali Dorman, silencieuse, de plus en plus silencieuse, même aux côtés d'une amie qu'elle embrassait distraitement sur la bouche, tout en se vêtant de son jean aux genoux rapiécés, de son chandail gris flottant, elle descendait d'un pas militaire, vers la cuisine, les chats, le chien à ses talons, préparait le café, les œufs, mangeant en silence en face d'une compagne qui ne la reconnaissait pas, ou beaucoup moins, mais cela lui importait peu, Lali Dorman était morte à tout sauf à elle-même, dans la maison on n'entendait respirer et vivre qu'elle, son pas calme martelait le plancher de bois fraîchement ciré, et même si elle avait invité une amie chez elle pour plusieurs jours, elle n'était déjà plus là, près d'elle, elle la côtoyait sans la voir, agacée toutefois de rencontrer l'intruse qui prolongeait si longtemps son séjour chez elle, dans « son » fauteuil, ou attablée devant « son » beurre d'arachides, ce qu'elle reprochait le plus à cette intruse, c'était son oisiveté quand, elle, le souffle énervé, la mèche sur le front, ne cessait pas un seul instant ses travaux (réparation d'une marche dans l'escalier de la cave, préparation d'un médicament pour l'oreille du chat qui coulait, « *and all that shitty snow to shovel around the house,* so « *I* » *can get out of here...* » non, Lali Dorman n'avait pas, elle, de ces complaisants moments de loisir où, comme Geneviève qui la surprenait de plus en plus par sa paresse, on ouvrait un livre, prenait un crayon pour dessiner, cela aussi, dans sa maison, comme l'exprimait franchement son regard, oui cela était « interdit », « *forbidden to be so lazy* ». À la fin du jour, quand, avec le soleil couchant sur la neige, une lumière pourpre, si triomphante qu'elle faisait autant de bruits joyeux dans les cœurs que les sons d'une trompette à l'oreille, illuminait toute la maison, Lali accourait à la fenêtre, son marteau, ses clous encore à la main, appelant Geneviève dont elle se rappelait soudain l'existence:

— *Come to see, it is so beautiful, come, darling, it is time to stop, the day is over,* tu veux un martini avec moi? Toi, aimer les martinis, je pense...

— Non, ce n'est pas moi.

— *It does not matter, we will drink something, anyway, I remember, it is whisky you like so...*

Ces heures de récréation qui s'annonçaient soudain pour Lali, avec l'heure du soleil couchant, sonnaient pour elle, comme l'eût fait une cloche dans un monastère, la fête du repos après le travail et la prière. Lali sortait de la douche du soir, propre et parfumée, ses cheveux humides portant encore la trace du peigne, soudain disponible, elle qui l'était si peu il y a quelques instants, elle disait à Geneviève avec impatience:

— Toi, tu lis encore? *What is that book?*

— C'est un livre de ta bibliothèque. Whitman...

— *These, they are not my books... They belong to Suzann, she should come back and get her things out of here... Let's look at TV, it is more fun...*

Geneviève continuait sa lecture pendant que Lali, irritée, jouait avec l'antenne de la télévision, et peut-

être était-ce, au fond, plus un sentiment de jalousie que d'indifférence à l'œuvre de Whitman qui incitait Lali à cette colère, car, posant plusieurs fois un regard courroucé sur le livre que lisait Geneviève, elle dit d'un ton furieux :
— *These intellectuals, they think they are so bright,* hé !

Puis elle retirait le livre des mains de Geneviève, tout en s'agenouillant près d'elle, parfois se levant pour venir s'asseoir sur ses genoux, pendant que, tournant lentement la tête au bout de son long cou et perdue dans ses réflexions, sa tête, aperçue de profil, changeait si vite d'expressions, dans la lumière que déversaient toutes les vitres en flammes, que Geneviève ne pouvait savoir si elle était encore chagrinée, ennuyée, ou simplement têtue comme cela lui arrivait souvent. Bientôt, Lali ouvrirait sur le tapis, aux pieds de Geneviève (comme si elle eût accompli ces gestes tous les soirs, depuis que Geneviève vivait), ses journaux dont elle ne lirait que les bandes dessinées, d'un air sérieux et défiant, ajoutant dans son accent saccadé :
— Y a que toi, pas aimer les *comics* hein, *but that's life too... you know...*

Geneviève écrivait ou dessinait sans la regarder, tant il lui semblait que cet espace de Lali couchée parmi ses journaux, la tête entre ses poings serrés, n'était pas un espace qui lui était réservé à elle, que déjà Lali qui n'appartenait à personne, lui échappait plus encore. Les mauvais films d'amour, tous ces spectacles sirupeux que Geneviève avait toujours dédaigné voir, lui devenaient étrangement supportables auprès de Lali qui pleurait en lui prenant la main et qui, levant vers Geneviève son visage ruisselant de ces larmes claires en vain répandues, disait :

— But you don't cry, why not? It is so sad... He will loose her, and she loves him, je sais que toi tu préfères *to look at the conference about death penalty, but I don't agree with you, we cannot have the murderers running free in our streets, you are wrong...*

Toutefois, Lali ne tenait pas à discuter davantage avec Geneviève: elle pleurait en silence et ne s'adressait à elle que pour lui demander: « *some kleenex, please, I am so sorry for them...* » et Geneviève pensait que même si la main de Lali était brûlante dans la sienne, son cœur devait être froid pour s'intéresser si peu au sort de l'humanité, et au sort individuel de Geneviève, moins encore. Geneviève avait cette sensation, depuis qu'elle connaissait Lali, de s'émerveiller de ses émerveillements nocturnes et crépusculaires pendant que s'éteignaient en elle les souvenirs de son identité intellectuelle et morale, si bien que le soleil qui réchauffait de son feu déclinant les champs de neige de Lali, tout en réchauffant Lali, plongeait Geneviève dans de tièdes frémissements où le rêve qu'elle avait fait d'être deux avec Lali s'étiolait dans la tiédeur de se retrouver seule et sans Lali, même lorsqu'elle était si près d'elle.

Comme si elle eût soudain senti cet élan de déception que Geneviève croyait lui avoir caché, Lali se blottissait contre l'épaule de Geneviève en soupirant: « Toi, tu es tellement doux, tellement doux », paroles qui ne rassuraient pas Geneviève lorsqu'elles venaient de Lali. Geneviève se reprochait aussi d'avoir l'instinct d'aimer plus que celui de plaire, car on souffre moins, pensait-elle, avec le second qu'avec le premier. Parfois en dansant avec elle à l'Underground, Lali lui avait dit en l'enveloppant de son regard à la fois inquisiteur et ironique: « *You are beautiful tonight!* » mais il n'y avait jamais eu de doutes dans l'esprit de Geneviève que Lali ne parlait que d'elle-même, que du fruit rayonnant de son amour sur une autre, car Geneviève qui avait beaucoup d'orgueil et peu de vanité songeait peu à ce que représentait son corps pour les autres, et pendant toutes ces années où elle avait vécu avec Jean à Paris, même un homme n'avait pu améliorer chez elle ses goûts vestimentaires et elle était en ceci comme dans toute sa personne, pensait-elle, détestablement sobre, son originalité consistant peut-être en ces sobres teintes rehaussées chez certains individus par la ligne pure d'un visage et l'ardeur du regard, comme si elle, que l'on remarquait peu dans un groupe, fût désignée, lorsqu'on la voyait seule, par cette transcendante parenté qui l'unissait sur la terre à toute une lignée d'artistes, hommes ou femmes, dont elle se sentait à la fois le frère et la sœur, on eût dit que ce qu'elle ressentait en dedans ne pouvait être affirmé au dehors, puisque douée de toutes les maladresses nerveuses lorsqu'elle tenait à exprimer une idée, elle avait découvert que ses mains seules avaient, pour soulager le bouillonnement de son esprit, quelque pouvoir sur la matière, et le pouvoir aussi, parfois, d'émouvoir les autres. Jean avait donc raison lorsqu'il lui disait amèrement: « Je n'ai pas réussi à faire de toi une vraie femme! » puisque ce but n'avait jamais été le sien, tant elle aspirait à une réalisation d'abord humaine dans laquelle les rivalités d'ordre sexuel ne seraient plus.

Lali séchait encore ses larmes, assise toute droite sur le sofa, parmi son chien et ses chats (« *How unfair!* » murmurait-elle, car la fin du film d'amour était encore dramatique), quand elle vit venir, de la fenêtre, un lourd camion se frayant un chemin sous ses allées de neige.

—*Hé, My God, it is « her », Suzann, she is coming back to get « my » things, I bet, the devil... And look at that, she is not alone already, what a betrayal, after three years of marriage...*

Suzann et son amie entraient gaiement dans la maison de Lali et en franchissaient aussitôt tous les seuils de leur pas déluré, émiettant partout sur les meubles de Lali, sa table ancienne, leurs mitaines tachées de neige, leurs foulards, riant, bavardant, fumant pendant que Lali, stupéfaite, les regardait s'agiter autour d'elles, l'âme blessée.

— Mais oui, c'est comme ça, expliquait Suzann, nous allons vivre au Mexique, Lise et moi...

— *Lise and you, I see, I see...*

— Prends ce tableau, là-bas, Lise, c'est le mien, les livres aussi. Ne te fâche pas, Lali, pour le reste que je te dois, je t'enverrai un chèque. C'est la vie, comme tu dirais. On s'aime, on se quitte.

— *Not the chair, it is mine...*

— Bon, garde la chaise, si tu veux... Je t'écrirai, Lali, tu verras, on oublie les mauvais souvenirs avec la distance...

Lorsque Suzann et Lise, la queue de leurs foulards bigarrés traînant derrière elles dans la neige, repartiraient triomphalement dans leur camion débordant des possessions de Lali, Lali et Suzann, mais leur amour étant détruit, le respect des choses acquises à deux ne tardait pas à mourir lui aussi, Geneviève verrait Lali, guettant impassible à la fenêtre, la fuite de ces deux Tartares qui, en piétinant son domaine, n'avaient laissé, sous les talons pointus de leurs bottes de fourrure, que désordre et massacre. Une grise veste de mouton, laquelle n'avait pas été lavée pendant des années, oubliée dans un coin par Suzann, inspirait à Lali un tel dégoût qu'elle ne l'eût pas même ramassée avec cette pelle avec laquelle elle réparait les oublis de son chien, dans la maison. Mais ce qui offensait le plus Lali, c'étaient ces tartines au miel et aux confitures que les filles avaient eu la désinvolture de se préparer avant leur départ, dont les couches de beurre, sur la table de Lali, témoignaient encore de l'immonde passage.

— *Look at that, disgusting! And they are going to Mexico, like that,* hé? *Suzann and Lise, Lise and Suzann, don't you think it sounds less nice than Suzann and Lali?*

Le devoir avait arraché Lali à son amertume car on l'appelait d'urgence de l'hôpital, et à la voix résignée de Lali répondant: « *Yes, I know, I will be there... Yes, I should... But there was this big storm, you see, Yes... I shall be there, wait for me...* », Geneviève avait compris que leur congé prenait fin. Le retour avec Lali, vers la ville, serait silencieux et terne, Lali conduisant avec une lenteur excessive, par prudence, prenant parfois la main de Geneviève, lui souriant d'un air de grande lassitude, mais Geneviève se sentait soudain si dépossédée que dans ce sentiment nouveau qu'elle éprouvait, Lali ne pouvait lui apporter aucun réconfort, même lorsqu'elle lui disait en souriant: « *Last night,* c'était bien, très bien... » car, pensait Geneviève, on eût dit encore que Lali parlait de l'amour comme de la solution d'un problème d'algèbre.

— *We will go out to-morrow night if you want, I know all the gay clubs in town, for men as for women,* toi, m'attendre chez toi. *But where do you live? I don't know...*

Geneviève avait loué un atelier près du port, mais elle ne dit pas à Lali qu'elle avait l'intention de meubler cet atelier, de façon à recevoir Lali chez elle, Lali, d'un seul regard, d'un seul pli de la bouche, n'eût-elle pas très vite déçu cet espoir?

— *Anyway, I will go and get you to-morrow night and we could go somewhere to dance...*

Lali franchissait toutes les portes de la nuit, de sa démarche ailée, tout en gardant dans la sienne, la main de Geneviève. Sous ces brises de la nuit, elles allaient, accueillies par des hommes au charme éthéré, mais surtout par des femmes, car Lali était connue d'un bout à l'autre de la ville, par les vigoureuses hôtesses du Moon's Face, déployant comme à l'Underground une faune de nuit parfois superbe, du Pigeon de Paris, dont les pistes de danse appartenaient aux jeunes ouvrières de l'Est, et de tant d'autres antres nocturnes, dont le Chez Madame Jules, qui abritait surtout la verdeur des femmes travesties et d'étudiantes indécises, quant à leurs préférences sexuelles. La haute silhouette de Lali apparaissait-elle au pied des chancelants escaliers du Moon's Face qu'une fruste voix de femme demandait avec hostilité:

— Qui est là? En bas?
— Lali.
— Oh! c'est toé, Lali, monte donc avec ta *chum,* on va t'ouvrir!

Simone, la patronne qu'on appelait Simonet, avec révérence pour ses muscles, ses « mollets » disaient les filles, son verbe tranchant et juteux, son côté enjôleur aussi, car si elle maîtrisait du poing les filles qu'elle ne désirait pas chez elle, elle protégeait sa nichée des enquêtes de la police, leur dictait comment se conduire lorsque les policiers visitaient civilement les lieux, « les vendredis soir trop pleins de femmes dans l'atmosphère... », et leur évitait, si possible, les intrigues de la pègre, car elle aspirait pour Lali et ses sœurs, « à une place ben propre, nette *and clean* ».

— Comment ça va, Lali? On t'a pas vue dans les

parages depuis que'ques jours, t'étais ben *busy*, hein, ça se voit, montez donc, on va mettre le *pick up* on n'a pas de monde, quand la semaine commence, pas de paie, pas de femmes...

Simonet dénouait de son ancre la grosse corde, laquelle était la frontière entre l'escalier et la salle de danse, ainsi elle pouvait scruter son « monde », avant de le laisser entrer, et lorsque sa large main soulevait dans l'air la corde tressée, on avait l'impression que s'écartait, sous le poids de cette main libératrice, la frontière entre le monde extérieur, celui où l'homme retrouvait sa femme et ses enfants au foyer, et le domaine de l'interdit, du moins celui que cet homme et cette femme, qui devaient dormir à cette heure-là, appelaient comme tel, et que tout ce qu'il y avait de paisible et de bon, d'aimant aussi, dans ces couples de femmes qui attendaient là, sur la dernière marche du haut, allaient se fondre dans ce violet fond de nuit dont Simonet avait peint les murs troués de son paradis.

— Allez donc vous assir dans la table du fond, disait Simonet, c'est un coin où on viendra pas vous déranger...

Le bar était vide, habité seulement, en ces débuts de semaine, par quelques filles solitaires qui fumaient dans l'ombre, et qui ne sortaient que ces nuits-là, avant la marée des femmes jeunes et belles, celles des fins de semaine, qui, sans le vouloir, les écarteraient. Car nous délaissons toujours quelqu'un, et Geneviève qui se laissait escorter dans la nuit par Lali, dont la grâce, la nuit, devenait plus visible, plus chatoyante, qui avait le privilège de boire à ses côtés, Geneviève elle-même n'eût pas levé les yeux vers ces habituées du lundi que personne ne remarquait, sauf pour la lourdeur de leurs désirs, et, parce qu'elles étaient insatisfaites, la laideur de leurs traits.

— *Look at that woman, she is so ugly,* disait Lali, *she never smiles...*

D'où venaient-elles, qui étaient-elles ? On savait seulement qu'elles attendaient, attendaient ainsi depuis des années, aux mêmes heures et aux mêmes soirs, l'une avait été missionnaire laïque en Afrique, l'autre avait eu un mari sadique, chacune avait, comme Lali, son passé, son histoire, mais ce passé et cette histoire n'éveillaient autour de leurs visages bouffis de craintes, de leur bouche hargneuse, aucune curiosité, aucune ardeur. Il leur arrivait de s'éprendre d'une fille frivole qui les suivait, une nuit, mais leurs aventures étaient presque constamment vouées à l'échec car une fille saine, même lorsqu'elle ne pensait qu'à s'amuser ou à ne pas coucher seule, fuyait devant le religieux fanatisme de la missionnaire et répugnait aux pratiques vicieuses que l'autre avait acquises de son mari. Ainsi elles étaient seules et on ne les aimait pas. Devant un couple comme Lali et Geneviève, elles se renfrognaient, crachant devant elles la fumée de leurs cigarettes, car Geneviève découvrait combien peut peser aux êtres seuls, condamnés à ne jamais plaire, l'autorité de ce mot « un couple », même lorsqu'on ajoutait dans le milieu en parlant de Geneviève, « tiens, Lali a encore changé d'amie... ». Aux côtés de Lali, elle vivait, même dans son ombre, de cette gloire du « nous » et elle savait que même les lieux les plus clos de la ville, ces lieux qu'elle n'avait jamais connus avant de connaître Lali, s'ouvriraient pour elle à cause de ce « couple » enchanté, formé du moins par un bref enchantement, que Lali tirait de la compagne la plus obscure. Dans ces bars déserts que Lali semblait envahir d'elle

seule, de l'atmosphère capiteuse de sa tristesse, combien de fois n'avait-elle pas dansé ainsi, avec une amie dont elle ne savait plus déjà si elle lui plaisait encore, ou si elle s'en lasserait demain, tournant silencieusement avec elle sur la piste de danse, si glacée par la nuit d'hiver, frissonnant de fatigue après sa journée à l'hôpital, qu'elle dansait sans même se dévêtir de son manteau ni de son écharpe, si délicate, dans son long manteau de soldat que toutes celles qui avaient dansé avec elle, ne s'étaient-elles pas étonnées, comme Geneviève, de voir revivre sous le front placide de Lali l'un de ces fantômes de guerre qu'elle traînait avec elle, s'évadant soudain de son souvenir? Lali s'arrêtait tout à coup de danser en disant:
— *Let's go to the Underground, maybe René is there...*
Mais si l'on disait « René et Louise », « Geneviève et Lali », unissant par des règles harmonieuses ce qui ne pouvait pas s'unir, rien n'était pourtant aussi menacé que ce titre de « couple » que l'amour octroyait une nuit, deux nuits, ou toute une vie. Ainsi, à peine apercevait-on René à l'Underground que l'on s'écriait: « Où est Louise? », mais bien souvent René répondait:
— C'est cassé pour le moment, parce que je revois mon ancienne blonde, c'était mon grand amour, Christ, Nathalie, j'ai fait toute l'Europe avec elle, on n'arrête pas le cœur de battre comme on arrête une horloge... Elle vient me voir en traversant le pays avec sa compagnie de danse, alors j'en profite, je l'aime, je la cajole autant que je peux... Mais elle est tellement gentille que ça m'inquiète...
Et là où Geneviève se réjouissait d'être près de Lali, bien qu'elle sût que l'ensorcellement achevait, que l'amour jetait autour d'elles ses derniers rayons d'or, Marielle qui l'accueillait toujours à l'Underground avec ses bonds, ses sauts d'enfant, secrètement attristée

d'avoir perdu en un « couple », même si ce couple elle l'avait elle-même provoqué dans sa débordante charité, l'amie qu'elle préférait, Geneviève, de ne plus captiver l'attention d'un seul être, Marielle vint à Geneviève avec des bonds plus calmes, ne la mouillant plus de ses baisers, sur le nez, les joues, comme elle avait fait autrefois, mais les regardant elle et Lali, avec un respect poli, non plus cette souriante tendresse qu'elle ne partageait hier qu'avec Geneviève.

— Tu as oublié mon numéro de téléphone, Geneviève? Bon, je comprends. Je vous attendais ici, le soir, j'ai eu le temps d'écrire une chanson...

— Tu écris des chansons?

— L'usine, c'est pas l'idéal, tu comprends? J'apprends le solfège, le soir, j'oubliais de te dire que si La Grande Jaune n'est pas là, c'est parce qu'elle est en prison. T'en fais pas, elle reviendra. Y faudrait trouver de l'argent pour son procès...

— *Speed or heroin,* dit Lali d'un ton sec.

Car Lali savait que même si elle venait à l'Underground pour « voir » René, son frère, « *the only brother I have in this country* », disait-elle, René, elle, ne la voyait plus lorsqu'elle était en compagnie de Nathalie. « Hé! Lali, mon frère, comment ça va? » lui lança-t-elle distraitement, revenant vite à Nathalie qu'elle semblait adorer du regard, humer et savourer, tout en se promenant autour d'elle dans ses habits de fête, un verre à la main, et une cigarette au coin des lèvres. Nathalie semblait insensible aux hommages de René, peut-être ne l'était-elle pas réellement, mais élégante dans un groupe débraillé, ses soyeux cheveux blonds répandus sur ses épaules, on eût dit que René venait de la transplanter à l'Underground, pour cet instant de joie et de fureur où les femmes les plus mystérieuses, les plus lointaines devenaient siennes.

— Tu aimerais quelque chose, Nathalie?
— Non.
— Tu as assez chaud? demandait René en lui caressant le bras.
— Oui.
— Après tout, dans ton pays, tu as l'habitude du froid... tu te souviens de notre séjour en Grèce, Nathalie? De nos folies à Rome? Ah! C'était le bon temps... Mais bois donc un peu, ma chérie... Je n'ai plus un sou, mais on pourrait être heureuses si tu ne retournais pas bientôt dans tes pays nordiques... On allait dans des hôtels à $70 la nuit, avec moi, c'était magique, je me promenais tous les jours avec $100 dans mes poches, et tu étais si gentille, si souple, comme un grand chat... Ton apparition dans la rue me remuait les entrailles... Tiens, tu es une vraie femme, Nathalie, j'aime tout en toi...

L'attitude énigmatique de Nathalie écoutant René lui parler d'amour, comme si elle n'eût pas compris que ces hommages s'adressaient à elle, était due peut-être à cette réticence qu'éprouvaient certaines femmes lorsque René leur déclarait, en public, toute l'innocence de sa passion. Nathalie incarnait en cet instant, pour René, « la femme » sublime et belle, érigée en statue pour ses qualités féminines, et que René ramènerait vers la terre, en lui enseignant dans cette patience presque liturgique qu'elle mettait à découvrir un corps et à l'aider à se découvrir lui-même, quels vigoureux sensuels trésors dormaient sous sa forme délicate, quelle luxure haletait sous cette bouche close, laquelle ne se trahissait pas pendant que René répétait: « Je t'aime, oui, tu sais, Nathalie, parfois j'ai pensé que, comme tu aimais bien les hommes, que c'était ça... oui... un homme... Mais je ne pourrais pas t'en vouloir... Tu sais, une femme comme toi, tu ne peux pas savoir ce que c'est, il y a le parfum de ta peau, ça me donnait du délire, il y a ta voix aussi... Il y a... »

Peu à peu, Nathalie cédait à la séduction de cet éloge, et on eût dit que toutes ces diverses vertus que René aimait en elle, sa voix, le parfum de sa peau, et même le dessin de son sexe que René devinait du regard, sous l'élégant pantalon de toile, que l'une après l'autre, ces fleurs enfermées et chastes que sont la voix, le parfum, le sexe d'une femme, distillaient dans l'air chaud du bar leurs incantatrices impudeurs. Pourtant, Nathalie écoutait René en frémissant à peine sous le diadème de ses cheveux de soie que René avait mille fois répandus sur un oreiller imaginaire, si elle tremblait en secret, c'était peut-être dans la surprise de voir soudain s'approcher d'elle et de René, comme attirées par ces érotiques louanges, ces grappes de jeunes femmes qu'elle ne connaissait pas, dont chacune, en écoutant le cantique de René, était comme le fruit rose, incendié. Tous ces visages, tournés vers René, dans la nef païenne qui était celle de son culte à la vie, avaient pris la couleur des braises: on désirait, on aimait comme René, on vivait par elle, mais où était l'amour et comment le trouver, n'était-il pas dans ce bar même où encore libre de toutes ses chaînes, une femme riait seule en attendant d'en rencontrer une autre? C'est ainsi que Geneviève avait perdu Lali: l'inconnue qu'on avait vue rire seule à sa table, insouciante et libre, parmi la foule, étirant soudain son long corps musclé et ne sachant que faire d'elle-même, s'était levée pour marcher d'un pas décidé vers Lali qu'elle avait arrachée du groupe agglutiné autour du couple de René et Nathalie, l'emportant sans hésitation vers la piste de danse, recevant ainsi en un seul instant, de Lali, par un ton de commandement discret dans ces mots que Geneviève put lire sur ses lèvres: « Tu veux bien? », tout ce que Lali pouvait mettre tant de temps à refuser: la douceur, le consentement de son sourire. On ne dirait plus « Lali et Geneviève », mais « Jill et Lali », car ce couple existait déjà, déjà pour d'autres et à l'écart de Geneviève, telle cette troublante entité que Lali composait aussitôt lorsque, d'un mouvement lent, réfléchi, sa tête s'associait à une autre, même lorsque cette tête, comme la tête de Jill dans sa floraison africaine, semblait déborder de ce cadre de rigueur dans lequel on avait l'habitude de voir Lali se mouvoir.

— Tu as une amie? demandait Jill.
— *Yes and no. But I am free... you know...* Tu veux une cigarette?

Lali étant vêtue ce soir-là de l'une de ces blouses blanches qu'elle rescapait parfois du service hospitalier, Geneviève se dit qu'elle s'était ainsi distraitement armée du vêtement de l'innocence pour mieux répandre son sang, car il lui semblait que, sous son ongle propre et transparent, Lali venait de lui ouvrir le cœur, mais l'incision avait été si imprévisible, si rapide aussi, qu'elle ne savait pas encore si elle était de Lali, la blessée ou celle qui va guérir.

— Je suis géographe, expliquait Jill gaiement, je viens de faire le tour du monde... Je passais par ici... C'est beau, le monde, tu sais...

— *I see, I see,* disait Lali qui offrait une cigarette à Jill, et qui, avant de la lui offrir, l'humectait de ses lèvres, *so you did,* hein, *so you did all that alone, by yourself...*

— Et je rentre ici ce soir et je te trouve, dit Jill en riant, vraiment, la vie est un miracle, je l'ai toujours pensé, mais si tu as une amie, je ferai plus attention...

— *Why? I am free,* répéta Lali. *You are free tonight?*

— Toujours et à toute heure, dit Jill en riant.

— *Good, perfect,* dit Lali.

— Mais je n'aimerais pas faire de la peine à ton amie, vois-tu...

— C'est la vie, dit Lali avec sévérité, *we all know that... Come on... let's danse...*

Toutes constataient peut-être, avec Geneviève, qu'étant de même taille, Lali et Jill dansaient souverainement ensemble, toutes observaient sans doute aussi avec elle que le visage de Lali s'éclairait ainsi rarement de bonheur, et que ce bonheur était pour Geneviève, premier signe de retrait, de sacrifice, ainsi Geneviève, qui avait déposé comme tant d'autres toutes ses raisons de vivre, soudain, en un seul être, avait perdu, avec Lali, toute cette familiarité au monde que permet l'amour, et même si, autour d'elle, le bar continuait d'être peuplé de femmes, les unes plus désirables que les autres, le bar semblait soudain un lieu méconnaissable et hostile.

— Voyons, nous existons, nous autres, dit Marielle qui s'efforçait de retenir Geneviève, lorsqu'elle voulut quitter le bar, et on est du bon monde, tu verras, demain, tu comprendras... Sur le coup, c'est pénible, mais après on s'habitue, on revient à ses *chums,* les camarades, c'est bien meilleur, c'est moins pétillant, mais c'est moins dangereux...

Mais Geneviève s'élançait vers la porte, apportant de Lali ce regard soudain désarmé qu'elle avait eu pour lui crier: « Hé, *wait*,.. *wait*... » Lali qui n'avait jamais autant ressemblé à l'enfant innocente qu'elle était, dans son frais vêtement de blancheur, avec son front pur et ses joues rosies par l'ivresse de ses jeux, et qui ne comprenait pas pourquoi soudain, en s'avançant avec Jill qu'elle tenait par la taille, du même mouvement embrasé qu'elle avait eu pour étreindre Geneviève quelques semaines plus tôt, pourquoi l'amour devait être autre chose qu'un jeu sans gravité, léger et souriant, quand la vie, elle, était si meurtrière, ce « *wait, wait* » qu'elle prononçait du bout de ses lèvres gracieuses, consolatrices, sans le savoir, étaient ainsi un appel à la pitié, à la tolérance pour tout ce qu'elle ne comprenait pas, ne pouvait gouverner, Lali semblait dire dans cet appel, qu'elle-même, comme toute chose, aimée ou sans amour, dérivait chaque jour vers la mort, que les heures de la vie étaient si courtes, qu'il fallait en retenir dès cette nuit tout le flamboiement qui ne reviendrait jamais... Jill elle-même, aperçue comme à travers le rayonnement de cette extase au déclin dont la vie est faite par moments, paraissait soulevée dans l'air par le bras de Lali autour de sa taille, avec Lali dont elle devenait déjà une extension physique, radieuse, elle se pencha vers Geneviève et oubliant que Lali ne lui était destinée qu'à elle seule, cette nuit-là, elle dit généreusement: « N'aie pas de peine, viens avec nous... » Ainsi c'est un couple nouveau que Geneviève emportait dans la nuit, une fusion étrangère à elle-même et dont on ne savait ce qu'elle deviendrait: Jill et Lali, Lali et Jill, deux femmes déjà vulnérables puisqu'elles seraient bientôt dans les bras l'une de l'autre, ne se connaissant pas, se cherchant selon les rites de Lali tout le long de ce parcours nocturne vers la maison plaintive sous les vents et la neige, d'abord par cette cérémonie des cigarettes dont Geneviève connaissait trop bien le goût, cérémonie qui s'achevait sur les lèvres aventureuses de Lali lorsqu'elle arrêtait soudain sa voiture, au milieu de la nuit, avec l'odeur de neige émanant de ses joues froides, du col relevé de son manteau militaire, jusqu'à la finesse de ses oreilles transies dont Jill ne tarderait pas à caresser la forme, ainsi toutes ces découvertes, si minimes qu'on pourrait dire qu'elles appartiennent à la comédie sacrée de la passion, deviennent donc, sous l'incision de la jalousie, des images mortelles, et dont on ne meurt pas pourtant. De Jill serrant Lali dans ses bras, dans cette voiture funèbre, la coiffure afro s'ouvrait dans la nuit et sous cet amas de cheveux en délire qui évoquait le départ d'un aigle, dépliant ses ailes, Lali verrait se pencher vers elle un profil majestueux, ces yeux bruns aux longs cils, si honnêtes ces yeux de Jill qu'ils en paraissaient trop grands, iraient sans timidité aucune fouiller l'âme de Lali, âme profonde et soudain prise et dans laquelle Jill trouverait peut-être quelque perle dure, sous des couches de terre, ensevelie, elle qui avait annoncé en rentrant dans le bar ce soir-là qu'elle n'était « qu'un explorateur à la dérive... » La jalousie possède d'instinct un art qui devrait nous éblouir si nous n'en étions les victimes. Lali entraînait Jill par la main vers ses escaliers de glace, elle lui ouvrait le temple de sa maison, embrassant longuement Jill, toujours ébouriffée et rieuse, debout contre la porte, Kill qui avait répété à toutes dans le bar:

— L'amour, mes enfants, ce n'est plus mon problème, seulement le vôtre, moi j'aime, mais je ne m'attache pas...

— Tu as bien raison, avait approuvé Marielle.

— Et depuis que je ne m'inquiète plus avec cette question, j'ai beaucoup d'amies mais je prends au moins le temps de goûter à tout ce qu'elles me donnent, j'aime la joie de l'amour mais je suis l'ennemie de ses problèmes... À quoi bon souffrir quand on a une femme aimable dans les bras? J'ai un grand appartement, des amies de 18 à 60 ans, qu'est-ce que l'on peut désirer de plus?

— J'aurais dû te connaître avant, dit Marielle, je te trouve pas mal jolie, si tu m'invitais chez toi, je dirais quand même non, en cas que je m'attache, tu comprends? Des gens comme toi, c'est plus fort qu'eux, ça attire... Ouais, t'es pas mal dans ton chandail marin, Jill, Jill Lafontaine que tu t'appelles? Mais c'est encore un nom à coucher dehors, ça!

— Jill, c'est du côté anglo de ma mère, Lafontaine, c'est mon père, et moi je suis l'enfant de l'harmonie, comme tu vois, dit Jill en riant.

Peut-être Jill ne trouverait-elle rien, après tout, dans l'âme de Lali, que cette argile assoiffée dont elle avait elle-même le désir et dont la nuit lui faisait don: une vie, une femme, son sommeil, tout cela qui, demain, ne serait plus qu'un souvenir parmi d'autres. La neige avait cessé de tomber: « Il fait beau pour ceux qui s'aiment! » s'écriait Marielle qui rentrait seule chez elle, les poches cliquetantes de sous recueillis pour sortir La Grande Jaune de prison. « Hé! j'suis bien contente, les filles, bonne nuit! » René sortait du bar, d'un air transfiguré, menant à pas lents, cérémonieux, Nathalie vers sa voiture et le silence de l'alcôve dont elles ne reviendraient toutes deux qu'une semaine plus tard, René escortant Nathalie vers son avion, les yeux rougis, et son grand mouchoir d'homme à la main. Mais c'était l'heure des couples, du couple Jill-Lali, Nathalie-René, de plusieurs autres aussi, à peine formés, cette nuit-là, et les filles seules dédaignaient l'éclat de cette pleine lune trop vivace qui les narguait en traversant le ciel. Plus gigantesque qu'à l'ordinaire, Louise s'engouffrait dans les pans de son manteau de chat sauvage, apparaissant parfois à minuit à l'Underground, ses livres sous le bras, s'écriant qu'elle n'avait plus « un seul moment pour penser à René, je prépare mes examens vous comprenez, et je veux qu'on me laisse tranquille... Comment ça va, toi, Marielle? Personne ne sort sauf toi, on dirait... »

— Je sors parce que je peux pas faire autrement, ma copine reçoit toujours du monde à coucher, aussi bien être ici avec vous autres! Des fois, elle a trois amies par nuit, une parce qu'elle a une peau de lait, l'autre, des orteils qui plaisent, j'sais pas, moi, j'appelle ça de l'exagération dans le caprice! En tout cas, comme ma chambre est à côté, ça fait de la compagnie le matin quand les filles se promènent en jaquettes et jacassent tout en mangeant leurs toasts... Je te le dis, Louise, c'est pas la religion ni l'amour qui gouvernent le monde, de nos jours, non, c'est le sexe.

Dans sa gravité, sa déception aussi, le visage de Louise, affiné et courageux sous la brunissante couronne de cheveux, représentait encore pour Geneviève qui ne venait plus désormais à l'Underground que par habitude, croyait-elle, ce visage représentait comme hier, le visage de Lali, toute une histoire, tout un tableau de vie, voilé sous les traits d'une femme, et ici, une femme délaissée, jeune et animale. Mais toute au mal qui la consumait, Louise ne regardait pas Geneviève, pas plus que Geneviève ne la voyait elle-même, dans son attente orgueilleuse. Le couple Jill-Lali n'avait duré, peut-être, que quelques nuits, on ne connaissait rien de ce mystérieux fléau qui avait touché ces deux êtres, puis les avait séparés, mais ce que Geneviève comprenait avec effroi, c'est que Lali « n'avait pas changé », auprès d'elle-même comme auprès de Jill, Lali apparaissait vers la fin de la nuit à l'Underground dans son immuable masque d'ange froissé, que des forces terrestres, malsaines peut-être, écartèlent, et comme Geneviève l'avait vue et contemplée, le premier soir, dans le bar, elle ne bougeait pas, ne souriait pas, comme si elle n'eût pas même reconnu Geneviève, soudain, même lorsqu'elle la regardait fixement, absente et pétrifiée devant sa bière, son regard s'attardant sur Geneviève avec désolation, mais un regard qui donnait à Geneviève le sentiment qu'il n'était pas de ce monde, que tout l'être de Lali, sanglé sous l'étroit manteau militaire, était comme baigné, enrobé par ces ondes de la mort dans lesquelles elle avait circulé tout le jour, de façon naturelle, parmi ses malades. Ce n'est qu'à l'Underground, où elle venait pour se détendre, que, soudain, cette face dénaturée qu'est celle de la mort volait la respiration d'une jeune femme et s'installait en Lali comme pour dire: « Je ne suis pas avec vous, je ne suis pas d'ici... Ne m'approchez pas! » Quelques nuits plus tôt, cette même Lali amenait dans son sillage étincelant Marielle et sa bande, elle sifflotait, rayonnait, les filles faisant cercle autour d'elle lorsqu'elle entrait au Captain, respectée des travestis qui disaient parfois d'elle: « Quel garçon superbe ce serait! » Marielle et ses amies dansaient aussi à la suite de Lali, leurs casquettes de fourrure sur le front, quand à l'aube, très souvent, Lali terminait sa ronde des bars au Submarines Kingdom où, parmi le chœur des filles réunies là pour se dégriser, elle était encore la reine de ce petit peuple folâtre qui avalait debout ces longitudinaux sandwichs dont on pouvait s'étonner, en les voyant disparaître par les lèvres menues qui les happaient, comment ils trouveraient leur chemin dans des corps si fragiles, mais Lali elle-même, dont le fin profil survolait celui de ses compagnes, engloutissait ces « sous-marins » avec fièvre, s'en nourrissant parfois encore d'un deuxième ou d'un troisième qu'elle partageait au lit, avec sa compagne préférée. Comme les flacons d'eau de Cologne dans la salle de bains de Lali, l'usage de ses cigarettes ou de la brosse à dents, les « submarines à huit étages » dont parlait Marielle en les étreignant de ses dents sauvages, comme eût fait un chat de la nuque d'un oiseau, s'insinuaient dans la vie amoureuse de Lali, et maintenant, de Jill et Lali, peut-être, pour laisser autour des habitudes de deux êtres l'un avec l'autre, ces marques, ces signes brutaux, lorsqu'on s'en souvient dans la solitude, qui nous montrent qu'avant, autrefois, quelqu'un était là, indispensablement lié à tout ce que l'on faisait et pensait dans l'inconscience. Ainsi ce regard désolé de Lali fixant Geneviève dans le bar semblait dire aussi: « Hier est mort, hier est sans mémoire, seules les traces de ce que nous avons vécu demeurent, mais hier n'est plus, hier est mort pour toujours... » Et il était d'autant plus pénible de savoir que pendant qu'elle disait cela, par un regard vide, arrêté, Lali continuerait de vivre comme auparavant, achevant ses nuits seule ou avec d'autres dans ces mêmes restaurants, ces mêmes lieux où l'image de ce qu'elle avait été avec Geneviève persisterait, ne s'effacerait plus, mais image d'un lien désormais trahi, abandonné pour d'autres occupations de la vie, occupations plus essentielles encore que ce lien. Pendant que Lali posait sur Geneviève ce regard de déshéritée, lequel ne promettait plus rien, sinon de plus grandes tristesses, l'amie tendre qu'elle n'était plus allait et venait dans le souvenir de Geneviève: Lali lisant ses journaux allongée sur le tapis, aux pieds de Geneviève, Lali dévorant, aux côtés de Marielle contre laquelle elle s'appuyait tout en s'inclinant, ces interminables sandwichs, tout aussi laids dans leur masse dégoulinante que ces hot dogs et *hamburgers* dont elle raffolait aussi, lesquels franchissaient pourtant la ligne blanche de ses dents, comme si elle eût mangé des roses, cette Lali, encore vivante, frémissante de toutes ses gourmandises, de tous ses désirs, errait comme une flamme autour de ce visage long et fermé qui était maintenant le sinistre masque de Lali n'aimant plus, et accusant le monde de l'avoir ainsi faite, incapable de vivre aussi, sans amour. Lorsque Geneviève retrouvait sa chambre solitaire, le parfum de Lali la précédait partout, on eût dit qu'elle avait laissé, même sur les objets les plus ordinaires, une empreinte si tenace, si odorante que rien ne prouvait encore qu'elle eût quitté Geneviève, qu'elle ne reviendrait pas soudain reprendre sa place, ici, toujours en hâte lorsqu'elle sonnait à la porte, qu'elle ne prenait d'abord pas le temps d'embrasser Geneviève, l'écartant pour courir à la salle de bains, « *you will excuse me darling, I am in a hurry, I just come to say hello, I have to rush to the hospital...* » venant et disparaissant dans l'atelier de Geneviève sans la voir très souvent, mais oubliant derrière elle, avec l'écho de ses pas dans l'escalier, le chant essoufflé de sa voix, la gaieté, la surprise que laisse dans une vie studieuse le passage d'enfants beaux et irrespectueux. Geneviève ne pouvait se laver le visage sans revoir, dans la glace, Lali promenant avec un soin appliqué dans ses rares cheveux le peigne qui démarquerait au sommet de sa tête le règne d'un certain ordre, d'une certaine raideur, aussi. Ainsi, pour dessiner cette raie qui est la vanité de bien des têtes d'adolescents, mais qui, chez Lali, accentuait en elle la prisonnière, Lali, lente et acharnée à courber sous le peigne le cheveu décimé et rebelle, en penchant la tête d'un côté, puis de l'autre, prenait dans cette attitude réfléchie l'air de quelqu'un qui prie, et c'était cette pieuse méditation devant une glace qui défiait désormais l'absence de Lali, et qui venait se joindre, tous les matins, comme l'eût fait Lali elle-même se peignant aux côtés de Geneviève, sans la regarder, à des gestes que Geneviève ne souhaitait plus accomplir que pour elle-même, comme cet acte de se laver le visage et de n'être plus seule à le faire. Lali ne lirait jamais les livres que Geneviève avait choisis pour elle, car ces lectures que Geneviève avait rêvées pour elle échappaient à sa passion plus scientifique que littéraire, mais le fait qu'elle eût dédaigné ces livres d'un geste de la main donnait à ces livres cette qualité, cette lumière du mépris dont un instant les yeux de Lali s'étaient remplis et Geneviève ne pourrait plus voir ces livres sans penser « aux livres de Lali ». Tout était ainsi incrusté, autour d'elle. Il y avait aussi les rêves, tous les rêves auxquels Lali, sans le savoir, avait été mêlée, et dans l'un d'eux, Geneviève s'éveillait un matin aux côtés de Lali, dans une ville qui, dans le rêve, évoquait Jérusalem, elles s'éveillaient sous des voûtes de pierre qui laissaient entrevoir un ciel si bleu qu'une telle douceur, si près de soi, avait un aspect inquiétant: « *Look*, avait dit Lali, *it is so beautiful here, that I am afraid!* » En marchant dans la ville qui semblait abandonnée, elles avaient rencontré des soldats d'une autre époque qui peignaient de signaux rouges les portes de chacune de ces maisons en apparence inhabitées: « *It is so quiet*, avait dit Lali, *I am afraid*, demandons-leur pourquoi tout ce *red paint, it is too quiet, where is the people?* » L'un des soldats dit que c'était une coutume dans la ville de peindre ainsi chaque année les portes des maisons: « *But, why?* demandait Lali, *why this paint is the colour of the blood?* » Et l'homme avait répondu: « *You see,*

Lali, it is blood, we paint with your blood each year pour célébrer le massacre des saints Innocents. » Geneviève n'avait-elle pas été secouée hors de son rêve, cette nuit-là, par Lali courant à la fenêtre et sanglotant dans le délire de ses cauchemars: « *Look at the window, the Germans, their boots, look, they came back...* » Ou bien était-ce une autre nuit? Elle se souvenait avoir apaisé Lali en lui disant: « Non, non, seulement de la neige, contre la vitre, et le vent... » et de Lali se repliant dans son sommeil en murmurant: « *Yes, yes, just snow... but I was so afraid, so afraid...* » Toutes les sensations que Geneviève pouvait éprouver, en se levant le matin, se résumaient à ces quelques mots pourtant si déchirants: « Elle est ailleurs... Elle n'est plus là! »

Puis pendant ce temps où Lali mettait tant d'heures à mourir, autour d'elle, tout en ne cessant de vivre avec d'autres, Geneviève reçut une lettre de Ruth, lui annonçant la mort de Clara, tuée dans un accident de voiture quelques semaines plus tôt. Geneviève avait peu connu Ruth et Clara: le vieux couple d'artistes n'avait fait que croiser sa route, lors d'une exposition à Paris, mais elle avait immédiatement ressenti pour ces deux femmes, comme pour plusieurs autres, dans sa vie, cet instinct d'une parenté dense, affective, qui lui faisait perdre en ces deux cœurs réunis, inséparables, deux femmes en une seule: Clara et Lali, l'une, trop tôt foudroyée et laissant une amie qui aurait le malheur de lui survivre, l'autre, encore en possession des plaisirs de l'existence. Le message héroïque qui apportait la nouvelle de cette séparation semblait contenir ces paroles: « La vie est venue, la vie est partie. » Ainsi s'éteignaient entre deux femmes, sur ce silence du malheur qui étouffe la voix humaine, « quarante ans de vie commune heureuse » dont le style dépouillé de Ruth interrompait ici l'histoire. Par quelle inexplicable injustice le corps de Clara venait-il accidentellement de périr, quand tout ce qui avait été son âme, sa raison de vivre, l'attendait encore à la maison? Avec cette tendresse de Ruth dont jamais plus désormais Clara ne viendrait se servir, c'était toute la tendresse du monde, toute cette tendresse que Clara avait connue par les hommes et par les choses, qu'une femme laissait, derrière elle, quand cette tendresse, elle, continuerait d'attendre et de vivre, à travers Ruth, et partout, même dans ces objets les plus simples qu'elles avaient vénérés ensemble, ce qui prenait encore sur la terre, l'aspect, la forme de Clara, ses vêtements rangés dans l'armoire, ses outils de travail, un couteau, une lampe qui avait éclairé une nuit d'orage, cela seul disait encore par la voix de Clara: « Souvenez-vous, j'étais ici, il y a peu de temps », et seule cette voix, lorsque Ruth l'entendrait, ramènerait pour elle Clara au monde de la pitié qui nous reste. On dirait peut-être alors que ceux que nous avons tant aimés avec les yeux de nos âmes mais que nous pleurons par les yeux du corps viennent à nous par cette voie du silence dont ils habitent toutes les heures sans les remplir. L'horloge sonnait comme hier toutes les heures, le chien venait encore gratter à la porte à midi, la maison continuerait de répandre en hiver ses semblables craquements et, en été, ses fracas plus joyeux, mais toujours cette voix dirait doucement, sans avoir désormais le pouvoir de se plaindre: « J'étais là, je n'y suis plus et ne comprends pas pourquoi. » Si Clara avait allègrement fait cette promesse à Ruth, pendant leurs années de collège, « nous vieillirons ensemble », elle n'était plus là pour refermer ce trou béant de nostalgie que l'écho de ses paroles avait laissé derrière elle. Il eût été si bon de vieillir ensemble, de s'étonner longtemps, de vivre à deux ces jours d'automne couvant le feu de la vie et non le froid de la mort, d'exprimer sur son visage la franchise de la joie plutôt que l'acuité de la douleur! C'était cet aujourd'hui si vite disparu, broyé, que Geneviève et Lali vivaient encore, pourtant, et dont Ruth cherchait encore les traces, lorsque Clara poursuivait en elle son passage sur la terre, aimant et souffrant avec elle, pour tout ce qu'elles venaient de perdre ensemble. Peu à peu, Geneviève se rassurait elle-même, dès son réveil le matin, en pensant: « Lali est en ce monde, elle respire, elle vit, elle est à l'hôpital à cette heure-ci, elle verra bientôt ses malades pour la visite du matin... À midi, que fera-t-elle? Et plus tard... » Tous ces détails presque biologiques dont l'enveloppe charnelle d'un être est fait, dont il se fait lui-même chaque jour, peut-être parce qu'elle ne cessait de penser à Ruth et Clara, cela lui paraissait être soudain la matière même de cette défunte tendresse, entre elle et Lali. Mais elle ne pourrait plus apaiser Lali, à travers cette enveloppe charnelle qui errait au loin, dans des corridors trop éclairés, au chevet de lits inconnus. Cette fin de journée ne reviendrait plus où Lali, pâle, l'air égaré, frapperait à sa porte en disant:

— *Please give me a beer, I saw something awful today...*

Longtemps muette, le regard fixé devant elle, Lali ne bougerait pas, ne dirait rien, assise toute droite sur le lit de Geneviève et buvant plusieurs bières dans cette attitude endolorie: elle n'avouerait que plus tard, que parmi les débris humains qu'on avait essayé de sauver, ce jour-là, « *there was a little boy, three years old, maybe, he was so much beaten by his father, that even this monster could not recognize him! He died. Maybe the* « *morgue* » *is full of little ones like that that a brute cannot even recognize!* »

135

Lali ne trahissait son émotion devant ces massacres journaliers que par ce tremblement imperceptible que Geneviève avait remarqué chez elle, lorsqu'elle était trop triste pour pleurer, et cette secousse discrète qui la parcourait toute, de la nuque aux pieds, Geneviève en avait conservé un souvenir si tendre qu'il lui semblait qu'à chaque fois que Lali serait victime d'un acte de torture, elle reviendrait vers elle en disant: « *Please give me a beer, I saw something awful, so awful...* » et que, ne sachant comment la consoler, Geneviève ne pourrait que lui caresser la tête en attendant que le vent de l'injustice aille abattre ailleurs ces arbrisseaux dont Lali garderait longtemps dans son cœur les racines mutilées. La soirée s'écoulait ainsi, pendant que Lali continuait de boire et de fumer en silence. Elle semblait oublier qu'elle ne s'était pas dévêtue de son manteau, de son écharpe, et que la neige fondait sous ses souliers, car Lali avait l'habitude de porter des souliers en hiver, lorsqu'il ne neigeait pas. Soudain Lali se levait en disant:

— Toi avoir faim? Toi, aimerais-tu un bon restaurant? *Let's go, something very good... The Polish restaurant maybe, we will drink wine, it will warm us,* hé? *I have many things to tell you about my house...* Moi je devrais laisser cette maison *full of memories of my ex-friend O.K.? A new house, a new life!* Je peux construire tout, *by myself, you know, stones, wall, I know it, I know it all... But let's eat first, and soon, Louise will have her diplomas as an architect, she could give me some advice... My house is too big for me alone... Come on, it is late...*

Lali glissant sur la neige des trottoirs avec ses souliers, s'accrochant à la main de Geneviève qui marchait derrière elle, comme si elle eût oublié l'enfant battu par son père, Lali évadée, redevenue gaie, c'était cela aussi le

prix d'un être qu'on avait souvent près de soi, pensait Geneviève, en admirant chez Lali cette bravoure qui la poussait en avant, loin du malheur, vers les rues illuminées de la nuit, l'antre chaud d'un restaurant où d'autres vies pourraient se mêler à la sienne. La reverrait-elle ainsi, frappant son verre contre le sien, les joues roses, l'œil cerné, partageant ce repas du soir, souriant et mangeant comme il était de son devoir de le faire, au-delà du scandale subi, de l'impuissante colère éteinte?
— *Eat this kind of bread, it is good, so good, and the wine, I feel very good,* et toi? Oui, toi venir avec moi, on va chercher *some kind of old little house... I will sell the other one... I will try to begin again, maybe saturday we could go together,* si toi tu veux, *maybe I will have time to go to your place and take a shower... I don't feel clean today...*

Lali avait écrit à Geneviève pendant qu'elle était encore à Paris: « Toi et moi, si on est encore ensemble en septembre, on voyagera ensemble, hein, *to see my country, my parents, my young brother Frederic,* si nous autres, encore *friends and lovers, maybe yes, maybe no, who knows?* » et si Geneviève avait déjà eu quelques doutes, en ouvrant cette lettre, que cet automne idyllique eût jamais lieu, rien ne lui semblait plus atroce maintenant que cette certitude qu'elle et Lali ne voyageraient jamais ensemble. Mais elle avait parcouru avec Lali les coins les plus isolés de la campagne, campagne hivernale, à l'image peut-être du blanc désert intérieur dans l'âme de Lali, à la recherche avec elle d'une nouvelle maison, d'une nouvelle vie qu'une autre femme que Geneviève partagerait un jour avec Lali. La voiture de Lali roulait dans le paysage évanescent, ébloui par la lumière de midi, pendant que Lali tournait parfois dis-

traitement vers Geneviève ce petit masque livide, obstiné, qui était aussi l'un de ses visages, s'écriant en mordant sa cigarette:
— *Look, it is the place, it is so wild...*
— Mais c'est au bout du monde!
— *Why? Just perfect for me, wild, very wild...*
   Lali arrêtait sa voiture à l'orée de bois vierges que seuls les bonds d'une biche, le saut des lapins avaient foulés, « *look, it is my house, it is old and broken but I could take care of it...* » et la maison vers laquelle elle marchait en s'enfonçant dans la neige jusqu'aux genoux était souvent l'une de ces cabanes abandonnées dont elle redressait déjà en pensée les murs, la charpente crevassée, ainsi un jour, Lali avait trouvé sa maison au bout de longs chemins plats, la buée de son haleine la précédant dans le froid, elle avait appelé Geneviève, et la voyant soudain près d'elle, s'était appuyée d'un coude insolent contre son épaule en riant: « Toi, pas courir aussi vite que moi dans la neige, hein? Hé, *don't you think this place is already mine? Mine, it has a* cheminée... » Lali se tut, soudain attristée. On ne voyait, de la maisonnette enfouie sous le dôme des arbres, que cette vision qui avait soudain saisi le regard de Lali, figeant son expression avec inquiétude: la cheminée de son enfance, c'était elle encore, allumant dans le jour paisible l'incendie de la destruction, son poids menaçait de s'écrouler sur vous et chacune des fêlures inscrite dans sa muraille penchée s'inscrivait en Lali comme les plaies aux corps de ces victimes dont le brouillard de la guerre ravivait le souvenir.
   — *And you know what I will do with that damn cheminee, I will put it straight with my own hands.* Oui, moi, tout refaire *with time and money of course...*

Mais l'hiver sévissait et Lali ne partageait sa solitude avec personne. Elle hantait l'Underground, la nuit, de cette mortuaire silhouette que la vie avait quittée, son étroit dos militaire, aperçu au bar, ne réveillait plus de tendresse ou de désir chez Geneviève, de ce dos aveugle suintaient le froid, l'indifférence. La vraie Lali qu'elle avait connue aimait et souffrait ailleurs, captive de quelque tourment dont Geneviève n'avait pas la clé. Celle-ci n'était, dans le domaine des vivants, qu'une survivante dont on eût sequestré le cœur. Seule Jill osait provoquer Lali, l'abordant sans la craindre avec son enthousiaste candeur, mais après lui avoir souri d'un air vague, Lali se dégageait de l'étreinte de Jill en allant danser avec une autre.

— Bonsoir Geneviève, je peux m'asseoir à votre table? C'est la table de Marielle, donc tout le monde est invité, je pense... Ah! tu sais, Lali et moi, mais oublions cela, soyons amies, si tu veux, tu l'aimes, elle en a besoin même si elle le nie, nous en avons tous besoin, et puis c'est déjà fini entre elle et moi, tu as raison de l'admirer, je pense, elle le mérite par certains côtés, ne t'inquiète pas, tiens, voilà Marielle, je voulais lui parler pour mon comité de lesbiennes, tu sais qu'il y a quand même des progrès...

— C'est pas possible, la jolie Jill Lafontaine qui a encore pris ma place, fais attention, tu vas me voler toutes mes *chums* avec tes yeux noirs, ma méchante, toi!

Marielle se rapprochait de Jill, lui couvrant les épaules de ses bras larges et affectueux:

— Donne-moi mon bec, comme hier, t'as toujours tes trois amies trois soirs par semaine?

— Rien de plus sain qu'une gentille maîtresse,

Marielle! Plusieurs, c'est encore mieux, et puis elles sont si contentes...

— Qui ne le serait pas? dit Marielle en pinçant la joue de Jill, on te voit toujours le sourire aux lèvres, c'est bon en amour, ça! Tu leur fais aussi la cuisine?

— Tout ce qui leur plaît. Tu as des nouvelles de La Grande Jaune?

— Toujours en prison.

— Bon, on continuera nos efforts pour la sortir de là, dit Jill, tu sais qu'on a de plus en plus de femmes qui viennent demander de l'aide à notre comité? Ce qu'il faudrait, tu comprends, c'est pas seulement libérer les femmes *gay* de l'oppression du monde *straight* mais libérer le monde *straight* de ses obsessions à notre sujet... Alors j'ai décidé de commencer par le commencement, par ma propre famille...

— Pas possible!

— J'ai de bons parents, tout le monde a de bons parents, il suffit de leur parler, on ne se comprend qu'avec les mots dans notre monde... J'ai dit à mon père et à ma mère pendant le repas, hier soir: « Vous avez toujours été généreux pour votre fille, vous avez payé pour mes études, mes voyages, je vous dois beaucoup, alors pourquoi ne pas vous dire la vérité, moi, Jill Lafontaine, la fille de John et de Lucie Lafontaine, je suis lesbienne, depuis l'âge de quatorze ans et je m'en porte bien, d'ailleurs, vous avez toujours dit que j'étais la plus équilibrée de la famille, si vous voulez, je vous présenterai toutes mes amies, elles viennent souvent chez moi, et comme je suis bien dans ma peau, j'aimerais bien que vous le soyez aussi! En plus, je travaille le soir pour la défense des gens *gay,* alors vous finirez bien par entendre parler de moi. »

— Est-ce qu'ils sont devenus verts de peur? demanda Marielle.

— Non, mais sur le coup, heureusement j'ai attendu au dessert pour ne pas leur gâcher leur dîner, sur le coup, ils étaient embarrassés, ils ont commencé à parler de mes succès scolaires, qu'évidemment avec une fille unique c'était un peu décevant, et puis ils ont demandé: « Mais qu'est-ce que c'est une lesbienne? » Et je leur ai tout expliqué, j'ai ajouté que j'étais très bien avec les femmes et les femmes aussi avec moi, ils ont fini par me dire d'un air un peu déçu qu'ils étaient quand même fiers de moi. Ensuite, j'ai vu mon père seul dans son bureau. Il m'a demandé s'il m'avait offensée de quelque manière quand j'étais petite, j'ai dit: « Non, papa, tu es irréprochable. Pourquoi m'aurais-tu offensée quand j'étais petite? » Il a dit: « La pudeur des enfants, qui sait, on ne sait jamais? » J'ai dit que je ne savais pas ce que c'était la pudeur et qu'il m'avait déjà fait ce reproche. Pauvre papa, il répétait en hochant la tête: « Pourtant, il me semble que j'ai été un bon père, dévoué, attentif... » Je n'arrivais pas à le rassurer. J'ai dit: « Papa, je suis lesbienne comme on est un brin d'herbe, une fleur en été qui pousse. » J'étais à bout de comparaisons, il ne comprenait pas. Il a demandé si j'étais malheureuse, j'ai dit: « Voyons, papa, pourquoi veux-tu absolument que je sois malheureuse? J'ai des amies que j'aime, elles m'aiment aussi et je suis douée pour l'amour. » Papa a dit: « C'est peut-être une femme perverse qui, un jour, a essayé de te séduire. » J'ai dit: « Non, papa, c'est moi la première qui ai séduit une fille, elle avait seize ans et moi quatorze, et nous étions amoureuses par-dessus la tête, mais je n'étais pas très fidèle, même à cet âge-là. » Enfin mon pauvre père s'est reproché de m'avoir fait découvrir si tôt le tennis, l'équitation, « tous ces sports virils qui t'ont peut-être déformée, disait-il tristement, c'est vrai que dans toutes ces activités tu étais remarquable quand tu étais jeune, et comme nous aimions te gâter, ta mère et moi, vois-tu, nous avons peut-être permis trop de liberté, qu'en penses-tu, Jill, est-ce que nous avons abusé de toi? » « Oh! non, papa, pas du tout. » Comme il était toujours un peu triste, je lui ai dit: « Je serai la première fille de l'Underground qui amènera ses parents au bar, oui, je vous présenterai tous les deux aux filles! »

— T'as pas peur de ton ombre, toi, hein, Jill Lafontaine, dit Marielle avec admiration, et comme championne des filles *gay,* on pourrait pas trouver mieux, quand est-ce qu'ils vont venir nous voir tes parents? Parce que, quant à y être, je pourrais vous présenter les miens, on pourrait monter chez nous l'un de ces matins quand on se couche pas avant six heures et aller faire du ski de fond, ou ben patiner, ça fait du bien après une nuit de débauche, si on peut dire!

En ces vendredis soir fumeux qui ramassaient dans la petite salle pourpre du bar plus de femmes qu'il ne pouvait en contenir, Jill traversait de son corps long et dégingandé la toile de genoux et de mains enlacés d'un paysage féminin devenu pour elle le paysage de ses jours comme celui de ses nuits, l'étroitesse des lieux l'obligeant à effleurer d'une caresse de la main tous les corps qu'elle frôlait, elle attirait soudain vers elle une fille jeune qu'elle appelait son « enfant langoureuse » et qui avait l'habitude de venir s'asseoir souvent sur les genoux de Jill pour y dormir, non qu'elle fût ivre, car elle ne buvait que de l'eau de Vichy, mais plutôt parce que Jill ne lui avait jamais refusé cette tendre coutume, ainsi, dans sa salopette et sa chemise à rayures, cette enfant maladroite avait tout, disait Jill, « du grand garçon boudeur se demandant, un doigt dans la bouche, s'il allait grimper dans un arbre ou pas, si paresseuse qu'elle en dormait debout », elle regardait Jill un moment puis glissait soudain avec langueur contre ses genoux en soupirant: « Je crois que je vais m'endormir! » Mais si Jill et ses amies amenaient à l'Underground, avec la musique de leurs voix, de leurs gestes, un air de printemps qu'on attendrait longtemps encore jusqu'à l'époque de la fonte des neiges (car on était encore en janvier, le mois le plus obscurément blanc de la saison des froids, pensait Geneviève car c'était l'époque où, comme le faisait Lali, les âmes se tournaient vers le dedans), si Jill échappait à cette saison opprimée, d'autres comme Lali, René et Louise, immergeant de la glaciale désolation de l'hiver, semblaient soudain emmurées dans leur torpeur. Un matin, René se réveilla si pauvre que tout lui parut pauvre autour d'elle, son humble sous-sol que Nathalie n'habitait plus (Saturne l'ayant retrouvé pour elle seule avec des éclairs de joie dans sa prunelle canine) lui parut un insalubre taudis jonché de cannettes de bière et d'ossements de bœuf (car Saturne avait repris ses habitudes de déposer partout dans la maison les restes déchiquetés de ses repas), quant à son lit, elle n'osait recouvrir d'un drap la loque du matelas, ce matelas qui avait connu tant d'élans amoureux et que René contemplait parfois d'un œil fou comme si Nathalie allait soudain en jaillir, tendant vers elle ses bras ronds étincelants de bracelets. Il ne restait de Nathalie que quelques photos sur le mur de la chambre de René, et une lettre, sur sa table de chevet, annonçant à René la fin de leur liaison.

— Sans doute un homme, disait René à Lali, *yes, a man, brother,* la race de personnes *that you just adore, why do you look at me like that?*

— *You have to do something about yourself, you have to find some work...*
— Je viens de perdre ma *job*, c'est inutile, *brother!*
— *Try harder, shit, try harder! Louise wants to help you!*
— *Help me?* Es-tu fou, *brother?* Le jour où quelqu'un va aider René Gingras, ça voudra dire que le Saint-Laurent est à sec, et je pense que c'est pas pour demain matin. Il est encore gelé.

C'était l'hiver, la voiture de Lali répandait dans l'air cette sorte de grincement sonore qui rappelait à son propriétaire « *that this motor will soon run off like any old machine* », et Lali perdait patience, car René traînait depuis trop de jours déjà son existence d'un bout à l'autre de l'appartement en rugissant: « Avec ce sous-sol tout en longueur, je marche toujours dans la même direction, ce qui rend ma cage encore plus obscène », même si elle marchait peu, méditant sans fin assise sur le bord de son lit, la tête entre les mains et achevant vite une caisse de bière quand Lali lui en apportait, dans ses moments de sévère pitié.

— *I have to go, my car is waiting, no biers anymore,* René, toi, chercher du travail...
— Je suis tellement basse que je serais peut-être bonne à travailler en usine, attacher des fils ou je ne sais pas quoi de parfaitement esclave, quelle décadence, Seigneur! Dire qu'en Europe, j'ai déjà fait filer $200 par jour, et puis l'autre, Louise, cette universitaire qui veut m'aider, *I have my pride, brother, I have it!*

« *Yes, yes* », disait Lali, s'efforçant de jeter un regard tolérant sur René, sa veste de pyjama, son slip de garçon, la pantoufle échancrée qui se lamentait sous son pied, et Saturne, l'œil jaune, un peu perfide, tournant autour de tout cela qui était René, ses habitudes de vivre, c'était donc cela, oui, « un frère » qu'on venait réconforter un matin gris, c'était René qui n'était ni une femme ni un homme, dont les cheveux, ce matin-là, exhibaient une propreté douteuse, c'était cet être plaintif et que Lali jugeait « *a bit crazy with her love stories* », qu'elle aimait, et qui, en cet hiver si lent, se confondait comme une ombre d'elle-même, à sa tristesse.

— *O.K., O.K., I will come soon with Louise, and we will clean around here...*

René entrait, le matin, pauvre à l'usine, et en sortait, le soir, humiliée. Et soudain, la pauvreté ne l'incitait plus à l'amour, mais à la haine. Avec la pudeur de ceux qui aiment en secret, Louise apparaissait avec un panier de conserves, quelque secours urgent qu'elle glissait furtivement sous une chaise, un fauteuil, attirant vers elle cette haine de René qui n'était pas une expression vengeresse de son cœur (car René pouvait aimer trop, mais elle ne savait pas haïr), mais l'expression de ce dénuement matériel dans lequel elle vivait depuis bientôt quelques mois. Avec la fugue de Nathalie, tout le charme de la vie s'était dissipé dans la brume de l'hiver. La tête de René, dépassant à peine les carreaux de son sous-sol, rencontrait à l'aube de chaque jour cette brume, ce frimas qui évoquaient pour elle « le prix du chauffage, de l'huile, un tas de signes de piastres que je n'ai pas dans mes poches, Christ », disait-elle. Le cheveu sale, la dent pâteuse, elle retournait dans son lit avec Saturne, et, au bout de quelque temps, Louise pouvait dire sans exagération à Lali « que René ne vivait plus dans son lit, mais dans le lit de Saturne », et c'est avec dégoût que Louise ajoutait aussi: « René a reçu Nathalie dans des draps de soie, avec du parfum *Hermès,* elle m'inviterait dans ce lit rempli de poils de chien que jamais je n'accepterais. »

— Mais je ne veux pas que tu viennes dans mon lit, justement, personne, c'est fini, ronchonnait René, où sont mes chaussettes propres, Louise, au juste? Ah! Et veux-tu me laver les cheveux, Louise? Je t'ai insultée, c'est vrai, mais c'est anormal, tu comprends, quand on m'aide, j'accepte pas ça!

— Tu n'es pas la seule à avoir des soucis d'argent, en ce monde, René, tu devrais étudier le soir... Mais tu es si paresseuse, tu ne lèverais pas le petit doigt pour secouer la poussière sur ta télévision, et depuis ton dernier déménagement, tu n'as pas même ouvert ta dizaine de boîtes dans le corridor...

— C'est parce que je me prépare encore à déménager, à partir, tu comprends? Saturne trouve que c'est trop étroit, ici, une personne comme elle, il lui faut son espace, sa cour, ses droits, en un mot...

— Saturne, mais c'est elle, la femme de ta vie! Est-elle seulement digne de tant de passion? Elle est laide comme si elle avait la gale, ses poils tombent partout, ce n'est pas une présence saine dans une maison!

— Saturne, ma chérie, donne-moi ta patte, il y a du monde méchant qui parle contre toi, la gale, tu parles, toi, ma beauté!

Il est vrai que René cultivait parfois sa paresse: c'était un sentiment d'esthète qui s'emparait d'elle tôt le matin, ce sentiment fait d'abandon (car pendant des heures, elle semblait passive et sa bouche exalait des soupirs languissants), d'abandon et de rigidité aussi, car son œil étudiait en même temps avec minutie si son désordre inventé la veille résistait encore au jour, si elle sortait elle-même fraîche de sa propre corolle froissée, elle ressemblait alors à ces paresseux imaginatifs dont déborde la littérature russe, et avait comme eux, au réveil, les mêmes frissons de repli lorsqu'elle entendait souffler le vent d'hiver par les fentes de la tapisserie du mur, elle penchait lourdement la tête d'un côté puis de l'autre, et avant de glisser le pied droit dans sa pantoufle, pesait le pour et le contre d'une action qui lui paraissait décisive. Elle ne pouvait pas se lever, de toute façon, sans entendre une certaine musique « une chanson des années 30 qui vous donne les bleus », disait Louise, et lorsqu'elle se levait enfin pour nouer autour de son slip, lequel appartenait lui aussi à une époque ancienne, les longs cordons de sa robe de chambre, ce geste accaparait tellement son énergie qu'on eût dit, pendant qu'elle marchait vers la salle de bains, qu'elle promenait une cathédrale sur son dos. « On aurait le temps d'aller au centre de la ville en métro, aller et retour, disait Louise, que tu serais encore devant ton miroir à te demander si c'est un bon jour pour te brosser les dents ou pas. » Mais René qui voyait en sa paresse, comme en plusieurs autres de ses défauts, de singulières vertus qui perfectionnaient son art de vivre, n'eût pas changé ces habitudes sans détruire en même temps tout un univers chimérique « que la plupart des humbles mortels sont trop imbéciles pour comprendre, disait-elle à Lali, et toi, moins que les autres, *brother,* parce que si tu as des lumières pour la chimie et la biologie, c'est pas toi qui as inventé le moteur à rêver, hein? » Lorsque Louise apparaissait dans le sous-sol de René, ce n'était pas sans piétiner aussitôt, de sa démarche alerte, vertigineuse, ces métaphysiques paresses dont la tête de René était aussi remplie que de toiles d'araignées dans ses rideaux.

— Je te coule un bain, tu vas te décrotter de la tête aux pieds. Ce soir, on sort, prépare ta cravate, tes bottines en cuir...

— Sortir pour aller où, Christ? Louise, tu vois bien

que quand on est malheureux comme moi, on ne sort pas...

— Lali t'attend dans sa voiture, les autres aussi! Des filles nous invitent sur leur île pour chasser les maléfices de l'hiver... Tu ressembles parfois à un notaire de soixante-dix ans, René...

— Mais oui, je suis près de la tombe!

— Encore une excuse de paresseux, debout, vite!

— Ah! Je ne peux pas me lever toute seule, c'est trop fatigant, ça fait quatre jours que je fais un jeûne de bière...

— Justement, un peu de nourriture ne peut pas te nuire! Dans quelle boîte as-tu caché ta cravate à pois?

— Je l'ai perdue une nuit de partouze!

— Et les partouzes aussi, il faut que tu arrêtes ça, René.

— Je l'avais mise au cou d'une petite fille et...

— Surtout, évite les confessions, nous prendrons l'autre, celle qui a des fleurs dessus, mais aide-moi un peu, cesse de jouer avec Saturne!

— Pauvre Saturne, elle n'est pas invitée au *party*, elle sera toute seule!

C'est ainsi que Geneviève, buvant seule au bar, avait suivi Louise vers la rue où les attendaient Lali et René (et dans plusieurs autres voitures un défilé de femmes qu'elle ne connaissait pas, dont elle n'avait fait qu'apercevoir les visages à peine dessinés sous le verglas des vitres, dans le jet lumineux des portières entrouvertes un instant, mais elle avait pu distinguer dans l'une de ces voitures la silhouette d'une femme tenant un jeune enfant sur ses genoux), mais si elle suivait Louise avec une docilité affectueuse, elle était mortifiée lorsqu'elle songeait à Lali, Lali, cette étrangère qu'elle accompagnait désormais vers des joies nocturnes qu'elle ne partagerait plus avec elle.

— Nous allons à l'île des Sœurs, disait Louise, joyeusement, quelle île et quelles sœurs nous sommes toutes, dans ce pays, hein! Et de plus en plus nombreuses, heureusement... Nous allons inspirer bien des jalousies viriles bientôt! Ne t'en fais pas pour Lali, elle a ses crises, c'est comme René, deux complices, deux frères, ah! je leur donnerais à toutes deux la fessée...

Pour la première fois, peut-être, depuis leur séparation, dès que Geneviève fut assise dans la voiture, en arrière, aux côtés de Louise qui la pressait légèrement contre sa poitrine, Lali, se retournant vers Geneviève d'un mouvement très lent, la gratifia d'un sourire. « *Hello, it is cold tonight,* hé? » dit Lali, puis oubliant Geneviève, elle demanda à René qui était près d'elle:

— Toi, tu es splendide, ce soir! Tu sens bon, *what a good perfume!*

— C'est Louise, ma maîtresse, qui m'a mis tout beau, tout neuf, mais, tu sais, quand la bonne femme est finie, à quoi bon? Quand je pense que j'ai laissé Saturne toute seule, j'ai allumé la lumière pour la consoler un peu, et puis je lui ai laissé des os à croquer...

— Ne me dis pas, René, que je vais encore coucher dans un nid de morts!

— Hé, René, demanda Lali pendant que sa voiture sillonnait derrière les autres voitures des filles qui riaient et klaxonnaient dans la ville, *who is this woman in the car next to us with the child?*

— Encore une universitaire que Louise a récoltée quelque part! Je ne sais pas, moi, une fille seule avec un enfant, elle est obligée de l'amener au *party,* il n'y a personne pour le garder, c'est comme ça!

— *I see, I see,* dit Lali, *it is a cute child, hé, very cute?*

— *So is the mother,* dit René, regarde où tu vas, *brother,* ces filles-là ont l'air d'avoir pris une cuite avant de partir... Quand ce sera l'heure de danser la gigue écossaise, elles vont être prêtes à rouler sous la table!

— *She has a man?*

— Hein, *brother,* Martine, tu veux dire, la célibataire à enfant? Non, pas d'homme, *brother,* t'as pas à t'inquiéter avec ça! Celui-là, si j'ai bien compris, il a déserté après le lit et le bébé! Mais elle l'élève comme elle peut! Elle ne sort pas beaucoup. C'est un miracle de l'avoir au *party,* ce soir...

— *Ah! men, they are all alike,* dit Lali avec amertume, *all pigs!*

— Exagère pas, *brother,* exagère pas, un homme lâche, ça ne court pas les rues...

Louise sifflotait une chanson entre les dents, se rapprochant de Geneviève lorsque la voiture de Lali cahotait sur les routes, sa présence, son amitié étaient si chaudes pour Geneviève en cette nuit, où la vision du profil fermé de Lali, dans le petit miroir qui la reflétait, ne l'avait jamais blessée de façon aussi secrète (comme si ce profil ne fût là devant elle que pour la narguer de son opaque froideur, de son imperméabilité à la souffrance aussi), l'épaule, le corps de Louise, généreusement offerts sans se livrer pourtant, étaient dans cette nuit que Lali ramassait autour d'elle comme une enceinte de pierre, les ancres jetées dans une mer plus douce, sensuelle et miséricordieuse.

— Qu'est-ce que t'as à chanter comme ça? demanda René.

— Rien. Je me sens tendre ce soir.

— Cache un peu tes seins. Ils sortent de ton manteau comme des oranges d'un panier. C'est à moi ça, pas à la terre entière!

— Toi, tu as déjà Saturne, tu ne peux pas avoir la terre entière et moins encore une femme comme moi!

— Ne parle pas contre Saturne, elle sent tout... Quand il y a des orages, en été, elle tremble de peur sous mon fauteuil Louis XV, tout ce qui me reste de mes belles années, Christ! Hé, mais dis donc, *brother*, toi et ton histoire de mère et d'enfant, regarde donc ça, on a perdu notre route, attention, je vais être en maudit, y faut refaire tout notre chemin!

Tout rite quotidien que René accomplissait mal, que ce fût un parcours dans la campagne ou une goutte de vin renversée par mégarde sur ses luxueuses cravates, ces informes révélations de sa maladresse à dominer les choses pouvaient la précipiter dans de si convulsives colères qu'autour d'elle, soudain, tout se taisait, la chanson de Louise comme la respiration de Lali qui semblait suspendue devant la suite de blasphèmes que prononçait soudain cet oracle furibond.

—*O.K. we will just go back,* dit Lali doucement, *calm yourself, now. Let's look at the map anyway...*

Dans sa canadienne, son turban de fourrure qu'elle appelait sa « couronne de tsar », sur la tête, René sortait dans le vent avec sa carte, hurlant contre le ciel, les femmes, « et le bon Dieu qui m'a faite comme je suis, si stupide que je m'égare sur les routes! » ne se calmant que lorsque Louise lui offrait une bière. « Ah! tais-toi, René, ce n'est pas la fin du monde, on a toute la nuit pour rôder dans la campagne si l'on veut! »

Peut-être était-ce cette nuit-là, pendant cette randonnée sur l'île, que toutes avaient senti soudain que s'achevait, même si la saison allait encore se poursuivre, ce premier combat contre l'hiver. Le sourire de Lali, si pauvre encore, et crispé, brillait dans cette nuit comme le feu qu'un chasseur eût allumé, le tirant de l'épaisseur de la neige. Ce sourire irradia plus encore, lorsque dans la maisonnette orange, enfouie sous les sapins, Lali s'inclina vers un enfant, qui, comme elle, cette nuit-là, avait tout d'un petit dieu nordique, même si la mère qui le tenait sur ses genoux semblait de descendance mauresque par la couleur sombre de son teint et la vigueur de ses traits: le gris de ses yeux, seule note indécise dans ce visage, flottait sous d'épais sourcils qu'elle fronçait parfois, en parlant d'une voix grave que Lali seule semblait entendre, tout en enfermant dans la sienne la main de l'enfant.

— Eric, tu t'appelles Eric, toi beaucoup ressembler à mon frère, *oh! a long time ago, lovely, a lovely boy, four years old, and so tall, so serious, so mature...*

Pour Geneviève, cet enfant pâle et tragique, en posant sa joue contre la joue de Lali, en confiant au poing ferme de Lali son poing menu, attendri, délivrait soudain, comme sous la brûlure du soleil, ce visage de Lali qui, depuis quelque temps, ne s'éclairait que des froides ténèbres: soudain fiévreuse au contact d'un enfant froid, elle enfiévrait tout autour d'elle, redonnait la vie, elle que Geneviève croyait morte, et si son bonheur commençait là où le drame d'une autre risquait de commencer aussi, cela lui importait peu en cet instant, car à l'image de l'amour aveugle, elle répandait soudain autour d'elle l'espoir et la crainte, le mirage et la vérité, et touchées par ce miracle de l'amour jailli du quotidien le plus banal, cessant de danser, les filles s'étaient rassemblées autour de ce groupe pieux que formaient Lali avec la mère et l'enfant, les regardant avec surprise, et déception aussi, car chacune pouvait se dire en même temps qu'elle n'était pas comme Lali, la mère ou l'enfant, le centre de ce drame si beau qui avait éclaté de façon si subite. Pour les autres, l'amour ordinaire continuerait, avec ses lois ordinaires, ses contraintes. Délaissant Lali d'un air complice, René préféra s'attabler devant le fromage et le vin, et Louise la trouva ainsi à l'aube, ronflant doucement parmi les bienfaits de la terre. Mais après cette nuit où le soleil s'était levé sur l'île couverte de neige, on reverrait souvent, la nuit, ce couple ensoleillé de Lali et l'enfant, « *my son* » comme elle l'appelait, entraînant à son bras aussi, parfois, la mère, dont la tête mauresque s'auréolait, elle aussi, de cette euphorique candeur qui était dans le cœur de Lali, Lali qui ne frissonnait plus, n'avait plus froid. Indifférente au passé, toute à la chaleur verdoyante de son rêve du présent, Lali se souvenait parfois de Geneviève: on eût dit que depuis qu'elles ne s'aimaient plus, Geneviève lui devenait plus familière, peut-être s'habituait-elle, tout simplement, à la voir en compagnie de René et Louise, comme Geneviève elle-même prenait l'habitude de la croiser souvent, la nuit, si torturant fût ce miracle de voir soudain apparaître Lali tenant sur ses épaules, au milieu d'une fête, l'enfant roi qui avait emprunté d'elle la grâce amère, le maintien et la beauté, et qui, comme Lali, exerçait de haut, ses petits genoux nouant le lien du pouvoir autour de la nuque de Lali, sa morose séduction, et le défi un peu triste d'un regard doré que la fatigue cernait de bleu. On oubliait, en voyant Lali transportant sur ses épaules son précieux dauphin le long de ses nuits sans sommeil, le visage ombreux qui se tenait modestement derrière, et qui, lui, effacé par la splendeur de deux lys, paraissait plus terne, Lali et l'enfant en ayant aussi effacé l'histoire. Geneviève rencontrait même Lali et l'enfant dans ses rêves: dans l'un d'eux, Lali venait vers elle, ramant sur une rivière calme entourée d'arbres, et, au devant de sa chaloupe, Eric était représenté par un agneau blanc endormi au soleil. Ce rêve était d'une inspiration si sereine que Geneviève éprouvait en se réveillant qu'elle verrait Lali ainsi un jour, ramant avec ce sourire apaisé sur des eaux qui ne seraient plus celles de la tempête. Ce rêve s'évanouissait lorsque Geneviève retrouvait Lali dans le monde réel, lorsque, parée de l'enfant qu'elle aidait délicatement à boire ou à manger tout en lui essuyant les coins de la bouche, elle lui semblait, fixant ses yeux sur Martine qu'elle aimait mal, d'une double arrogance, car l'enfant adorateur sur ses genoux, l'aveu de ces yeux fixes exprimant à une femme: « Je t'aime, toi, mais c'est lui que je préfère », n'était-il pas un dard doublement cruel aussi? Lali s'étant un jour de tempête gelé une oreille, elle avait enfin consenti à recevoir de Geneviève une casquette anglaise qui protégerait sa tête que toutes avaient eu l'habitude de voir nue, même par les climats les plus vifs. Geneviève ne vit jamais cette casquette sur la tête de Lali, mais par l'un de ces caprices tendres ou cruels dans la vie de Lali, elle vit un soir, comme surgi d'un conte de fées, ce minuscule frère de Lali portant dans le triomphe de ses boucles blondes la casquette de Lali, et lui ressemblant si bien, dans son pantalon de flanelle, sa veste de velours, comme celle de Lali, qu'il semblait dire en marchant vers Geneviève: « La vie n'est que cela, une moquerie! » Mais martelant les trottoirs glacés de son pas mesuré et précis, lorsque les grandes personnes le ramenaient chez lui pour dormir (car voyageant, pour sortir la nuit, des épaules de Lali aux bras de sa mère, Eric, comme Lali, portait des souliers en cet hiver), l'enfant de Lali semblait dire aussi, tout en marchant entre Lali et Martine qu'il tenait toutes deux par la main: « Nous sommes heureux, soyez-le aussi avec nous! » comme s'il fût déjà (lui qui était si petit et si triste entre ces deux femmes longues, dont il contemplait de l'abîme de sa dépendance envers elles, les visages déjà irisés, accouplés d'un chaste baiser qu'elles échangeaient dans la rue, ces visages pourtant autoritaires de l'amour, quand on est trop jeune pour y avoir droit), comme s'il fût le messager d'une incandescente saison quand, autour de lui, tout était noir encore, et si scellé par le froid, que lorsque les filles sortaient de l'Underground, vers trois heures du matin, les rues avaient l'aspect de grandioses patinoires, et la ville, tout enrobée de glace, d'une serre. Cet enfant était fier, plus fier qu'une amante, qu'une maîtresse, pensait Geneviève, car il reconnaissait la douceur de ses privilèges: à peine serait-il dévêtu par les mains de sa mère et vite allongé sous la couverture de son lit, écoutant le disque de Mozart que Martine lui permettait d'écouter chaque soir, que Lali, encore fraîche de son passage sous la douche, viendrait longuement s'asseoir près de lui, le regardant en silence sans lui parler bien souvent, prenant sa main dans la sienne pendant qu'il s'efforcerait sans y parvenir à laisser ses yeux grands ouverts afin de recueillir comme une ivresse ce baiser qu'elle déposerait avec lenteur sur ses tempes bourdonnantes, quand, encore une fois, il s'endormirait sans avoir pu lui dire à l'oreille je t'aime, ces mots qu'il ne pourrait plus lui dire le lendemain matin, lorsque, devenue brusque soudain sans qu'il eût compris pourquoi, elle lui préparerait son petit déjeuner, tout en lui disant d'un air irrité: « *Come on, my love, hurry up with your orange juice,* moi t'amener vite à la crèche, *I have to go to the hospital, please eat your cornflakes, be a good boy, fast, fast, I am late already...* » On ne vit pas souvent Lali à l'Underground pendant ce temps où elle était mère. Il lui arrivait de venir dormir, épuisée, chez Louise et René et de s'écrouler le long de ces corps, qui, parce qu'elle ne les désirait pas, lui apportaient la détente due aux guerriers ou à ces croisés dont le corps reposait dans les champs pendant que leur âme errait encore en Terre sainte. Geneviève s'habitua à voir dormir entre Louise et elle, pendant qu'elles discutaient tard dans la nuit, ce raide chevalier qu'était Lali, que le mauvais état des routes empêchait de rentrer chez elle ou simplement la fatigue, quand, la voyant si exténuée, Louise dépliait sous les flancs de Lali l'un de ces lits de caoutchouc dont elle avait des réserves, « en cas de recevoir beaucoup de monde chez moi, tu comprends... », expliquait-elle à Geneviève, et sa cigarette encore allumée au bout des doigts, Lali fermait vite les yeux, et tombait, tombait, défaillant d'une chaise ou d'un sofa comme si on l'eût regardée tomber de cheval. « Elles sont si gentilles quand elles dorment, nos amies féroces, soupirait Louise, c'est tout juste si elles ne sucent pas leur pouce, mais il faut lui retirer sa cigarette des doigts, ta Lali, elle pourrait mettre le feu à l'appartement! » Car Louise, à l'aide d'un briquet (car elle craignait de réveiller René et Lali en allumant la lampe du salon), lequel lui avait déjà jauni tous les doigts, lisait ses poèmes à Geneviève tard dans la nuit. Tout alanguie par la somptuosité de ces heures de la nuit, Geneviève écoutait la voix de Louise sans la comprendre: peut-être l'écriture de Louise débordait-elle de perles merveilleuses, mais même démêlée à la flamme incendiaire d'un briquet, sa poésie paraissait contenir autant de tressages et de nœuds que la laineuse couronne de ses cheveux.

— Tu parles très peu, disait soudain Louise à Geneviève en la serrant contre elle, c'est émouvant, le silence des êtres, quand on prend le temps de l'écouter bien sûr... Je crois que tu es une chèvre, selon les Chinois, leur horoscope ancien, tu connais? Tu ressembles d'ailleurs à une chèvre: moi, cela se voit, je pense, je suis un chat, mais tu as sommeil, je devrais te ramener chez toi, on m'a dit que tu aimes travailler la nuit... Mais ne ferme pas les yeux, je veux te raconter une histoire: encore une histoire d'amour, oui, à quinze ans, j'aimais bien l'une de mes camarades de classe, elle m'aimait aussi, mais c'était comme ton silence à toi, nous n'osions jamais en parler, tu te souviens peut-être de ce temps-là, on se sentait si libre dans nos bas golf, nos uniformes décolletés quand on décidait de jouer au ballon panier, et ces cuisses dorées des filles, au printemps, tu te souviens... Non, c'était en juin, quand il faisait déjà plus chaud, au temps des examens... Je me souviens souvent de ce premier amour, nous étions dans la maison de son grand-père, il nous avait demandé pourquoi nous aimions nous coucher si tôt... Il réparait le toit de la maison pendant que nous apprenions à faire l'amour... Aimer, c'est un jeu si subtil quand on se connaît à peine, soi-même... Pour nous, tout était découverte... Et puis, ma blonde de ce temps-là avait toujours des scrupules, je la rassurais en allant me confesser avec elle le lendemain matin, cela me donnait au moins le plaisir de la voir si belle à genoux, avec son visage tout ému par le repentir...

    L'aube se levait quand Louise ramenait Geneviève chez elle, près du port. C'est ainsi que pour Geneviève, cet hiver-là, le jour et la nuit se mirent à se confondre. Lorsqu'elle se réveillait, vers midi, la honte de ne vivre que pour l'amour, l'attente et la curiosité de l'amour, surtout, même si Lali n'était plus là pour satisfaire cette attente, l'envahissait d'une immense insatiabilité, semblable peut-être à la honte d'un meurtrier retrouvant sur lui-même les traces du carnage, rien ne justifiait cette honte car, contrairement à ses amies, Geneviève n'aimait pas l'excès, mais c'était ce désert de tout excès qui, en elle, peut-être, dévorait ce faible élan d'amour qu'elle éprouvait encore lorsqu'elle voyait Lali, si faible cet élan qu'elle ressentait même dans la défaillance de son corps, lorsqu'elle se jetait tout habillée sur son lit, le vide, l'érosion spirituelle que l'absence de Lali avait laissés en elle, comme si elle eût perdu, avec elle, le goût de vivre et la puissance de penser.

Après avoir bu plusieurs cafés noirs, elle pouvait lire les lettres de Jean, assister à l'étendue de son désastre, car elle n'avait jamais imaginé qu'un homme pût être aussi jaloux d'une femme qu'il ne connaissait pas, et reprendre son travail au point où elle l'avait laissé la veille, lorsque les premières lignes obscures tombant sur la ville, elle avait pensé, comme au temps de Lali: « Enfin, c'est la nuit! » Il fallait s'acharner tout le jour, heurter un matériel hostile, dessiner, aimer et détruire, et se mépriser plus encore pour ne pas trouver dans l'art ce qu'il vous donnait hier: la vie, l'espérance. La forme lui semblait ici, recroquevillée, peu généreuse, quand, au dehors, un visage, une voix l'exaltaient aussitôt. Geneviève avait pourtant l'habitude du travail ardu et patient, et elle avait longtemps connu, auprès d'un homme, une existence studieuse, même lorsqu'elle sortait seule la nuit, mais lorsque le ciel devenait dense et obscur, elle savait qu'elle n'avait jamais connu, avant Lali, cette excitation, cette faim de la nuit, dont au début Lali était le cristallin symbole et le signe de l'accueil. Lali n'était plus là, mais à l'heure où montait vers elle la respiration de la nuit, le ciel était encore constellé de toutes ces étoiles dont elle eût pu dire que chacune attendait avec elle le règne de la visibilité. C'était cela, la faim de la nuit, peut-être, que la nuit cesse, que le jour vienne pour Lali et ses sœurs, pensait Geneviève. Mais la faim de la nuit, c'était aussi la faim des femmes, le goût de leurs désirs, la joie de les revoir, de les connaître et, du fond de cette toile de la nuit, Geneviève savait que chacune, dès que neuf heures sonnaient, se préparait à sortir, venant souvent de loin, pendant que les vents d'hiver poussaient vers une commune cérémonie célébrée dans une cave, ces cheveux, ces corps, ces âmes épars qu'un seul mot unissait et faisait vibrer: aimer...

2

Le printemps commença peut-être en février, cette année-là, quand Jill annonça, une nuit, à l'Underground, qu'elle et son amie Léa ouvriraient un restaurant, lequel, situé à un second étage d'une vieille maison de pierre, contenant aussi un bar et un théâtre, « chasserait le noir de la nuit pour la lumière du jour », et n'accueillerait entre ses murs « que des femmes, *straight* ou *gay,* comme cela leur plaira ». On savait que chez Léa la femme était aimée, comprise, car pour Léa, disait Jill « on est jamais assez lesbiennes, nous autres ». Tragédienne, d'une beauté et d'une stature qui prêtaient à la vie même une grandeur qu'elle avait rarement, Léa était la déesse de ce printemps encore gelé, et peu de mornes étangs savaient résister à ses piaffantes colères. On la voyait partout, aussi statuesque et dramatique, active à son théâtre qui aurait pu porter son nom « Le Théâtre Viscéral », et où elle offrait avec la luxuriance de son esprit, celle de son corps, devenu par la magie de l'art « le corps de toutes les femmes, bafoué, martyrisé, saisi dans la posture de l'humiliation qui est si souvent la sienne », où tourbillonnant avec ses plats dans son restaurant, sobrement drapée d'une toge noire, portant avec grâce sur son cou puissant un crâne bouddhiste qui médusait les femmes tout en les repoussant, car on ne pouvait imaginer qu'un être aussi titanique n'eût que vingt-cinq ans, et fût sensible à l'amour. On surprenait parfois ce métallique regard bleu que Léa laissait filtrer de ses larges paupières, lorsque, s'asseyant d'un air familier auprès des filles qu'elle venait de servir, elle attaquait d'une voix implacable « la faiblesse des femmes, leur servitude innée, leur docilité de victime », comme si elle fût d'une race violemment supérieure, ne portant aucune des séductions de la femme, pas même les cheveux, et rappelant, par la noirceur de son personnage hors nature, ses monstrueuses lunettes lui tombant sur le nez, à la façon d'un binocle, l'un de ces terrifiants acteurs du théâtre germanique d'avant-guerre. Mais émanant de cette noble caricature, une femme exerçait son inoubliable pouvoir, car on venait surtout chez Léa pour l'admirer longtemps en silence. Peut-être incarnait-elle, avec le génie du théâtre, la lesbienne élevée et respectée dans le rôle de son entité équivoque et tragique, comme si, en la voyant, toutes les femmes seules et sans rôles fussent devenues les membres indispensables d'un chœur grec. Pour Léa, la vie étant un théâtre, toutes les femmes n'étaient-elles pas aperçues par elle comme les plaintives victimes d'un drame où, comme elle, les bourreaux étaient des géants? Mais si son froid regard bleu contemplait sous le verre ces hommes royaux et légendaires qui tenaient toutes les armes de destruction auprès d'une race qu'elle jugeait « biologiquement faible », son cœur, lui, enchaîné à la délicatesse et à la tendresse féminines, tolérait spontanément ce que son esprit ne pouvait comprendre ou admettre. Ainsi, on ne vit jamais autant de diversité humaine que chez Léa, car toutes la recherchaient, les unes l'aimant pour son intelligence fière, d'autres, pour son cœur modeste. Toutes ces femmes étaient peut-être en elle: car lorsqu'elle jouait au théâtre le rôle « d'une grosse fille perdue que personne n'aime », dont l'immense faim, qu'aucun homme ne veut apaiser, se transforme dans la solitude « en ce rêve, de devenir tellement plus grosse encore, plus puissante, qu'elle pourra dévorer tous les hommes entre ses cuisses », on oubliait la hautaine intellectuelle se promenant dans son restaurant avec ses plats, pour ne voir, spectateur amoindri dans un fauteuil, que l'immensité de cette chair rejetée qu'elle soulevait et qui remplissait bientôt tout le théâtre de ses rires et de ses nausées, et enfin de cet avalement, sanguinaire excavation par laquelle elle attirait peu à peu tous les hommes métamorphosés en souris. Ainsi, cette idée qui avait d'abord germé sous le crâne reluisant de Léa, pendant qu'elle lavait les verres tard le soir dans son restaurant, fermant sa porte aux désirs des filles dont elle supportait parfois la présence jusqu'à l'aube, « je veux être seule pour penser », leur disait-elle en les voyant partir avec délivrance, s'était mise à grandir, engloutissant tout le restaurant désert que seule l'épaisse fumée des cigarettes habitait, de la gélatineuse épave dont elle raconterait l'histoire, le drame, la honte et le dévorant rêve de violence. L'homme serait d'abord l'idole qu'une grosse fille épingle dans la solitude de son taudis, pour devenir celui qu'on mange, celui qu'on viole, là où est son propre territoire de chasse et de viol.

Léa fermait seule son restaurant, jetait sur ses épaules une pelisse sombre, et rentrait souvent à pied dans son quartier du bas de la ville où vivaient surtout les minorités noires. Mince et n'aimant pas le froid, elle promenait autour d'elle l'abondante chair insultée, et se récitait à elle-même ses propres répliques dans la rue. Léa connaissait le cri de la chair outragée, les hommes devaient comprendre cela, que le viol « absorbait et tuait tout dans sa sexuelle mastication ». On sortait souvent du théâtre de Léa, tremblant de peur et ne comprenant rien à Léa, car la grosse fille hurlante qu'elle laissait derrière elle, sur la scène, ne se comparait plus à la jeune femme mythique qu'on avait devant soi, chaleureuse pour ses comédiens, douce pour ses amies, les femmes, même si son regard bleu flottait ailleurs en quelque mythique région aussi, et qu'elle n'accordait à personne ces plaisirs brutaux dont elle avait été si avide au théâtre, et avec des accents si désespérés et si crus. Son langage lui-même, soigné et calme, lorsqu'elle accueillait ses amies au bar, ne correspondait plus à cette gamme de sons sauvages dont son public gardait longtemps les appels gutturaux. Elle était, au contraire, d'une gentillesse si grande que même lorsqu'elle savait qu'il était illégal pour son établissement de recevoir encore des filles après quatre heures du matin, elle n'eût jamais refusé quelqu'un qui cherchait chez elle le réconfort de l'aube. René et Louise dormaient parfois sur ces anciens bancs d'église dont elle avait meublé son restaurant, et son piano appartenait à ces errants et errantes qui venaient là, écraser chez elle, leurs aigrelettes chansons du matin. « On ne va plus manger chez Léa, disait René, on va coucher chez elle. » Pendant que Léa lavait et rangeait ses verres ou écrivait sur le coin d'une table, René pianotait rêveusement aux côtés de Louise, ou lorsque René et Jill avaient pu réunir tout un groupe pour fêter l'aube, les filles dansaient chez Léa, s'amusaient longtemps à ces rondes pour lesquelles Léa, le profil droit, n'éprouvait qu'une superbe condescendance dont on s'inquiétait peu, car, au dehors, il neigeait mollement, et le ciel de ces aubes grises et roses promettait que les jours seraient bientôt plus longs... que le printemps reviendrait...

Marielle qui accompagnait souvent Jill en prison lorsqu'elle allait visiter La Grande Jaune avait rencontré Agathe, une monitrice encore étudiante dans un centre de réhabilitation de la jeunesse, et Jill s'écriait en les voyant qui s'embrassaient dans les toilettes de l'Underground: « Ah! les tourtereaux qui se bécotent! » Agathe avait un air sage, de longues nattes vers lesquelles elle baissait souvent les yeux, surtout lorsqu'elle grommelait quelque reproche à Marielle qui lui semblait avoir « beaucoup, beaucoup trop d'amies... »
— Mais non, c'est mes *chums,* on est ensemble, mais ce n'est pas un mariage, encore, voyons!
— Un soir, c'est Jill, un autre, c'est Lucille, tu flirtes tout le temps, Marielle, après l'une, c'est l'autre.
— Donne-moi un bec et chicane-moi pas, Agathe. Tu verras, je suis une femme fidèle, sauf que j'ai mon genre...
— Je trouve quand même que tu flirtes un peu trop, et je suis une fille sérieuse, moi, tu verras!
— Mais justement, c'est mon genre, un peu flirt sur les bords, mais plus on me connaît, plus on s'habitue!

Même si Marielle et Agathe se querellaient sans cesse, échangeaient souvent des regards si indignés qu'on eût dit qu'elles annonçaient un naufrage, l'une disant à l'autre: « Je suis fâchée, mais c'est toi qui as commencé, non c'est toi... », ou « C'est fini, je ne te parle plus », se querellant même devant la mère de Marielle qui leur avait dit avec irritation: « Écoutez, vous autres, si vous étiez deux sœurs, on devrait vous séparer et vous empêcher de dormir dans le même lit », leur amour avait la solidité de leurs constitutions physiques, et l'une suivait l'autre chez Léa avec l'assurance d'une figure de proue. Toutes deux assaillies par leur travail (Marielle était maintenant vendeuse dans un magasin et étudiait le solfège et la guitare le soir), Agathe, volant sans cesse à la trace de l'un de ses délinquants perdus « qui risquait de mettre le feu à un bois, à une ville, si on ne le rattrapait pas », disait-elle, elles se retrouvaient pour leurs successifs repas de nuit, dont le dernier (en passant par Les Chinois et le Submarine Kingdom) se terminait chez Léa. Vers cinq heures de l'après-midi, René aimait venir boire seule son vin préféré tout en sortant d'une enveloppe brune les photos de Nathalie qu'elle admirait longuement et tristement. Soudain, elle frappait la table de son poing et disait à Léa qui lisait sans s'occuper d'elle:

— Christ, Léa, je l'aimais tellement cette femme-là. Je voudrais bien aller casser la gueule à son bonhomme, en Suède ou je ne sais pas où dans quelque pays barbare! Et tu comprends, Léa, quand tu poinçonnes chaque matin, à neuf heures, dans une usine, ça te rabaisse, ma fille, ça te rabaisse, et c'est tout juste si je peux me payer une bouteille de vin, sapristi!

— Tu n'as pas à payer tout de suite, répondait Léa de sa voix grave, et puis, je te le disais hier, homme ou femme, il faut se méfier de l'attirance de l'amour, tu dois retrouver ton autonomie, René, c'est notre seule forteresse en ce monde...

— J'ai Saturne, qu'est-ce que je deviendrais sans

Saturne? J'ai Louise, aussi, naturellement, mais je la déçois, ces temps-ci, j'ai même pas le goût de faire l'amour... Trop de problèmes! Avec Saturne, c'est plus facile, elle ne demande que de l'affection!

Depuis quelque temps, René négligeait Louise ou Louise, René (Louise rénovait, avec un groupe d'amies qui partageaient sa hardiesse manuelle, plusieurs maisons en ruine d'un petit village à l'écart de la ville), mais Saturne, elle, semblait satisfaite enfin: son poil repoussait, son œil jaune étincelait diaboliquement. Pourtant, ne sachant pas même tenir un marteau, René grognait et trépignait en attendant Louise dans son sous-sol. Elle aimait les livres mais, dans sa paresse lubrique, elle les goûtait tant qu'elle pouvait passer une semaine sur une page, la tournant et la regardant, tout en levant les yeux vers le plafond. Et c'est alors qu'elle pensait à son avenir et à l'avenir de Saturne. Louise avait peut-être raison avec ses cours du soir: elle apprendrait à Saturne des manières plus correctes, il était évident que Saturne avait reçu une mauvaise éducation, même Lali lui avait dit:

— *This dog has terrible manners, first of all, she should not bite all your lovers,* c'est pas naturel, *don't you think?*

— Ah! tu sais, *brother,* Saturne n'est pas méchante, elle les mord pas beaucoup, juste un petit peu...

— *It is bad manners for a dog... Or anyone...*

— *Maybe, you are right, brother,* tu comprends, ce que je devrais faire, c'est l'amener à l'école, le soir, et moi, pendant ce temps, je pourrais me proposer pour distraire les belles femmes riches d'Outremont, en allant promener leurs chiens dans le parc... Ces femmes-là aussi ont besoin d'amour! L'initiation ne coûterait rien, naturellement...

Lali venait souvent bavarder avec René au bar de Léa: elle se tenait là comme à l'Underground, souvent rigide et lointaine, mais désormais, lorsqu'elle apercevait Geneviève aux côtés de Louise ou de Jill, elle lui manifestait, par un baiser sur la bouche qu'elle échangeait aussi avec René et Louise, baiser absent mais qui était pour elle la marque de l'amitié, que Geneviève appartenait, comme René et Louise, à sa muette confrérie intérieure, celle des amies, des camarades, ce baiser presque sidéral, comme tombé des lèvres d'un ange, semblait dire à celle qui avait expié au purgatoire de ses désirs: « Viens et reçois ce baiser, voilà ma récompense quand on ne m'aime plus! » Car Lali délivrait ce baiser avec modération, tout en se penchant vers vous, comme si elle eût écarté ses ailes.

— Comment va ta cheminée, *brother?*
— *I am working hard to put it straight... Very hard, there will be a room for you in my barn, you will see some day...*
— Et l'amour, *brother?*
— *So... so... it is too bad, because I love the child so much, so much...*
— *And his mother?*
— *It is all right, so... so... but the child, you see, I will miss him very much...*

Geneviève n'avait pas revu Martine aux côtés de Lali, chez Léa: peut-être, ne la reverrait-on jamais? C'était l'un des regrets de Geneviève, de songer que, pendant son passage interstellaire dans les vies, Lali ne gardait pas plus longtemps près d'elle ces beaux visages dont il eût été si doux de la voir toujours entourée, comme ces visages dont les expressions sont à jamais fixées dans les fresques, ainsi on eût préservé la jeune femme au visage mauresque tenant sur ses genoux l'enfant blond devant lequel Lali, dans une pose extatique, s'était agenouillée, donnant l'illusion, pendant ces instants où tout en elle était immobile et ému, que c'était une sainte, du moins une convertie qui s'inclinait ainsi aux pieds d'un enfant. Mais un autre couple, mère et enfant, remplaçait chez Léa, Lali et son enfant mystique, et c'était un couple si fébrile de vie, qu'il en était, dans le monde concret, la désarmante antithèse. Toute la ville connaissait Fille-Chat, ou La Chatte, comme elle se surnommait elle-même, non seulement parce que cette jeune femme était la féroce protectrice de la race féline, mais surtout parce qu'elle était l'humble prophète de tous et de toutes. Elle lisait tout aussi bien dans les cœurs, les lignes de la main, que dans les planètes, mais comme c'était une avalanche sonore, il n'y avait parfois que Léa pour lui donner accès à la société respectable: chez Léa, Fille-Chat ne craignait pas de remuer en tous sens son imposante personne, de laisser droits sur sa tête, sans jamais se donner le mal de les peigner, ses cheveux qu'elle coupait ou découpait elle-même aux ciseaux, les laissant soulevés en formes de crêtes, et, avec le temps, à la manière des herbes sauvages au bord d'une route poussiéreuse, elle ne craignait pas non plus de bousculer les filles à une table, de crier fort ou de briser une chaise. Léa disait à chacune: « Viens comme tu es, chez moi! », même si elle ne prononçait pas ces paroles, étant trop distraite pour le faire. Et pour Fille-Chat, « venir comme elle était », c'était de jouir de la volupté d'être bruyante, aussi retentissante de bruits, de clameurs que ce fracas des étoiles, des planètes et des météores dont elle suivait la course autour du silence des âmes. On se souvenait de Fille-Chat, moins souvent pour l'exactitude et l'inspiration de ses prophéties, que parce que, en entrant un jour dans une boutique où l'on vendait du cristal, elle avait cassé tous les verres, pourtant elle-même ne savait jamais comment de tels événements lui arrivaient, était-elle responsable si les objets, les êtres fragiles cédaient, devant elle, à cette panique? Le seul objet fragile que Fille-Chat s'efforçait de ne pas casser était son fils Franz, pourtant le jeune garçon était si souvent flatté, cajolé, léché et taloché par la féline affection maternelle qu'elle ne s'étonnait pas elle-même « que si usé par les caresses » il « soit aussi délicat que de la porcelaine », mais Franz n'avait pas été que sevré de musique à Vienne, lors de sa naissance bohème, il avait, comme sa mère depuis, suivi son périple, lequel aurait pu être celui des gitans, des clochards aussi, et sevré à son lait de vigueur, il avait eu une enfance paradisiaque en dormant avec elle, lorsque cela était nécessaire, dans les rues ou, lorsqu'il faisait froid, dans l'entrée des maisons. Franz ayant des amis partout, il lui arrivait de pleurer un peu, comme font les enfants, mais il était surtout heureux s'il se comparait aux garçons de son âge qui devaient encore obéir à leurs parents. Il n'obéissait pas à Fille-Chat, elle était lui, il était elle: elle le serrait parfois un peu fort contre sa poitrine avantageuse, tout en lui disant: « Tu as donc bien des petits os, toi, cela doit venir de ton père! » et il était parfois obligé de lui rappeler qu'elle n'avait pas pris de bain depuis deux semaines, ou bien de lui suggérer de changer la boîte pour les chats, mais ce n'était pas un si mauvais sort: Fille-Chat était la meilleure des mères, pas seulement pour Franz mais pour ses cinq chats à qui elle sacrifiait même son lit. Un jour, Franz lui apprendrait peut-être l'ordre, la propreté, car il était, lui, toujours impeccable, même lorsque son costume de ses années d'Europe lui semblait trop court, aux manches, et qu'il y avait des trous dans ses bas. Comme disait sa mère: « On ne peut pas se laver quand on a le destin du monde entre ses mains. » Les chats, venus d'Europe, eux aussi, gambadaient sur ses cartes célestes, mais c'étaient de si bonnes petites bêtes, disait la mère de Franz, il n'y avait rien de plus aimable sur terre, que Belle Beauté, Beau Grisou, Miss Europe, Smoking I, le père, et Smoking II, le fils, et Franz approuvait, tout en leur défendant, toutefois, de manger toute la viande, dans son assiette. Comme il était pensionnaire, la semaine, lorsque le vendredi arrivait, il se laissait écrasé, pressuré, dorloté par les bras de sa mère, puis embrassait les chats, l'un après l'autre, afin de ne faire souffrir personne de jalousie comme sa mère le lui avait appris, puis elle demandait: « Qu'est-ce qu'on fait, ce soir, mon minou? » « On va voir un film d'horreur puis on va *bummer* toute la nuit », répondait-il en lui sautant au cou, oubliant que lorsqu'il sautait ainsi au cou de Fille-Chat, il subirait encore le pressoir de ses bras secourables et charnus, mais il ne pouvait pas lui en vouloir même si elle serrait si fort, il l'aimait trop. C'est ainsi qu'on les voyait arriver tous les deux chez Léa, essoufflés et contents. « Et prêts à du bon *bummage* », disait Fille-Chat à René en lui torturant l'épaule.

— Hé, fais attention, Fille-Chat, s'écriait René, tu vas me démembrer toutes les articulations si tu continues, avec ta main, vas-y moins fort, et parle plus bas, je suis d'humeur orageuse, aujourd'hui...

— T'en fais pas, mon minou, répliquait Fille-Chat, ancrant davantage ses doigts spatulés dans l'épaule de René, Jupiter est là qui approche, tes soucis sont sur le point de s'envoler et tu vas bientôt connaître la passion, ma chère, pas la passion folle, la passion rugissante, non, la fureur jalouse, mon minou!

— Christ, qui est assez bête sur terre pour vouloir la passion en cadeau, Fille-Chat, surtout parle-moi pas encore de Jupiter, il ne m'apporte que des malheurs, celui-là!

— Oui, mais la passion distrait, c'est son bon côté, vois-tu... Et quand elle ne distrait pas, elle tue! Achète-toi des vitamines, René, mon ange, t'en auras besoin, la jalousie brûle vite le carburant, je sais que tu as fait des économies en bougeant peu cet hiver, mais prépare-toi à une zone perturbée d'émotions...

Pendant que Fille-Chat sortait ses cartes sur la table, Franz s'engluait les doigts dans ses *sundayes* ou bien jouait aux échecs avec les amis de Léa, car il avait la réputation d'être un excellent joueur, son regard était si vif sous la frange de ses cheveux que ses adversaires se demandaient s'il ne trichait pas un peu, mais son savoir du jeu, en général, était redoutablement précoce, car il avait au bout des doigts la science magicienne acquise de sa mère, et là où elle faisait apparaître des catastrophes et des inondations, il faisait disparaître les choses, que ce fussent les cartes, un pion, ou la pièce de dix sous qu'il déployait du revers de la main. Franz regardait parfois sa mère en songeant à ce que serait cette fois « leur nuit de *bummage* », le poids de sa tête qu'elle tenait entre ses poings semblait l'accabler elle-même. « C'est trop, c'est trop », disait-elle à René, mais Franz ne pouvait savoir si elle parlait du banquet de la vie ou du fardeau que réservaient, pour le monde, les astres du lendemain. Quand elle se mordait ainsi les lèvres dans une expression de défi, il valait mieux, pensait-il, se préparer à tout. Elle était peut-être dans l'une de ces nuits où elle dirait aux passants dans la rue: « Monsieur, je me sens si bien cette nuit que je voudrais être assassinée, cela peut vous paraître bizarre, mais non, c'est un désir comme un autre quand on est trop heureux... » Puisqu'il savait que même les meurtriers ne s'attaquaient pas à Fille-Chat, ce qui lui semblait l'acte suprême du dédain des hommes, disait-elle, Franz se disait qu'il n'avait rien à craindre. Il se disait que les criminels, eux aussi, devaient aimer les gens qui se lavent plus qu'une fois par semaine, et que ce devait être la raison pour laquelle sa mère rentrait toujours intacte, même lorsqu'elle partait pour le *bummage* en disant à ses amis: « Adieu, peut-être, je ne sais pas ce qui va m'arriver, peut-être tout, cette nuit! » Elle rentrait, comme elle était partie, sa forme répandue ondulant sous les lunes de sa robe astrale, sa robe de prophète, et étreignant comme d'habitude son fils sur son cœur, tout en lui tordant le cou, tant elle l'aimait. D'autres nuits, Fille-Chat, assagie et ne parlant pas de crime, rôdait à pas lents le long des rues, elle s'arrêtait parfois sur un palier ou l'autre pour dormir, et lorsque Franz pleurait de fatigue, elle lui disait doucement: « Pleure pas, mon petit chat, maman va te ramener à la maison. » Mais lui, pleurait plus encore en s'agrippant à elle, l'implorant d'attendre l'aube, « parce qu'il va nous arriver quelque chose d'extraordinaire, tiens, maman, on est à côté de l'arrêt d'autobus, on pourrait aller faire un tour quelque part, à Québec, si tu veux... »

— Cela te plairait?
— Mais oui, maman, allons-y.
— Encore un chat noir qui va nous suivre, mon minou d'amour! Et tu le sais bien, nous n'avons plus de place à la maison...

Les chats noirs avaient l'habitude de suivre Franz et sa mère, la nuit, c'est ainsi que Smoking I et Smoking II avaient été recueillis. Mais le dernier orphelin avait laissé sa marque dans la vie de Franz: le vétérinaire, qui tenait, dans la vie de ce couple, le rôle du prêtre dans celle des pécheurs, avait déclaré lui-même à Franz qu'une si lamentable bête ne pourrait survivre. Belle Beauté, qui alors n'avait pas de nom, sauf un passé de misères, bien qu'elle fût chétive et condamnée, avait longtemps gratté de ses griffes le seuil de Fille-Chat, le suppliant de son œil hagard, de sa prunelle anémique, de la garder. Fille-Chat avait promené son protégé d'une clinique à l'autre, et elle amenait même chez Léa « pour lui donner un peu de bonheur parmi les hommes », sa mourante qu'elle sortait avec précaution d'un grand sac noir, recommandant aux filles « de lui envoyer de bonnes ondes », qu'ainsi, elle survivrait. « Il pue tellement, ton chat, ça fait pitié, disait René, tu vois bien qu'il n'y a pas d'espoir pour lui », mais Fille-Chat avait une telle certitude de la survie de son malade, que l'aimant, le choyant, le berçant comme elle berçait Franz, se privant même de nourriture pour lui en donner, elle fit du chat moribond et laid ce qu'elle devint, lustrée, nourrie, et se glorifiant d'être aimée: Belle Beauté. Et Belle Beauté était maintenant invitée à un concours de chats. Franz qui s'occupait de son élégance, une fois par jour, se consolait en pensant qu'elle ferait honneur à la maison de sa mère, par sa propreté, si sa mère, elle, ne lui faisait pas honneur à lui sur ce point. La question, pour les amies de Fille-Chat, de savoir si elle aimait les hommes ou préférait les femmes, ne se posait pas: elle aimait la terre entière, mais sans illusions, ayant connu tôt la mort de l'innocence, et lorsqu'elle était amère, elle disait à René:

— Elle est morte, pour moi, l'innocence, tuée à jamais, enfin, je suis au-dessus des amours humaines, ne me plaignez pas, au contraire, dans l'éternité, vous comprendrez...

René écoutait Fille-Chat en se disant qu'il était peut-être vrai, après tout, qu'elle serait bientôt atteinte du mal jaloux.

— Tu comprends, Fille-Chat, Louise ne pense qu'à ses histoires de maison, c'est tout juste si elle ne dort pas avec ses poutres et ses échelles, je t'assure, ça commence à me ronger, et s'il y avait une femme sous toutes ces planches et ces brins de scie? Moi, René Gingras, j'accepte pas qu'on me trompe, ça, non!

— Tu ferais mieux d'enlever les photos de Nathalie, dans ta chambre, et de mettre Saturne à un bon hôtel pour chiens, pour quelque temps. Si tu veux garder Louise, c'est le seul moyen, mon minou, cette fille-là, elle mérite d'être traitée comme il faut, c'est pas n'importe qui, en plus qu'elle aura des problèmes avec ses fenêtres, René, c'est écrit dans ses planètes, il se pourrait même qu'il y ait un petit feu dans sa cave si elle ne fait pas attention...

— Alors, tu penses qu'elle me trompe?

— Comme je te dis, elle a Vénus sur Mars, elle risque d'être en plein *flyage,* il faut que tu lui mettes des draps de soie, des fleurs dans un vase, rien qu'un peu de disturbance, mon minou, c'est pas grave, vous vous aimerez mieux après...

René aimait la vertu et elle croyait en la fidélité sans nécessairement mettre son idéal en pratique: la vertu était chez elle, comme tout le reste dans sa personne, l'objet d'une contemplation paresseuse: il eût mieux valu, pour Louise, peut-être, aborder moins souvent avec René le sujet de l'adultère, car cette pénitente, qui, contrairement à celle de l'Évangile, n'avait jamais de regrets, disait René, en avouant ses fautes, ne s'attirait pas le pardon du Seigneur, mais le joug d'un tribunal. René qu'on avait vue paisible chez Léa, dégustant son vin tout en philosophant comme un vieux docteur, s'avançant soudain vers Louise d'un air menaçant, lui demandait rudement, avec des éclairs dans les yeux:

— Avec qui as-tu couché, encore, toi, dis la vérité ou je t'arrache tous les boutons de ta blouse?

— Attention, c'est une blouse neuve, et les boutons aussi! Tu sais bien que j'étais dans le Nord, à faire du ski...

— On connaît ça, le ski dans le Nord, avec Jill! Vous étiez dans le même chalet, et dans le même sac de couchage...

— Nous avons parlé de la Chine, toute la nuit. C'était une nuit politique. Jill était juste un peu affectueuse...

— Affectueuse, hein? Une fille qui a des maîtresses à la pelletée! Une vraie gauchiste avec ça, elle et son comité de défense pour les lesbiennes, comme si on ne pouvait pas se défendre toutes seules! Je parie que vous avez fait l'amour comme des débauchées, avec des idées pareilles!

Parfois, au même moment, Marielle et Agathe entonnaient le même choral sur un ton plus bas mais tout aussi solennel: « Je t'ai entendue, à l'Underground, disait Agathe en triturant le bout de ses nattes, et tu disais à Jill qu'elle avait de jolis yeux noirs, et tu la prenais par la taille... » « Mais c'est vrai qu'elle a de jolis yeux noirs », répondait Marielle. « Quand est-ce que tu me fais des compliments, à moi, hein, Marielle? As-tu jamais remarqué la couleur de mes yeux? » « Non, répliquait Marielle, mais j'ai remarqué tes seins quand tu te prélasses dans la baignoire... Je t'ai dit qu'ils étaient comme les seins de Vénus, mais tu ne connais pas Vénus, ce n'est pas ma faute... »

Ces ardeurs de la jalousie s'atténuaient avec la venue du printemps. Même si le soleil se montrait encore peureusement sous les nuages gris et pluvieux, l'écoulement des neiges le long des rues, l'apparition de l'herbe verte sous la lame des glaces, ces timidités de la nature renaissante, agitée, enivraient les filles qui, soudain, avaient un teint plus rose et plus velouté, qui flânaient par les tièdes après-midi, dehors, sur la terrasse, pendant que Léa répétait en haut, dans son théâtre. Les manteaux légers, d'allure marine (comme si on allait partir en voyage, un béret ou un capuchon maintenant des pyramides de cheveux contre le vent) succédaient aux tentes de fourrure, à toute cette vestimentaire prison de l'hiver, laquelle, sans vaincre pourtant le désir des corps, les avait comme assourdis à eux-mêmes, au rythme de leurs membres et au bruit de leur sang. Seule Lali ne changeait pas: toujours vêtue du manteau militaire, de l'uniforme esseulé qui la suivait en toute saison (toutefois, Geneviève remarqua que maintenant qu'il faisait moins froid, Lali daignait se coiffer de sa casquette anglaise, ce qui la rendait si irrésistible que Geneviève se dit que Lali ne pouvait pas ne pas en être consciente, comme si, en s'inclinant vers les femmes tout en les saluant de sa casquette, elle eût fait le mouvement, à chaque fois, de ceindre une couronne), Lali se laissait approcher avec plaisir la nuit, à l'Underground ou chez Léa, circulant autour de Geneviève et de sa vie, comme une abeille dans un buisson de fleurs. Geneviève la surprenait au bras de René, posant ses lèvres démunies et froides sur les lèvres de Louise, ou, lorsque cette singulière douceur montait dans son regard, sélectionnant parmi toutes les femmes belles qui venaient chez Léa ou à l'Underground, l'amie qu'elle allait bientôt recouvrir de ses blancs bras nocturnes, comme un cygne. Elle avait aimé, en hiver, ces longues tiges qu'étaient Jill et Martine, avec le printemps, elle allait préférer « des femmes très jeunes, encore des petites filles », disait René, en ajoutant avec son habituelle complicité masculine: « Dis donc, *brother,* elle était charmante ta dernière enfant, avec son nez retroussé, ses cheveux comme un page autour de son visage rond, elle aussi faisait du théâtre, m'as-tu dit, mais mon Dieu, que tu vas vite, je ne peux pas te suivre dans ta carrière amoureuse, maintenant tu as une petite avocate qui étudie jour et nuit, prends-en bien soin, c'est un cerveau, on m'a dit, le cerveau d'une femme, c'est précieux, mais je vais te dire, *brother,* toi et ta vierge, Geneviève, même si vous aviez l'air de deux enfants d'école, ensemble, pas tellement brillantes pour les orgies et les *partys,* c'est dommage, *brother,* c'est bien dommage, vous étiez un petit couple qui touchait mon vieux cœur lassé par l'expérience... » Lali riait en disant: « *It does not matter, René, we are still friends, Geneviève and I...* »

C'était la première fois, peut-être, depuis qu'elles se connaissaient que Lali, en prononçant le prénom de Geneviève, avait eu, en parlant à René, cette intonation presque tendre. Pourtant, il était trop tard et Geneviève reçut ce « *we are still friends* » avec peine, même si elle savait que c'était un privilège de demeurer l'amie de Lali lorsqu'on avait eu avec elle des liens d'abord physiques. Peu devenaient son amie, ensuite, comme si le don de l'amour contenait pour Lali, comme pour l'araignée solitaire, le dard du châtiment. Ainsi Geneviève sentait que pendant que Lali couvrait de ses bras la jeune avocate, sur ce banc d'église, chez Léa, la jeune fille lovée contre elle, l'enveloppant de son regard limpide, éperdu, comme si Lali, en se penchant vers elle, eût cédé à une impulsion maternelle, laquelle appartenait peut-être au royaume de ses délicats plaisirs, pendant ces instants langoureux où Lali déroulait comme un poème ses baisers lents et son étreinte, auxquels cédait un visage encore très frais et émerveillé, Geneviève pensait que commençait une extase là où s'achevait une amitié, car la jeune avocate, comme Martine, ne reviendrait plus chez Léa, ou ailleurs où se réunissent des femmes, et autour de ces femmes, Lali et son ardeur mystérieusement déçue, inassouvie. Mais pour Geneviève, si la tendresse de Lali, même indirecte et perçue par elle comme un sentiment de loyauté qui la touchait, venait trop tard, c'était peut-être parce que, depuis quelques mois, elle s'était tellement acharnée à décrire par l'art, ce que la vie ne lui donnait pas, que la vision d'une seule ligne juste, ombre d'une plus grande perfection, ajoutée au portrait de Lali dont la forme venait enfin de naître, dans son atelier, lui apportait plus de joie que soudain cette franche réalité de Lali existant par elle-même et pour elle-même et brisant sa solitude en tendant la main vers une autre à qui elle disait: « *We are still friends.* » Ce que Geneviève voyait aussi en Lali, pendant qu'elle embrassait l'étudiante éprise, ensorcelée par son pouvoir, peut-être à cause d'un semblable répertoire de gestes chez Lali, c'était aussi l'expression artistique d'un être, non plus la douleur que les gestes d'une femme réveillent en vous. Comme si elle eût obéi aux mouvements d'une chorégraphie intérieure, Lali prenait une femme dans ses bras, l'embrassait, allait l'emporter avec elle dans la nuit, et tous ces gestes, exécutés selon leur ordre, commandés par une musique toute secrète, n'étaient plus pour Geneviève, qui en était le témoin ou le spectateur, que l'expression d'une sensualité, avide sans être brutale, sinueuse, tout en étant habile, à la fois douce et conquérante, et dont elle retrouvait, avec son modèle, dans son atelier, l'expression entière, épurée, que seule permet la distance de l'art. Lali ne pouvait plus l'atteindre, car, sans le savoir, elle venait d'entrer pour Geneviève dans un second état de vie où son corps ne bougeant plus, l'expression de son regard étant arrêtée, elle n'aurait plus, de la cage de bois ou de pierre dans laquelle elle serait enfermée, que son âme vagabonde pour parler et agir. Celles qui voyaient Geneviève vivre la nuit, à l'Underground ou chez Léa, ignoraient que vivait en elle cet artiste qui, tout en ayant l'air de se livrer à toutes, ne se donnait à personne. Et Lali plus qu'une autre, même si elle avait initié Geneviève, à travers elle-même, à tout un cortège de femmes appartenant à la communauté homosexuelle (et de là, à la communauté humaine, marquée des mêmes universelles différences), abandonnait Geneviève à cette ignorance bénie où, devenue son propre maître, Geneviève ne subissait plus les lois de Lali, mais les siennes, où cette fois, c'est Lali qui était dépossédée, ayant laissé ailleurs son regard, cette lampe égarée que Geneviève gardait pour elle, de l'autre côté d'une cloison interdite à Lali. L'hiver avait été obscur et tenace: il achevait, et enfin une craintive lumière inondait toute cette obscurité, dont Geneviève avait senti l'assaut si longtemps autour d'elle. Un soir, chez Léa, Geneviève annonça à Lali qu'elle ressentait le besoin de retourner à Paris, de revoir ses amis, comme si elle eût dit dans le même souffle: « Maintenant, tu vois, Lali, je suis enfin libre! » Elle n'ajouta pas que Lali voyagerait avec elle, qu'elle ferait désormais partie de son intime collection de visages, lequel, même avec toutes ses particularités, sa si distincte tristesse, appartiendrait à tous, s'évadant de l'étroite intimité du créateur.

—*So, you are thinking to go to Paris*, hé, dit Lali en souriant, toi, avoir une vie *interesting, very interesting indeed...* J'ai soif ce soir, *and it is spring, would you like to come with me* au Moon's Face? *It must be fun with all the girls, and we could dance...*

Geneviève songeait en suivant Lali vers l'Underground, le Moon's Face, Le Pigeon de Paris, tous ces noms de bars qui avaient jadis évoqué pour elle, avec la démarche cavalière de Lali dans la nuit, les élancements de la jalousie, et la servitude à laquelle nous mènent même ces passions contre lesquelles nous sommes en guerre, Geneviève pensait maintenant combien il lui serait bientôt agréable d'être à Paris, seule, peut-être, et jouissant d'une telle liberté que, dans l'ivresse de reprendre en soi-même cette place familière qu'elle avait désertée, même le souvenir de ses anges nocturnes serait effacé. « *I had friends in Paris, you know* », disait Lali, et Geneviève pouvait lire sur ses lèvres rêveuses: « *I had lovers in Paris...* » Dans les bars, Lali invitait Geneviève à danser, mais le miracle des nuits anciennes était déjà au loin, et Geneviève éprouvait soudain une grande mélancolie pendant que le fin visage de Lali, strié de lueurs roses, valsait près du sien, dans la nuit. Réchauffées et hardies, les filles arrivaient par vagues au Moon's Face, car à l'Underground, il n'y avait déjà plus de place pour les accueillir, elles étaient lumineuses et arrogantes et même le bras musclé de Simonet ne pouvait les repousser vers la rue.

— Tant pis pour vous autres, s'écriait Simonet, harassée, c'est contre la loi d'avoir plus de 110 personnes, icitte, à cause du feu, et les gars d'la taverne d'en bas vont se plaindre... Encore une fois, on va avoir un tour de police, et eux autres, sexy ou pas sexy, y vont vous fourrer dehors...

Lali avait l'habitude de voir soudain apparaître, vers les deux heures du matin, ces policiers civilement déguisés qui, l'épais cigare aux lèvres, se promenaient à la manière de sournois chasseurs parmi les filles, qui, pour eux, ne représentaient qu'un méprisable gibier, les nuits de printemps, les nuits d'été, surtout, les attiraient comme des mouches vers la splendeur de toute cette chair offerte, langoureuse, à laquelle ils n'avaient pas droit dans la vie. Car une femme enlaçant une autre femme avait pour eux un double prix. Simonet donnait vite le signe d'alarme en disant: « Ils s'en viennent, vite, sur vos chaises! » Un impitoyable éclairage de néon s'abattait sur les filles assises en hâte, les unes sur les genoux des autres, très souvent, celles qui n'avaient pas eu le temps de trouver de chaises étaient chassées du côté de la sortie d'urgence et, bien souvent, même si les policiers hurlaient derrière elles: « Dehors, vous autres, c'est illégal, vous êtes trop nombreuses, ici! » elles feignaient de fuir, mais le groupe de leurs têtes dépareillées s'infiltrait par le trou d'air du *Fire Exit* et elles encourageaient leurs sœurs à résister à l'affront des visiteurs, en psalmodiant avec elles:

« On est si bien entre nous,
Toutes seules entre nous,
Sans hommes, on est trop bien entre nous,
Rentrez chez vous,
On est trop bien entre nous! »

Les filles assises battaient des mains sur leurs tables car, avec l'éclairage du néon, toute autre musique avait cessé: ce qui devait étonner ces hommes envoyés là en mission, pensait Geneviève (en mission d'hommes dévalisant la vie privée de toutes ces femmes), n'était-ce pas l'ironie sans pitié, la lucidité pénétrante aussi, de tous ces regards, qui, en un seul bouclier, se dressant contre eux, les dénudaient soudain de tous leurs masques virils, et les montraient tels qu'ils étaient dans le livide éclairage, des hommes, peut-être, mais si vulgaires que dans leur instinct de torture bénigne, la honte, l'avilissement qu'ils avaient voulu provoquer retournaient contre eux, et qu'ils étaient, eux, les larves aviles de cette virilité qui perdait là toute dignité, tout respect pour elle-même sous le regard enflammé de cette centaine de jeunes femmes en colère?

Longtemps après leur passage, l'écume de cette honte cernait encore les lieux, les filles avaient perdu leur fougue romantique au contact de ce dégoût étranger, et vers quatre heures du matin, Simonet récoltait tout un tapis de bière, mais peu de cette ivresse amoureuse, laquelle gravitait d'habitude jusqu'à l'aube entre les murs du Moon's Face. Simonet rentrait ensuite chez elle avec Jos, son amie, qui portait au dos de son large blouson de cuir ces mots dessinés en jaune: « *Smile! Smile!* » En bas, dans la ruelle déserte, au pied du Moon's Face, dormait, les bras en croix, étendu comme un mort, l'un des bûcherons saouls que le patron avait sans doute rejeté de sa taverne « parce que les gars d'la taverne, y peuvent se battre des fois comme des cochons, disait Simonet. Y a encore son porte-monnaie dans ses poches, ce pauvre souillon-là? » demandait Simonet à Jos.

— Ouais, y est tout en désordre, mais personne l'a volé.

— Enfonce-lui donc son porte-monnaie au fond des poches pour pas que les voleurs soient tentés. Et pis, retourne-le donc sur le côté gauche, Jos comme ça, y sera plus digne.

Sur cet acte de compassion un peu rude, Jos et Simonet achevaient leur nuit. De loin, le « *Smile, Smile* », de Jos étincelait de ses perles fausses, et elle marchait tout en secouant ses épaules plantureuses comme si elle eût dit au monde ce que le monde pensait d'elle : « Cette fille qui ressemble à un boxeur, *this kind of butch, you know* », et pourtant, elle aussi, comme Simonet qui lui offrait son bras, après avoir pensé à la dignité du moribond, manifestait, par ce courage de vivre selon ses propres goûts, non ceux d'autrui, ce que les policiers avaient bafoué dans son bar, ce soir-là, une dignité rebelle, incomprise, celle de toutes...

3

Geneviève avait retrouvé Paris avec une certitude (laquelle adoucissait même le souvenir de Lali, souvenir pourtant très doux en ce beau mois de mai qui semblait incliner les cœurs les plus intransigeants à la conciliation, à la paresse), et cette certitude, c'était que dans une ville comme Paris, et surtout dans cette ville, Geneviève ne pourrait pas aimer. En ce désert que deviennent parfois les grandes villes au printemps, pour ceux qui sont seuls, on peut trouver son bonheur en pensant que tout l'amour du monde est peut-être là, dans un jardin public, sous le jet d'une fontaine, dans cet air embaumé que l'on respire, qu'il est là partout, sauf pour soi-même car on ne saurait saisir à temps ce moment de divine prodigalité. Lorsque Geneviève errait la nuit, dans ses rues familières, cette certitude la rendait invincible, car même en entrant comme hier dans tous les bars, elle savait qu'aucun visage ne viendrait soudain la transpercer d'un regard à la fois fier et blessé, et soudain, parce que cette certitude était en elle, il lui semblait que, ne craignant plus rien, sa démarche était plus ferme, son sourire plus franc, et que son corps, alerte et fou, traversait le désir des femmes, sans les voir. Pourtant, en cette saison, où Geneviève, aguerrie, ne pouvait plus être atteinte là où elle avait aimé et souffert, elle s'emparait sans le savoir, elle, du pouvoir d'atteindre l'autre, ou ces autres, dont elle ignorait, dans sa force neuve, la vulnérabilité.

Le printemps était doux, une femme qui sortait rarement de chez elle pouvait soudain tromper le parcours qui lui était destiné, et la jeunesse de la terre la secouant, elle pouvait soudain décider qu'elle sortirait, cette nuit, fréquenter des lieux qu'elle n'avait pas fréquentés depuis vingt ans, car la passion qui mène imprévisiblement les êtres les uns vers les autres, comme la folie, ne semble pas savoir ce qu'elle fait (quand elle est au fond rationnelle et méthodique), et les générations peuvent soudain se confondre, deux caractères étrangers s'attirer, quand la seule chose, en apparence, qui les unit, est la nature cachée de leur passion. Il était tard, une nuit, quand, distraite par le *Visage sorti du tombeau* (cette jeune femme languissante et anguleuse que Geneviève avait d'abord remarquée et dont elle avait plusieurs fois tenté de cerner le profil, chez la tenancière espagnole, et ici, dans le vieillot enchantement d'un bar qui tenait pour les femmes, depuis un siècle, eût-on dit, de refuge aussi historique que sentimental, car le même orchestre féminin y jouait toujours sa lancinante mélodie, les mêmes violons sciaient la nuit de ces soupirs, de nostalgiques inflexions capables d'émouvoir encore, parmi ces femmes, des cœurs centenaires) Geneviève, interrompant son esquisse de l'entraîneuse, toujours aussi rigide et froide, dans son chemisier blanc, son étroit pantalon de toile, fut frappée par une femme qui buvait seule, au fond de la salle rouge, et qui, comme Lali, lors de son apparition à l'Underground, dans les ténèbres qui poussaient en avant son visage triste mais radieux, ne semblait voir personne, bien qu'elle fût, elle, si apparente pour Geneviève, et plus visible qu'une autre, car son visage déjà fort et marqué, étant recouvert d'un subtil voile de maquillage, il paraissait, après la pâleur du *Visage sorti du tombeau,* si expressif, si coloré, même si les flammes qui l'entouraient étaient artificielles, que le regard de Geneviève ne pouvait soudain plus se détacher de la vie stupéfiante qu'elle voyait là, vie contenue, haletante, et qui, depuis longtemps peut-être, ne parlait plus à personne, quand, tout près, daignant à peine sourire, c'était l'entraîneuse, dans sa maigreur hautaine, qui, tout en étant la jeunesse que l'autre n'était plus, était aussi, pensait Geneviève, la vie pétrifiée que l'autre refusait d'être, même si l'entraîneuse n'avait pas vingt-cinq ans, et l'inconnue, plus de cinquante. Délivrée, Geneviève ne savait plus attendre, comme si Lali eût déposé en elle les fruits de son impatience: elle savait que si elle ne venait pas elle-même vers cette femme mûre qui regardait devant elle d'un air désabusé, jamais plus elle ne la reverrait, aussi, se levant sans réfléchir, elle qui n'avait pas l'habitude d'agir ainsi, elle vint s'asseoir en face de l'inconnue, qui, vite confuse, eut un geste de recul, glissa son manteau sur ses épaules, puis décida de rester « quelques minutes encore », étonnée par l'aberrant monologue de Geneviève qui lui expliquait que l'on se conduisait ainsi dans son pays. En quelques phrases, Geneviève s'adressait à cette femme comme si elle l'eût connue depuis toujours, elle l'appelait déjà par son prénom Françoise, et on eût dit que ce prénom, lorsqu'elle le prononçait, « Françoise, qui êtes-vous, comment vivez-vous? » déliait de son silence, une captive. Françoise se défendait de l'intruse en protestant: « Je viens du même pays que vous, mais je n'approuve pas votre comportement, vous êtes trop libre, trop... enfin... » ou bien en disant: « Il faut dire que je vis en Europe depuis si longtemps déjà... J'ai élevé tous mes enfants, ici! » Ces protestations énoncées d'une voix machinale, comme si Françoise eût récité une leçon, ne touchaient pas l'âme sereine de Geneviève, qui, attentive à une voix, à un visage qui éclatait doucement d'une vie encore discrète, nébuleuse, se rapprochait de cet événement qu'elle chérissait le plus avec l'idée de l'amour, celui de la résurrection d'un être soudain éclairé par la chaleur d'un autre destin qui le croise. Qu'arriverait-il? Elle n'en savait rien encore, et même si Françoise ne cessait de lui répéter qu'il était tard, qu'elle devait se lever tôt pour l'ouverture de sa galerie le lendemain, elle ne se vêtait toujours pas du manteau rouge qui flottait sur ses épaules, et tout en fumant nerveusement des cigarettes successives qu'elle écrasait, à demi consumées, dans un cendrier déjà plein, elle ne partait pas, et parlant beaucoup, elle qui était taciturne, disait-elle, sa voix pénétrait Geneviève d'une émotion étrange qu'elle avait peu connue auprès des femmes. Rien n'évoquait pourtant Lali en Françoise, et ce que Geneviève aimait dans la voix de Françoise ce n'était pas cette musicalité réticente et à peine féminine, dont l'avait si souvent bercée la voix de Lali, c'était même ce qui la bouleversait chez Françoise, un contraste si parfait de la voix de Lali qu'en écoutant Françoise, en étant sensible au classicisme de sa langue, seule la riche éruption de sa voix venait à vous, comme un liquide brûlant et d'une matière un peu grasse, car là où, chez Lali, les notes étaient hautes et claires, la voix de Françoise paraissait franchir ces souterraines profondeurs, lesquelles, peut-être, avant de revivre, cette nuit-là, avaient eu pour d'autres, l'apparence d'impénétrables murs de surdité.

— Eh bien! je parle trop de moi-même, dit-elle soudain, en allongeant ses mains sur la table et en posant un regard de trouble indifférence sur ses doigts encerclés de bagues, je ne sais pas moi-même ce que je fais ici, à votre âge, j'y venais souvent, mais c'est bien loin, tout cela! Donc, vous êtes sculpteur, quel beau métier, un métier vigoureux et vous êtes frêle... Et dire que j'ai déjà eu l'illusion d'être un peintre, un jour! Il y a de cela bien longtemps, aussi! Il faut être sage et ne pas perdre de temps, vous savez... On peut regretter tant de choses plus tard...

Une femme qui languit de solitude, qui ne lance autour d'elle que de brefs regards qui semblent dire: « Laissez-moi, je ne suis plus que le fantôme, la sèche apparition de ce que j'étais jadis... » n'attire souvent vers elle que l'ombrageuse froideur dont elle veut se punir, dans sa tristesse, mais se sent-elle soudain comprise et aimée, que toutes ces autres, dont elle faisait les suspectes gardiennes de sa prison, soudain libérées, viennent vite couronner son bonheur. Pendant que Françoise parlait à Geneviève et que l'ivresse du champagne montait en elle, on eût dit que la partie la plus mélodieuse de son passé venait soudain se joindre à elle, les violons, les violoncelles, unis au charme de ces voix rauques qui, chez certaines femmes lesbiennes semblent constamment à la mue, s'étaient rapprochés d'elle, et, ne sachant pourquoi une telle fête lui était soudain offerte, Françoise souriait à ces visages bienveillants et ridés qui se penchaient vers elle, à cet orchestre de têtes blanchies, sœurs voluptueuses sur lesquelles le temps avait semé toutes ses neiges, et qui, tout en l'enveloppant de leur nocturne musique, murmuraient à son oreille: « Pour nous, tu seras toujours notre Françoise, pour nous, tu seras toujours jeune et belle... » n'interrompant leur coup d'archet que pour demander à boire.

— Vous n'avez pas changé, Françoise, moi aussi je les prends toutes plus jeunes, et elles sont parfois si gentilles, avec ça, et fidèles... Vous n'avez pas encore un peu soif? Du champagne, Mesdames, du champagne!

Mais soudain Françoise avait baissé les yeux, sa voix prit un accent presque désespéré lorsqu'elle dit à Geneviève, à travers les joyeux murmures de l'orchestre:

— C'est bien cela, mon petit, vous cherchez une aventure, n'est-ce pas? On ne vient ici que pour cette raison, de toute façon. Comment vous le reprocher? J'étais comme vous, autrefois, mais il vaut mieux me laisser seule, je pense, je ne veux pas être dérangée, je mène une vie très calme depuis quinze ans, pourquoi cela devrait-il changer? Voyez la jeune femme là-bas (elle désignait l'entraîneuse qui, depuis quelques instants, ne semblait plus aussi indifférente), voilà ce qu'il vous faut! Vous oubliez que je suis beaucoup plus âgée que vous, et que pour moi, tout est fini! Je n'aurais pas le courage de... Non, les miracles ne sont plus pour moi. Il est tard, il faut que je rentre. Je peux vous ramener à votre hôtel, en passant, mais je n'aime pas beaucoup vous laisser seule dans la nuit, vous semblez prête à tout! Il faut savoir se protéger, l'amour peut être une chose dangereuse, ne le gaspillez pas!

Geneviève écoutait Françoise, en se demandant si la vie, le temps (elle partirait vers Londres dans quelques jours et devait songer à son retour au Canada) lui permettraient de découvrir cette multiplicité d'êtres qui semblaient composer la personnalité de Françoise: les traits forts de son visage, sa mâchoire longue et un peu tranchante, la tristesse animale de ses yeux comme enfoncés sous les ombres, car son regard, lorsqu'elle s'attendrissait, paraissait venir de loin, tout ce personnage à la fois bel homme et femme séduisante, exerçait sur Geneviève cette sensuelle magie qu'elle avait éprouvée auprès de Ruth et Clara. Cela, peut-être parce que la beauté, lorsqu'elle n'est pas habituelle mais d'un ordre insolite qui défie les lois de la raison, sidère notre curiosité, comme si nous assistions aux caprices du montage divin, dans la création des corps. On s'attend à la proéminence anormale du front, chez un penseur, mais lorsque ce même front apparaît sous les mèches soignées d'une femme comme Françoise, Ruth et Clara, lorsque la virilité s'installe là où elle veut, sur la poitrine sans seins de Lali, ou dans la ligne autoritaire du nez de Françoise, contre la solidité de ses épaules droites, le long d'un dos qui semble inflexible, les corps expriment par eux-mêmes, sans aucune honte, qu'ils sont, malgré tous les préjugés qui les entourent, des créatures nobles et indépendantes, qu'on les appelle corps de lesbiennes ou non, leur magnificence est de trahir celles qui les habitent, et de les trahir sans peur, même lorsqu'on aimerait qu'ils vous trahissent moins, comme Françoise le souhaitait, sous son maquillage, cette frêle concession qui lui permettait de passer inaperçue, peut-être, dans la société des femmes. La différence entre Geneviève et Françoise n'était donc pas qu'une différence de générations, c'était la différence fondamentale entre deux façons de vivre sa vie, si bien que ces deux femmes qui se rencontraient, par bonheur, et qui possédaient, l'une et l'autre, la même nature, si elles échangeaient, en amour, les mêmes gestes, si leurs corps étaient déjà liés par une même tendresse subtile, lorsqu'elles se parlaient l'une à l'autre, le temps les divisait, et elles ne parlaient pas du tout la même langue. Françoise parlait « de la difficulté, du déchirement d'être soi-même », quand, pour Geneviève, cette cassure n'existait pas, n'avait plus droit d'être, et, initiée à l'altière fierté de Lali, elle ne comprenait pas, dès qu'elle se retrouverait dans la rue avec Françoise, pourquoi elle devrait feindre soudain qu'elle ne la connaissait pas, et vite détacher son bras du sien. « Ne soyez pas blessée, dit Françoise, j'ai trop bu, ce que je n'avais pas fait depuis longtemps, et peut-être ai-je un peu perdu la tête... Croyez-moi, j'ai beaucoup aimé, dans ma vie, et je crois maintenant qu'il est trop tard... » Peut-être était-ce ce fin voile du mensonge, ou pour Françoise l'armure d'une protection, qui tombait soudain entre elles, transformant une innocente rencontre dans un bar en la collision de deux coupables s'évadant avant la clarté de l'aube? Geneviève refusait de laisser Françoise s'enfuir ainsi, courbant l'échine elle qui, quelques instants plus tôt, dans les ténèbres du bar, levait vers elle en dansant, cette tête orgueilleuse, une tête orgueilleuse de tant de connaissances acquises parmi les femmes, inspirant même une sourde envie à ce juvénile *Visage sorti du tombeau,* lequel avait été si longtemps impassible, car ce n'est pas que Françoise, abaissée et honteuse que Geneviève eût laissé partir ainsi, mais avec elle, toute une génération du secret et du silence dont le martyre n'avait que trop longtemps duré, et qui, par sa complicité et souvent son involontaire servitude à ceux qui la maintenaient sous le courroux, avait encouragé une sorte de racisme sexuel dont on n'osait à peine parler. En ce sens, Geneviève avait raison de dire qu'elle venait d'un autre pays, même si elle partageait avec Françoise un même continent, de naissance. Et cette génération du secret avait su aussi parfois, avec effort, avec courage aussi, préserver ses trésors de la lapidation sociale, sacrifiant la vérité pour les apparences, afin que la protection d'un mariage, d'une vie de famille, parvienne à enterrer aux yeux des autres la seule raison de vivre: l'amour, une passion interdite pour les femmes. Un sentiment de pitié serra le cœur de Geneviève lorsque le bras de Françoise se sépara du sien, mais elle ne put s'empêcher de dire dans la crainte de la voir s'éloigner à jamais: « Vous savez bien que je sais déjà beaucoup de choses de vous, et surtout, qu'il n'est jamais trop tard... »

— Vous êtes têtue... Pourquoi? Que puis-je vous apporter au juste? Enfin, si cela ne vous ennuie pas, venez prendre un dernier verre chez moi... Mais je crois que nous risquons de ne jamais nous comprendre...

Geneviève n'écoutait plus ces doutes que nous apportent toutes les entreprises de la vie: Françoise était là, près d'elle, au volant de sa voiture qui longeait les quais de la Seine, dans les reflets argentés de la nuit finissante, et si elle n'offrait ni son bras ni sa main, il y avait sur son visage (au moindre coup de frein trop précipité, lorsque sa voiture cédait comme elle-même à la nervosité de la nuit) une sollicitude, l'affectueuse concentration que l'on découvre soudain auprès de quelqu'un à qui l'on pourrait faire du bien. À chacun de ces mouvements de la voiture emportée, elle freinait en érigeant devant Geneviève ce bras secourable, lequel, tout en effleurant les épaules de Geneviève, semblait battre autour d'elle comme une aile. Sous quels arbres en fleurs, en quelle forêt enfumée de cette brume bleue qui accompagne les jours de printemps et d'automne, dans la campagne canadienne, Lali promenait-elle, dans sa spacieuse voiture américaine, une amie, un espoir d'aimer, ou qui sait, sa volage solitude teintée des rires et des chansons de sa radio? Légère avec elle, à cette pensée, Geneviève bénissait la vie qui rendait en une femme ce que l'on avait perdu en une autre: cette soif de connaître et ce goût de vivre, lesquels peuvent exister même en dormant, mais qui se chargent soudain d'une fulgurante électricité lorsque la science d'un visage, d'un corps, a l'art d'agir sur un autre. Mais était-ce ce que Françoise éprouvait, elle qui disait à Geneviève que « depuis le temps d'une rupture malheureuse, depuis près de quinze ans déjà », elle se sentait comme à l'agonie, ajoutant avec humour: « Alors, croyez-moi, on ne ressuscite pas toujours Lazarre, il faut lui demander la permission d'abord, qui sait, il aurait peut-être le droit de refuser? » À l'heure peut-être où Lali courait avec son chien dans le feuillage mouillé, Françoise rentrait chez elle comme elle rentrait tous les soirs, mais elle ne rentrait pas seule cette nuit et encore réchauffée par la lueur de cette infraction qu'elle avait commise contre la routine, la lourdeur d'une existence organisée (mais ces lieux de sa vie, eux, les objets de son appartement, comme le jeune chat qui l'attendait dans un fauteuil, ne savaient rien de la rebelle qui s'était enfuie cette nuit-là), et pendant ces heures effervescentes où, dans un bar, auprès d'une autre femme Françoise s'était modifiée, comme si on l'avait vue frémir soudain, elle que l'on connaissait toujours stoïque, imperturbable, l'appartement, ses objets, et même le chat en attente, n'avaient, eux, nullement bougé dans le temps: ils étaient là, amples, déserts, et recelant autour d'une seule personne l'immensité de leur silence, et l'opiniâtreté de l'habitude devenue poussiéreuse. Balzac, le chat, coula le long de la tapisserie du couloir en ronronnant, et se penchant pour le caresser sous les oreilles d'une main experte, Françoise étendit une fois de plus sous les yeux de Geneviève, cette longue main et ses objets (une bague, une alliance, lesquels taisaient encore, pour Geneviève, toute leur histoire, comme longtemps s'étaient tus les objets dans la salle de bains de Lali), cette main dont les doigts fermes aux sommets un peu carrés lui plaisait déjà, comme s'il y eût, sous le miroitement des bagues, une main aussi dépourvue de vanité que la main d'un philosophe, qui eût passé sa vie dans les livres, il était étonnant, pensait Geneviève, que cette main, tout en caressant le chat, sous ses oreilles, par un acte coutumier qui semblait n'avoir plus d'âge, que la vision nouvelle de ce geste et de cette main fût capable de procurer à Geneviève une sensation délectable. Pourtant, le chat et Françoise, plongés dans la pénombre d'un appartement situé dans une lointaine banlieue de Paris, dans un édifice où l'existence d'un petit chat et d'une femme n'a pas plus de poids que les habitants rôdant autour du Château de Kafka, tant ils remuent de façon imperceptible, selon une infatigable mécanique qui tue pourtant les cœurs, Françoise et le compagnon qu'elle réconfortait, c'était déjà, à l'écart de Geneviève qui se tenait encore debout sur le seuil, tout un passé d'habitudes ce passé de Françoise, et ce qui hésitait sur le seuil avec Geneviève, c'était un présent, ou un avenir, quelque chose d'inattendu, d'irréparable, peut-être, et dont le passé a peur. Car Balzac se hissa sur ses pattes de devant et il exprima, par le crachement de sa voix aiguë toute cette ingratitude du cœur qu'il venait de subir de son amie. « Il a toujours vécu seul avec moi... Je n'amène jamais personne chez moi, la nuit, mais il s'habituera... Venez dans le salon, je vais mettre un disque et vous servir un whisky, mais il faut me promettre de rentrer ensuite... »

Là où dans la maison de Lali, une table de bois, quelques chaises, l'habitat d'un moine laissait filtrer par toutes les fentes des murs, la transparence des fenêtres, un paysage hivernal si vaste qu'il en coupait le souffle, quand, une plaine balayée par tous les vents, était, pendant des jours et des nuits, parfois, tout ce que l'œil humain pouvait contempler, l'appartement de Françoise, bien qu'il fût très grand, réduisait la nature, l'éloignait, les fenêtres ne s'ouvrant que sur d'autres murailles de pierre ou de béton, le mince carré d'herbes, la poussée d'un arbre ou le miroir d'un étang étaient aperçus comme au vol, à un balcon céleste d'où les merveilles de la terre, un jardin, un arbre, un homme, doivent être observées à la loupe. Mais chacun est chez soi là où il vit, et Balzac eût dédaigné une verdoyante campagne si on l'eût privé des genoux de Françoise, ou du velours bleu, dans ce fauteuil où il dormait tout le jour.

Assise près de Françoise mais ne la touchant pas, comme si elle eût soudain redouté ce moment, Geneviève allait et venait vers ce passé de Françoise, celui des objets, surtout, de leur abondance, de leurs baroques cohésions autour d'elle qui n'était, pour eux tous, qu'une étrangère. Balzac s'était retiré sous un meuble oriental, mais chacun des meubles que Geneviève voyait semblait avoir eu son pèlerinage bien à lui dans le temps, et Françoise vivait dans le sanctuaire de ses exils passés tout aussi bien, eût-on dit, que sous la tente d'un bohémien, car si son royaume avait quelques fondations bourgeoises évidentes, elle avait en même temps senti passer sur son toit ce vent du désastre dont il est prédit dans la Bible qu'il ne laissera rien sur son passage, ni maison ni fortune, que les ossements du malheur, et si elle avait amassé autour d'elle ces quelques témoins d'une époque plus heureuse, elle semblait elle-même comme à la dérive, dans sa propre maison, en présence d'un mobilier luxuriant qui ne lui parlait plus que d'années ensevelies, quand ses rescapés les plus chers, ses livres, ses tableaux, respiraient encore un peu au rythme de sa vie, même si elle ne cessait de dire à Geneviève qu'elle avait depuis longtemps cessé de vivre. L'un de ces tableaux arrêta le regard de Geneviève: c'était le portrait de Françoise, à l'âge de seize ans: ce portrait d'une jeune fille accoudée, avec sa chemise entrouverte sur une poitrine de garçon, ses bruns cheveux courts et son air défiant, la ligne volontaire du menton et de la bouche, toute l'ambiguïté de ce bel ange en colère, c'était, dans son achèvement, la plénitude de sa jeunesse, de sa sensuelle audace, le portrait de Lali, passant du côté de la lumière de Van Eyck, lumière presque rose et qui a l'effet d'une insupportable douceur, à la brune violence d'un visage de Goya: en regardant longuement ce portrait, Geneviève observait pourtant que « cette insupportable douceur », elle la ressentait encore devant ce portrait de Françoise à seize ans, qui exaltait, même à travers la musculature du visage, plus épaisse que celle de Lali, un mélange de sauvagerie et de délicatesse, et déjà, comme chez Lali, un raffinement dans l'amour dont la jeune fille peinte du Portrait retenait les ardeurs, dans les plis gonflés de sa bouche sans sourire. On pouvait imaginer que ce jeune conquérant du portrait, comme Lali, n'avait pas toujours vécu dans son cadre, qui sait, vers quelles mystérieuses batailles il s'était livré, même si les défaites de la vie et l'usure du temps lui donnaient parfois aujourd'hui l'apparence d'un soldat vaincu... Si Lali était l'enfant de la guerre et avait aperçu le naufrage du monde du fond de ses premiers lugubres sommeils, Françoise était d'une génération depuis longtemps éveillée aux malheurs du monde, ayant déjà tout vu, tout connu, tout souffert, et conservant encore pourtant la robuste espérance que le monde apprenne à lui survivre ou qu'elle lui survive elle-même à travers les générations futures. Au-dessus du sofa sur lequel Françoise et Geneviève étaient assises, un autre tableau, peint par Françoise, celui-ci, semblait soudain sortir du mur, des vents en furie, poussant sur une mer sans rivage un navire égaré, le navire était représenté avec une majesté presque grotesque sous le ciel noir qui l'écrasait, quand luttaient dans les débris de sa coque ouverte une marée d'hommes infiniment petits que les vagues ne tarderaient pas à engloutir. « Je ne peins plus, disait Françoise, car je juge qu'il y a assez d'artistes médiocres, dans le monde, mais j'ai gardé ce tableau afin de ne pas oublier... C'était un souvenir de guerre... Mais ne parlons pas de cela, ce soir... » Ce tableau, toutefois, comme le portrait de Françoise à seize ans (se préparant alors sans le savoir à une vie d'aventurière, de combattante, aussi, loin de son pays natal), parlait d'elle avec cette vérité tenace que veulent exprimer pour nous les objets à travers le temps. Geneviève entrait dans la vie de Françoise, une vie dont une longue partie déjà était achevée, comme dans un puzzle sans frontières: le navire attaqué par l'ennemi, au milieu de l'Atlantique, avec ses noyés inconnus, et le brasier de la guerre tout autour, sous un ciel noir, était le vaisseau survivant de ce passé que Françoise était seule à connaître, car il vivait en elle, il courait même hors de son imagerie intime pour dire: « Ne m'oubliez pas, j'ai existé en cette femme! » et en Françoise, la personne qui se rattachait à ce tableau et à ce passé, respirait encore comme respirait l'autre qui avait eu seize ans et cette sensuelle arrogance dans le regard qui semblait dire: « Que la vie vienne à moi, je peux tout affronter », et ces esprits du passé, malgré tout, si on eût cherché à les retrouver, peut-être même qu'on eût décelé, même aujourd'hui, sur le corps de Françoise, leurs marques encore fraîches. Car c'était peut-être cela, pensait Geneviève, le miracle de la vie, que même lorsque nous nous sentions si lamentablement éphémères, la vie en nous durait, durait. Les invisibles cicatrices au dos de Lali, ce qui était son passé s'inscrivant en elle, écrivant même dans la forme élancée d'un être, que l'enfant, en elle, toujours aussi caché et meurtri, même s'il avait pris en grandissant l'aspect d'une jeune femme belle et fière, revenait parfois, avec cette légère inclination du dos, image d'un tourment tout intérieur, et très lointain mais dont le mouvement était désormais imprimé en Lali, avec le dos courbatu et humilié de cette meute de déportés qu'elle avait vus fuir et dont elle n'avait jamais revu les visages. Mais là où Lali portait encore à son dos cet enfant victime, le dos de Françoise se dressait plutôt comme une forteresse, lié au même passé, de misérables errants, comme Lali, auraient pu y trouver un appui héroïque, la certitude, du moins, qu'une génération s'offrait à la mort pour défendre les opprimés. Mais Françoise niait qu'il y eût en elle « le moindre élan sacrificiel, nous avions vingt ans, nous étions prêts à tout, et la guerre nous prêtait un destin exceptionnel... Nous étions si jeunes que nous n'avions pas même le sens du danger, encore moins la peur de la mort... Mais pourquoi parlons-nous de cela? Je devrais décrocher ce tableau... Enlevez votre écharpe, nous ne sommes pas en hiver, ici, au mois de mai... et puis je pense que nous avons déjà trop bu... Puisque j'en suis à mes souvenirs de guerre, c'est mauvais signe... Pourquoi êtes-vous soudain timide avec moi? Est-ce que je vous fais peur? Vous aviez plus de courage, dans le bar, il y a une heure... si vous êtes fatiguée, vous pouvez dormir ici, et moi j'irai dans ma chambre, car il est tard déjà... Non, je ne veux pas vous laisser seule dans Paris, cette nuit... Qui sait, quelles tentations pourraient encore vous traverser l'esprit! »

Ce devait être la mère, en Françoise, pensait Geneviève en regardant les photographies de ses filles, sur les meubles du salon, qui lui parlait ainsi. Ces photographies, comme tout ce qui tient dans une architecture conventionnelle, la réalité toujours en mouvement, retenaient dans la dimension de leurs bordures de bois de charmantes jeunes filles dont on ne pouvait discerner les caractères, car dans la longue robe blanche du jour de leurs noces, ou debout parmi leurs enfants, quelques années plus tard, elles illustraient, plutôt que cette jeunesse délirante qu'était Françoise à seize ans, une continuité féminine, laquelle semble sans histoire, de siècle en siècle et de pays en pays. « Oui, ce sont mes filles, dit Françoise, avec fierté, et l'une d'elles est à peine plus jeune que vous... Mais elles ont leurs vies, et j'ai la mienne, je veux dire, je pourrais leur faire beaucoup de mal en leur révélant ma nature... Vous me direz encore que votre génération est plus libre... Qui sait, c'est peut-être vrai? Mais je préfère ne pas affronter cette question... » Le même sentiment de pitié qui avait serré le cœur de Geneviève, quand Françoise lui avait retiré son bras, dans la rue, en sortant du bar, envahit Geneviève, mais en songeant, cette fois, combien cette femme était seule et ignorée, dans son essence profonde, de ceux qu'elle aimait le plus peut-être, elle en eût pleuré. Comme si elle eût senti soudain qu'elle affligeait Geneviève d'un chagrin qu'elle ne voulait pas lui causer,

Françoise, en enveloppant l'épaule de Geneviève d'un mouvement à la fois brusque et tendre (mais dont Geneviève observa aussitôt la délicatesse et l'emprise), la rapprocha d'elle et dit doucement: « Il ne faut pas avoir peur, vous savez bien, pourtant, que l'amour entre deux femmes, c'est la plus belle chose du monde... »

Avec la gravité, l'inquiétude aussi que posent deux femmes l'une avec l'autre, dans leurs gestes, lorsqu'elles se découvrent pour la première fois, n'est-ce pas aussi, en même temps, la contradiction de deux êtres, la contradiction de tous les personnages dont ils sont composés, qui s'étreignent, en passant sur la même route, pensait Geneviève, qui vient s'ajouter à leurs baisers et à leurs caresses? Le corps entier de Françoise disait en se donnant « que l'amour entre deux femmes était la plus belle chose du monde », quand son esprit, ce don de soi achevé, et demeurant pourtant dans son cœur, tout aussi absolu (car cette nuit de résurrection l'avait autant atterrée que réjouie, et c'est elle, qui, à son tour, sous le coup de cette « insupportable douceur » éprouvait un bonheur si soudain qu'elle craignait qu'on lui apprît, en se levant, quelque catastrophe) quand son esprit, lui, songeant à ses devoirs, à ce sens de l'honneur, de la droiture, à ces vertus qui lui avaient été si utiles en temps de guerre, mais qui, en cette saison d'harmonie qui commençait entre deux femmes, devenaient de bien encombrants défauts, c'est pourtant cet esprit, en Françoise, qui paraissait trahir les libres exhortations de son corps, lorsque, se penchant tout habillée vers Geneviève, elle la réveilla par ces mots accablants: « Mon petit, debout, je vous ramène à votre hôtel, je dois faire des courses, j'attends des amies à déjeuner, et ces femmes très honorables, très gentilles seraient bien étonnées de vous trouver chez moi... Je vous téléphonerai après leur départ... Après tout, vous seriez une bien curieuse apparition dans ce déjeuner de bourgeoises, car je ne suis que cela, ma pauvre enfant, une bourgeoise que vous avez ranimée, allons, debout... »

Ce qui blessait Geneviève, ce matin-là, ce n'était pas tant de quitter Françoise sur ces paroles, c'était pendant que Françoise la ramenait dans sa voiture vers le boulevard Saint-Germain, de se voir soudain confrontée si vite avec cette vulnérabilité qu'éveille l'amour physique lorsqu'il est partagé. Soudain pudiques, elles se parlaient à peine, et même si elles savaient qu'elles se séparaient pour peu de temps, le présage de séparations plus longues était déjà entre elles, et cette pensée seule semblait les habiter. « Vous allez à Londres, dans quelques jours, m'avez-vous dit, vous retrouverez d'autres amies, des artistes plus intéressantes que moi, eh bien! pourquoi ne pas vivre ces heures délicieuses comme une aventure, oui, vous le savez autant que moi, l'amour, au début, est toujours une aventure, alors, ayons la sagesse d'en rester là, je veux dire, à ce moment de folie sensuelle... À plusieurs moments, peut-être, mais il ne faut pas aimer... non... Je vous assure, nous en serions bien punies... Puisqu'il y aurait toujours un fleuve ou un océan entre nous... Ou une femme, cette jeune femme, Lali, dont vous m'avez parlé... Vous ne l'aimez plus dites-vous, mais vous pouvez encore vous tromper... »

Cette friabilité des êtres, de ce que l'on devenait soi-même auprès d'eux soudain, quand, hier, on ne les connaissait pas, c'était cela qui saisissait Geneviève, qu'on pénètre soudain leurs âmes par leurs corps, et participe à leur existence quotidienne quand, la veille, on ne savait pas même qu'ils existaient. Geneviève avait troublé l'ordre de Françoise qui s'était levée le matin pour s'arracher à des bras chauds, quand la veille, son lit était froid, qui, en secouant sa tête désordonnée, en enfilant ses vêtements de la veille, n'avait pas reconnu elle-même le rang de ses servitudes, « Ah! oui, mes courses comme je disais, ah! oui... des fleurs pour la table... Je ne dois rien oublier... Mais je t'en prie, ouvre les yeux et lève-toi! » qui, distraite, avait semé comme au vol la crème sombre de son maquillage, bousculé Geneviève, l'amenant vers le premier moment de leur séparation, la déposant au coin d'une rue sans l'embrasser, ainsi, déjà, des gestes, des devoirs dont elles n'étaient pas les maîtres, les emprisonnaient, et après avoir connu ce sentiment d'une irrésistible puissance, Geneviève ne songeait plus qu'à ce qui, en nous, est si pauvre et si démuni. Pourtant c'était aussi l'un des visages de l'amour, et peut-être le plus touchant, ce visage de Françoise, qui, triste, et comme creusé par cette nouvelle tristesse (tristesse qui ne s'ouvrait plus sur la mort, l'espoir de mourir d'une maladie longtemps négligée, mais sur les espoirs de la vie, des joies partagées avec une autre), et qui, surpris par le vif éclairage du matin, songeait trop à aimer pour penser à plaire, tout cet être qui était soudain si friable, prêt à se dissoudre en un flot de larmes pour tout ce qu'il avait perdu, pendant quinze ans, c'était peut-être elle, cette femme longtemps oubliée en Françoise, qui, même lorsqu'elle exprimait sa fermeté en ne parlant pas, en ne regardant pas Geneviève pendant que sa main aux doigts nerveux s'accrochaient au volant, c'était cette âme soudain dépouillée de toutes ses défenses, dont le corps avait été comme étourdi par une ivresse dangereuse, qui semblait dire à Geneviève: « Je m'estime peu, moi-même, mais toi peut-être as-tu découvert des raisons de m'aimer... » Pourtant, ce même visage, Françoise ne tarderait pas à le dérober aux regards de ses amies, en rentrant de ses courses, un bain, des soins plus méticuleux, sur elle-même, comme autour de sa personne, un ordre apparent, dans l'arrangement des fleurs sur la table comme dans sa tenue vestimentaire, viendraient recouvrir toutes ces ruines d'un monde qui s'était brisé pendant la nuit, dont Françoise ne pouvait savoir encore, comme elle l'avait dit à Geneviève en la quittant: « Si c'était pour le meilleur ou pour le pire... Car j'étais tout de même un peu plus paisible, avant vous, seule avec Balzac et mes souvenirs! » Même si Françoise devait répéter auprès de ses amies, ce jour-là, les mêmes gestes qui n'engageaient que cette partie d'elle-même qui était mère et femme mondaine, capable de se plier aux exigences de la société qu'elle fréquentait, la soif de son esprit régénéré par l'espoir comme la soif de ses sens ne pourraient plus s'éteindre, car on peut croire que les traditions tuent en nous ce qu'il y a de plus vivace et de meilleur, mais rien ne peut protéger, ni hommes, ni enfants, ni fortune, celui qui, au fond du cœur, cache un paria, celui que l'on désigne ainsi inconsciemment, sous l'apparence sociale, car ce paria est souvent notre vie même. Geneviève pensait que ce n'était pas d'elle, Geneviève, que Françoise avait honte, dans la rue, lorsqu'elle lui retirait son bras ou sa main (car Françoise avait tout de suite éprouvé auprès de Geneviève cette familiarité que ressentent les exilés auprès de ceux qui viennent de leur pays, mais si longtemps solitaire, Françoise avait oublié que le monde avait changé autour d'elle, que ces justiciers qui l'avaient poursuivie autrefois, c'était à son tour, aujourd'hui, à les pousser à la réflexion d'un verdict qui avait assassiné longtemps bien des vies), non, cette honte, c'était surtout elle-même, Françoise, qui en était la victime, et c'était cela, peut-être aussi qui laissait en elle un souvenir si pitoyable et ému, lorsque Geneviève pensait à Françoise retournant à son monde, dans le brouillard des conversations mensongères auxquelles il faudrait donner de l'extérieur, du moins, tout l'éclat de son intégrité. Elle l'aimait peut-être davantage parce qu'elle savait qu'il deviendrait de plus en plus tragique, pour Françoise, de vivre avec cette vérité, tout en la niant. Ses amies auraient à peine quitté sa maison, que Françoise téléphonerait plusieurs fois à Geneviève, à son hôtel, lui exprimant ses doutes, ses inquiétudes, mais sa joie aussi de la connaître, lui répétant encore d'une voix solennelle: « Je vous assure, ce ne sera qu'une aventure, vous savez maintenant que je suis ici, en ce coin du monde, nous pourrons nous retrouver et ce sera toujours aussi neuf et charmant, qu'en pensez-vous? Il faut essayer de me comprendre, mon expérience est vieille déjà, j'ai eu des amours heureuses autrefois, mais ces dernières années ont été terribles, à votre âge, on ne peut pas être fidèle... Pour moi, l'amour est maintenant une chose qui touche à la religion, à la piété, pour vous, c'est encore l'impiété sauvage... On change plus tard... Car moi aussi, j'ai beaucoup changé, et peut-être ai-je acquis en tendresse aujourd'hui ce que j'avais en arrogance et en dureté autrefois... J'étais moins consciente de faire souffrir, aujourd'hui, je ne pourrais pas supporter de le faire, ni de souffrir moi-même... »

Françoise recommanda à Geneviève, sur ce même ton de sévérité inquiète, de ne pas la revoir avant son départ pour Londres: « Téléphonez-moi plutôt à votre retour, nous éviterons ainsi ce moment pénible de la séparation... Vous me direz que c'est un peu fou puisque nous allons passer ces quelques jours loin l'une de l'autre, pendant votre séjour à Paris, mais je veux réfléchir, je vous le demande comme une discipline, je pense que vous en avez beaucoup dans votre métier, déjà, mais pour les sentiments, vous me rappelez la créature bohème que j'étais, refusant de s'attacher à une seule femme, à une seule patrie, à un seul foyer, mais avide de tout ce que la vie m'offrait... ou pouvait m'offrir... »

Dans un échange de confidences nocturnes, Geneviève avait parlé de Lali à Françoise, car ce prénom, Lali, était le seul trésor qu'elle osait transporter partout avec elle, incarné enfin dans une œuvre sculpturale, mais si vivante, cette petite sculpture, que même lorsque Geneviève avait montré à Françoise la copie photographiée de cette tête de Lali, Françoise avait ressenti les mêmes sentiments de jalousie que si elle eût soudain rencontré Lali, dans sa maison. Toute à l'occupation de ce sentiment morose, comme si elle eût dit en hochant la tête: « Ah! déjà quelqu'un a ce pouvoir de me faire de la peine! » Françoise ne reconnut pas cette ressemblance qui avait frappé Geneviève entre Lali et le portrait de Françoise, à seize ans. « Vous avez le don de créer, le don de la vie, dit Françoise, d'une voix mélancolique, ne le dissipez pas dans la conquête du plaisir, comme je l'ai fait... » Geneviève possédait aussi encore, de Lali, une photographie, réaliste celle-ci et non exaltée par la fixité de l'art, que René lui avait vite glissée dans un livre, à l'aéroport, en disant: « Ne nous oublie pas, j'ai pensé que tu aimerais une relique... » René était à l'arrière-plan, et dans les nuages fumeux de l'Underground, on apercevait Lali, assise toute droite devant elle, fumant une cigarette d'un air perdu qui donnait soudain à son regard une maturité, une lassitude comme on en voit aux buveurs d'absinthe, dans les tableaux: bien que son visage fût jeune et pur, son regard, parce qu'il exprimait un moment de souffrance, aurait pu se comparer à ces yeux, répandant une si faible lumière qu'ils semblent dire: « J'ai goûté à tout, je suis las de tout! » C'était peut-être ce que deviendrait Lali en dix, vingt ans, pensait Geneviève, mais il était vain désormais de vouloir la protéger, car ces ravages de la vie étaient en elle, déjà, peut-être, comme cette marge de rides et de déceptions qui séparait la Françoise d'aujourd'hui, de ce portrait d'elle, à seize ans, le destin n'avait-il pas été tracé, n'était-il déjà pas immuable dans chacun de ces deux êtres? Le temps était passé, disait Françoise, où comme Lali le faisait aujourd'hui, en pleine gloire, légère et sans remords, Françoise eût amené chez elle, « une amie, chaque soir, et parfois plusieurs... » Les boîtes de nuit les plus fascinantes de Paris avaient connu autrefois, comme l'orchestre de femmes aux cheveux enneigés, et tant d'autres témoins dont les mélodies s'étaient tues, cette Françoise libératrice et libérée qui, tel un poulain sauvage, faisait sauter tant de clôtures, qu'on entendit même de très loin tout le tapage qu'elle fit. C'était cela, vivre, « et c'était une aube si enivrante, celle de découvrir son corps, l'amour et les femmes, que je pourrais dire que je la comprends trop bien, votre Lali, mais dans la vie, nous payons tout, même cette ivresse, ce bien-être, ce sentiment si égoïste que tant de dispersions joyeuses nous apportent... »

Geneviève partit pour l'Angleterre en entendant l'écho de cette nostalgique voix de Françoise murmurant à son oreille: « J'ai tant vécu, j'ai vu tant de choses, et que me reste-t-il? » Cette voix enchantait et blessait son cœur. Elle imaginait ce passé de Françoise, et la fluidité de ce déluge d'images qu'elle ne pouvait pas atteindre ni capturer lui causait une méchante douleur, telle cette jalousie de Proust imaginant les infidélités d'Albertine, auprès de sa constellation d'amies. Le passé plus récent de Françoise ne l'apaisait pas non plus, car comme elle ne s'attendait pas à ramener une femme chez elle, cette nuit-là, en sortant du bar qui avait connu le fin libertinage de sa jeunesse (ignorant qu'on eût perpétué d'elle, en ce lieu, une image immortelle du plaisir et de la grâce), Françoise avait gardé près de son lit, sur sa table de chevet, la photographie de sa dernière amie, une femme plus jeune et jolie, qui, pensait Geneviève, réveillait encore (ou avait réveillé pendant quinze ans), connaissant la nature pieuse de Françoise, un amour loyal même s'il était sans espérance, car toute figée encore par son attente de l'amie perdue, Françoise avait invité Geneviève chez elle, tout en oubliant d'éloigner d'elle ce visage, lequel ne pouvait faire autrement que de narguer Geneviève d'un sourire conciliant, car ceux qui nous précèdent nous semblent toujours les plus forts. Et tout cela ne pouvait pas être condamné chez Françoise ou son amie, car c'est l'une des lois légitimes de l'existence que tout demeure, existe, que le passé ne s'efface pas devant le présent. Et tout en marchant dans les rues de Londres, s'arrêtant parfois pour boire debout parmi les hommes, dans des pubs surpeuplés de rires et de voix, lesquels élargissaient plus encore cette île déserte entre elle et Françoise (cette île où Geneviève ne savait pas encore comment Françoise, quittant le passé, viendrait la rejoindre, car tout entre elles, restait à faire, quand Françoise semblait avoir déjà tout vécu avec d'autres, pourtant), elle meublait sans doute ce passé de Françoise d'un chaos épique d'amours et d'aventures que le film plus modeste de son existence, peut-être, n'avait pas connues. Car même si Françoise avait consumé sa jeunesse « dans le plaisir de l'alcool et des femmes », comme la romantique qu'elle était alors, pliant même, au service de ses sens et de ses désirs, cette idée crépusculaire du romantisme qui n'appartient qu'aux hommes beaux et grands à qui ces ivresses sont permises, la femme, qui, en elle, avait eu le courage de vivre ainsi, même si elle taisait ses aveux, n'avait certes pas échappé au mépris et au sarcasme car, soudain, ce chant de liberté, on ne l'avait plus entendu que censuré par la loi du mariage. Mais Françoise n'était-elle pas de celles qu'on ne peut enchaîner, même lorsqu'elle donnait, comme sur ses photos de jeune épouse et de jeune mère, l'apparence d'une grande enfant docile prête à toutes les soumissions, car n'avait-elle pas le pouvoir de mettre toute son imagination dans sa vie, de transformer même un mariage malheureux en un festin plus compatible à ses désirs? Les devoirs diplomatiques de son mari l'obligeant à parcourir le monde, elle ne vivait pas que sous la protection d'un homme et sous l'aile de la fortune, mais touchée qu'on la respecte quand, hier, la même société l'eût rejetée, elle s'élevait vers le zénith d'une liberté permise, laquelle semblait tout comprendre et tout admettre, dans la mesure où rien n'était dit, elle s'épanouissait au soleil de toutes ces vies que dispense l'homme à la femme, dans un monde prospère, de beaux enfants, des domaines, et fleurissant au milieu, dans les ténèbres de ces secrets si bien compris par un mari, un amant, parfois, sa propre vie, plus sensuelle et plus fervente encore, car ne pouvait-elle pas dire alors: « Le monde est à moi! » La passion qui la poussait « à la conquête de tous les plaisirs » était une passion farouche et déterminée, mais son esprit avait aussi soif que sa chair, et ne voulait-elle pas embrasser toutes les carrières à la fois, écrire, peindre, devenir journaliste ou livrer son idéalisme à quelque cause humanitaire, mais étrangement, il lui parut, qu'avec l'existence dispersée qu'elle menait, son inspiration se tarissait, et ses écrits lui semblaient si frivoles qu'elle les déchira tous, peu à peu, ne gardant dans ses tiroirs que quelques poèmes célébrant les femmes qu'elle avait aimées, joyaux admirables mais qu'elle qualifiait aujourd'hui de « licencieux » et qu'elle n'eût montrés à personne. De l'étendue de ses voyages, il ne restait plus que quelques cendres aussi, toutes ses connaissances de l'Orient ne s'étaient pas métamorphosées en une anthologie précieuse comme elle l'avait espéré, mais en un amas de documents écrits ou filmés que l'absence de temps et de discipline avait peu à peu réduits au sommeil, dans les boîtes d'un placard qu'elle n'ouvrait jamais. Elle avait toutefois préservé, de ses années de passion pour le désert où son âme avait souvent trouvé la paix, des carnets de croquis, lesquels, comme ses carnets dans lesquels elle avait vite esquissé le visage, les corps au repos de celles qu'elle avait aimées, semblaient la plonger dans cette cruelle impuissance de la contemplation d'un passé, lorsqu'on pense: « Jamais plus je ne reverrai ces êtres et ces lieux! » Elle n'était devenue ni révolutionnaire ni dévouée à quelque cause politique, car sa droiture était d'un ordre militaire et janséniste qui n'avait plus sa place aujourd'hui, et l'eût-on envoyée en mission comme Lawrence, loin de la confusion contemporaine et de ce qu'elle appelait « les sons véhéments de notre époque », qu'elle eût vécu là le sommet de ses rêves les plus extatiques, car Lawrence était l'artiste et le soldat, l'homme et la femme, en elle, l'ascèse et la violence du combat, et il portait en lui une flamme plus humble, vaincue, qui était aussi l'humilité de Françoise, ou de ceux « qui avaient rêvé tôt d'embrasser l'amour, la mort et la beauté », disait-elle, car sous tant de faste et de gloire, Lawrence était marqué de la dette de l'homme de génie homosexuel, et c'est cet homosexuel, en lui, qu'on eût préféré voir périr sous la légende du désert et de l'épée. Soudain Françoise se retrouvait, beaucoup plus tard, n'étant ni Jeanne d'Arc ni Lawrence, avec une existence si rétrécie ou si immensément vide qu'elle ne savait plus elle-même si elle était encore utile au monde: le mari n'était plus là, vivant avec une maîtresse aux États-Unis, il n'avait laissé derrière lui que des domaines à quitter, des villes où le souvenir de son nom évoquait une réputation joyeuse mais équivoque, et le soir tombait pour Françoise et ses filles, les serviteurs et la gouvernante avaient déserté la maison, le banquet s'achevait, et Françoise connaissait ce choc brutal de passer des mains de l'homme, impérieuses et vigilantes, à ses propres mains nues, inhabiles, des mains d'ouvrière, soudain, elle qui n'avait connu que le luxe et ses féeries. Elle avait su survivre et servir d'abri à ses enfants, mais seule, comme on voit vivre ce portrait de femme, Isée, pourtant peint par un homme, lorsque, coupable de toutes ses folies amoureuses, perdant d'un seul coup tous les fils d'une si facile destinée, Isée ne sait plus retenir toutes les richesses de la terre, on ne sait pourtant si Claudel avait raison d'inspirer à Dieu de la frapper, au milieu de son éclatant bonheur, dans le partage de tous ses dons voluptueux, quand, toute à l'extase de tenir la tête de son amant sur son cœur, elle doit perdre, au même instant, tout son bonheur, et avec lui, voir sa maison détruite, ses enfants tués, sa vie soudain arrêtée sous la secousse de ces cendres brûlantes venues du ciel. Geneviève songeait que, comme Isée, mais ayant survécu à ses malheurs quand il est parfois plus tentateur d'en mourir, Françoise tentait de ramener près d'elle les débris encore chauds de tous ses passés, lesquels consolaient encore son imagination comme l'eût fait une chanson plaintive pour endormir un enfant malade. Pourtant, longtemps, la lumière avait été éteinte et il n'y avait eu personne: et soudain, il y avait quelqu'un, les mêmes silhouettes ne s'agitaient plus dans le noir, le passé avait un sens parce que, soudain, en parlant à une autre femme, tout en la prenant dans ses bras, en posant sa main dans ses cheveux, les mots avaient une couleur, une saveur aussi, et Françoise pouvait dire: « Tu sais, un jour, j'ai eu un voilier blanc, un jour que je naviguais seule... Ah! non, je n'étais pas seule... Mais de quel intérêt pour toi, tout cela? Soudain, il y eut un vent très fort sur la mer... et je crois que nous étions perdues, mon amie et moi... » Et Geneviève partageait ce qui n'avait été longtemps, dans la solitude de Françoise, qu'un pauvre voyage intérieur, un voyage de captif, le beau voilier blanc, c'était Françoise, il filait sur la mer, il allait vers le tourbillon allègre de ses propres tempêtes, et au moment où Françoise avait songeusement embrassé Geneviève sur les lèvres, pendant son étreinte tout interrompue de récits et d'histoires, c'est peut-être « à cette amie, à cette jeune compagne » qu'elle avait pensé, car elle avait eu un sourire ironique qui n'était que pour elle-même, un sourire que Geneviève préférait ne pas pénétrer. « Ah! mon petit, tout ce que l'on peut vivre, croyez-moi, c'est insensé quand on y pense, plus tard, mais c'est bon de parler à quelqu'un, et surtout à un être sensible, je croyais qu'ils n'existaient plus... »

Françoise et son mari possédaient hier des écuries, des chevaux, n'étaient-ils pas aussi d'excellents chasseurs, d'excellents écuyers, les trophées sportifs de Françoise, comme ses décorations de guerre ou ses certificats d'études, toutes ces possessions naviguaient quelque part autour d'elle, aujourd'hui abandonnées, méprisées. Même si Françoise disait mépriser la chasse, aujourd'hui, et vouloir collaborer à la préservation de la faune, une expression de plaisir illuminait ses yeux si profonds et si tristes, sous l'ombre de leurs cernes de fatigue, lorsqu'elle racontait une chasse aux chevreuils dans l'aube encore humide et odorante. Chasseresse, elle était victorieuse: Geneviève l'imaginait, ses cheveux coulant en boucles désordonnées sous sa casquette d'homme, si lointaine, si inaccessible déjà, que si elle eût été le chevreuil voyant venir vers elle cette femme et son fusil, elle eût reculé de crainte dans le taillis, tout cela, elle le revivait, comme Françoise, avec elle, mais là où Françoise piétinait les bois en chassant toujours, Françoise éprouvait l'angoisse du gibier qu'elle poursuivait, et comme pendant ce récit, son souffle était si près du sien, elle se disait que ce devait être ainsi que Françoise respirait, lorsqu'elle chassait le chevreuil, que ce souffle impatient, le chevreuil apeuré devait l'entendre du fond de sa retraite. Elle se souvenait, mais elle n'était déjà plus dans les bras de Françoise, mais marchait seule dans les rues froides de Londres, et c'était la nuit (et peut-être Françoise eût-elle aimé cette vapeur brumeuse de ses aubes de chasse...) que l'un des membres centenaires de l'orchestre avait dit à Françoise au bar, en versant le champagne dans sa coupe: « Ah! ma chère Françoise, on se souviendra longtemps de vous, ici, car vous donniez tout, et à toutes... » « N'exagérons rien, avait dit Françoise, d'un ton un peu sec, bien qu'elle fût flattée par cet hommage, chacun a son époque de gloire, et puis c'est la nuit... » « Ah! vous veniez chaque nuit, et la petite là-bas, la danseuse blonde, vous vous souvenez, elle aimait bien cela, être draguée par vous... »

Geneviève avait ainsi réveillé en Françoise un vocabulaire dont elle-même ne se souvenait plus. « Tout de même, me dire que je venais chez elle pour draguer... enfin, pour te dire la vérité, j'avais oublié le sens de ce mot charmant, et puis, c'est vrai, après tout... J'aimais bien venir ici pour draguer... » C'est que Françoise, enfermée dans sa galerie, son appartement, ou préparant le repas pour elle-même et Balzac, tout en mangeant debout devant sa télévision, ce miroir des solitaires, ne pouvait plus songer d'elle-même comme à cette Françoise qui disait sans doute ouvertement hier aux propriétaires d'une boîte de nuit: « Bonsoir, Mesdames, c'est encore moi, je viens draguer... » ce comportement, relié à sa vie actuelle, était aussi déplacé dans son esprit que la pensée d'une religieuse s'exposant à l'indécence.

Assaillie de doutes, lorsqu'elle pensait au passé de Françoise, Geneviève lui téléphonait de Londres, mais cette voix qu'elle avait tant espérée ne lui parlait plus qu'avec un las détachement, expliquant: « Voulez-vous me rappeler plus tard, j'ai des amis chez moi, bien sûr, mon petit, je n'ai rien oublié, surtout ne vous fatiguez pas trop en sortant encore toute la nuit... » ou bien lorsque Françoise était plus présente, on eût dit que, toute contrainte encore par quelque censeur invisible qui liait Paris à Londres, elle dispensait, par gouttelettes, le torrent dont son cœur était plein. « Reviens vite... J'ai déjà moins l'habitude d'être seule, je t'attends, tu le sais bien, je crois que tu as l'illusion de m'aimer, mais c'est un beau rêve, et je peux en vivre... » Geneviève écoutait cette voix s'éloigner, se taire, puis ne plus être, en pensant: « Oui, ce ne pourrait être qu'un rêve... », mais les mêmes objets qui avaient joué leur rôle ineffable pendant qu'elle aimait Lali, le téléphone noir, le lit, la chambre, mais surtout le téléphone, répétaient dans leur fidélité à la servir, que les mêmes réalités venaient et revenaient sans cesse sous des formes diverses, seule la douleur d'aimer était neuve, mais le téléphone qui transportait le message de l'attente d'un pays à l'autre, d'une ville à l'autre, paraissait dire à Geneviève: « Pourquoi me regardes-tu de cet air rageur, tu as déjà vécu tout cela avec moi... » Ainsi pouvaient lui parler une gare, un aéroport, tout ce que le corps de Geneviève se préparait à atteindre pour retrouver Françoise, mais comment accuser les lieux et les objets d'être devenus des instruments de torture, quand ils ne faisaient qu'accomplir leur devoir? Mais ce temps de la séparation expirait soudain, et ce même téléphone noir qui avait été le serviteur de tous les tourments réconfortait Geneviève en lui apprenant qu'il ne lui restait plus que quelques heures avant de rejoindre Françoise, et soudain Françoise était là, devant elle, dans l'un de ces lieux spatiaux que l'homme moderne appelle un aéroport international, et là encore Geneviève pouvait se dire: « Ce n'est peut-être qu'un rêve », car comme elle avait vu venir vers elle Lali, sous de semblables voûtes de néon, avec ce sourire de l'accueil que le voyageur reçoit comme une lueur de grâce, cet éternel recommencement des êtres et des choses dans nos vies, n'était-il pas à l'image de notre fugitif bonheur? Françoise l'embrassa joyeusement sur les joues, évitant ainsi de se rapprocher d'elle, par un contact moins innocent, et s'emparant vite de ses valises, elle marcha devant elle en disant d'une voix un peu troublée: « Vous m'avez écrit de si belles choses sur la campagne anglaise et les écrivains de ce pays, mais je n'ai sans doute pas tout compris, j'ai perdu l'habitude de penser... Voulez-vous venir chez moi pendant quelques jours, je n'aurai pas beaucoup d'heures à vous consacrer, ma galerie m'occupe beaucoup même si je ne comprends rien, là encore, aux jeunes peintres d'aujourd'hui, mais nous pourrions parler peut-être, ou bien trouvez-vous déjà que je parle trop? Je ne l'ai jamais autant fait, je pense, que depuis que je vous connais, je ne sais pas ce qui m'arrive... »

Geneviève suivait Françoise en pensant que là où Lali avait combattu la tempête, écarté la foule pour venir l'embrasser sur les lèvres, de ses lèvres glacées (quand, sur sa tête aucune poussière de neige ne mouillait ses cheveux ras, comme si on l'eût vue sortir d'une légende, quand il neigeait tant dehors), Françoise, qui n'avait pas posé ses lèvres sur les siennes, qui ne l'avait pas même serrée contre elle, empoignant aussitôt ses valises d'une main ferme, tout en lui tournant le dos, les gestes de Françoise, si peu analogues à la conduite de Lali, la pénétraient pourtant de la même chaleur, du même espoir. C'était cela, pensait Geneviève, qui nous désarmait tant chez les êtres, cette façon qu'ils avaient d'agir, à eux seuls, ce pouvoir des dieux que leur accordait l'amour, en toute liberté, en toute inconséquence. Le manteau militaire de Lali, comme la veste bleue de Françoise, son élégance sévère ou l'austérité sans élégance de Lali, à certains jours, tout cela appartenait au même culte amoureux, au même titre que la démarche d'une femme, la façon dont elle se coiffait, ou dont elle faisait l'amour. Bientôt ce culte était élargi par l'intimité du quotidien, le rude pyjama blanc de Françoise ou la blouse médicale de Lali entraient dans cet empire où les choses sont reines, et Geneviève s'étonnait d'avoir connu si peu de rémission d'un mal à l'autre. Car il ne suffisait souvent que de quelques jours, quelques semaines, pour sommeiller à fond dans ces habitudes déjà acquises de voir Lali nourrir ses chats en rentrant le soir, accrocher son écharpe au clou de la cuisine, la voir s'étendre à vos pieds pour lire ses bandes dessinées, un doigt dans la bouche, il ne suffisait encore que de quelques jours en ce mois de mai fleuri et sans neige (car René avait écrit à Geneviève qu'il avait encore neigé au mois de mai, cette année), dans un autre pays, pour observer Françoise, avec cette certitude que Geneviève avait toujours été là, qu'elle vivait depuis toujours à ses côtés, qu'en quittant Balzac et l'appartement de Françoise, tous ces lieux désertés par elle deviendraient aussi silencieux que des tombeaux. Pourtant, rien de tout cela n'était vrai, et c'est ainsi que l'amour nous trompe le plus gravement. Geneviève entrait dans la vie de Françoise, avec son « atmosphère », comme Lali avait eu la sienne auprès de Geneviève, et l'absence de Lali comme l'absence de Geneviève pouvaient dissoudre ces atmosphères avec la vitesse de la lumière chassant la nuit. Il semblait soudain normal de se lever à six heures, le matin, quand Geneviève n'avait jamais aimé le jour, car l'existence journalière de Françoise commençait à cette heure, dans des éclats de voix et des rappels à l'ordre: « Debout! Ah! je t'apporte ton thé puisque tu es si endormie, et Balzac qui a faim... Personne ne pense à moi, dans cette maison! Je travaille à neuf heures, moi, je ne peux pas penser à tout le monde, toi et Balzac, c'est beaucoup dans une vie où il ne se passait rien, tu sais... » La nature rebelle de Geneviève aurait pu se révolter de se voir soudain malmenée à l'aube, comme au temps du scoutisme, mais si elle se levait sans la douceur qu'on attendait d'elle, c'était sans révolte (peut-être parce que, songeant au scoutisme, elle devait reconnaître que ce mouvement patriotique lui avait offert les amitiés les plus pures de son enfance, car ses cheftaines étaient encore liées à la dévotion de ces souvenirs sentimentaux, lesquels, lorsqu'on s'y penche au bout de quelques années, n'ont rien fané de leur émerveillement, un livre de morse qui a échappé à la destruction sera ainsi l'évocateur de tous ces étés en plein air, des chants de troupes près du feu, la nuit, et surtout de la cheftaine élue qui apportait le chocolat chaud, dans les tentes, avec l'étreinte du soir), elle buvait du thé elle qui n'aimait que le café et se retrouvait soudain assise près de Françoise dans sa voiture, Françoise qui avait parlé si fort, tôt le matin, et qui soudain ne lui parlait plus, triste et affaissée, mettant toute sa décision, toute sa volonté à nouer ses doigts au volant et à réprimer les injures qui montaient à ses lèvres quand les autres automobilistes n'hésitaient pas, eux, à l'injurier pour ses actes de prudence et de civilité. « Mon petit, soupirait-elle, soudain, en posant une main sur les genoux de Geneviève, cette existence à Paris a-t-elle un sens? Et moi qui aimais tant cette ville autrefois... Ou bien, peut-être est-ce moi qui ai beaucoup changé? Je suis fatiguée et malade... C'est moi, sans doute, oui... Mais sois patiente avec moi, même si j'ai un bien mauvais caractère... C'est la solitude, ce n'est que cela... J'espère que tu ne m'en veux pas de t'avoir un peu secouée ce matin... Mais parfois, on dirait que tu oublies la réalité... »

Geneviève suggérait alors à Françoise de partir avec elle vers la mer ou la montagne, mais Françoise, plus distante soudain, parlait de ses obligations, ou bien elle ajoutait brusquement: « Je ne suis pas comme toi, un oiseau, un être libre, détaché de tout, je suis liée à mon travail, je dois gagner ma vie même si cela ne me plaît pas, cela n'est que juste que j'expie un peu mon époque de paresse, tu sais! Voilà pourquoi je ne voudrais pas m'attacher si vite à toi, car tu te sentirais vite prisonnière, et je ne suis pas comme toi, je ne puis me libérer de cette prison dans laquelle je suis... On apprend à aimer sa prison, tu sais... Comment te dire, avec les années, cela devient un peu comme soi-même... Du moins, avant de te connaître, c'est bien ce que je ressentais... j'avais perdu l'habitude de vivre, de respirer... » Ainsi, Paris, comme Londres, parce que Françoise, en changeant de personnalité, en déposant Geneviève au coin d'une rue, loin de sa galerie, en l'embrassant sur les joues plutôt que sur la bouche, pendant qu'elle lui prodiguait ses conseils pour la journée, « ne rentre pas trop tard, comme hier, ne traîne pas trop, tu sais que quelqu'un s'inquiète pour toi, maintenant, téléphone moi pour me dire ce que tu penses de l'exposition au musée... », Paris était une ville d'attente, d'exploration connue et délicieuse, mais toujours visitée d'une présence qui disait: « Tu ne me reverras que ce soir, il faut m'attendre... » Et c'est dans ce conditionnement de l'attente de Françoise que Geneviève voyait ses amis, dessinait ou visitait un musée, il était terrible de penser que personne d'autre, même le tableau qu'elle vénérait le plus, l'amie la plus chère, ne puisse soudain remplacer cette vie si frêle auprès de Françoise, vie dont les morceaux déjà s'étaient enfuis pendant le jour, dans ces occupations qui étaient celles de tous, pourtant, mais l'amour vit dans ses propres régions inhumaines, sous un règne de terreur qui n'est que le sien. Et pourtant, la nuit qui tombait hier sur les champs de neige de Lali descendait sur Paris, et les premiers reflets de cette lumière déclinante sur la Seine égayaient soudain Geneviève, car un peu plus qu'hier, pensait-elle, un peu plus que la veille, Françoise céderait, s'abandonnerait, et même si Geneviève devait la quitter bientôt, elle ne partirait pas sans avoir au moins partagé quelques moments bienheureux avec elle, mais plus on allait en se connaissant ainsi, plus intolérable serait la rupture, mais Geneviève ne s'arrêtait pas encore à ces pensées. Françoise était là chaque soir, comme s'il eût suffi de quelques jours pour dompter ses préjugés, ou ses craintes, elle disait maintenant à Geneviève de venir la rejoindre à sa galerie, où elle l'accueillait d'abord avec froideur, ou lassitude, puis, lorsqu'elles étaient seules dans sa voiture, avec des paroles plus consolantes, car elle éprouvait cette gratitude, que Geneviève éprouvait aussi, de ne pas rentrer seule chez soi, c'était une gratitude profonde, et tournant la tête vers Geneviève il lui arrivait de s'exclamer soudain: « Mon Dieu, que je suis heureuse que tu sois là, même si c'est pour peu de temps... peut-être... Tu ne sais pas, je pense, ce que cela signifie, vivre si longtemps seule... », puis oubliant ses principes du matin, parmi les automobilistes furieux, on eût dit qu'elle laissait filer sa voiture à toute allure, ce qui n'était peut-être qu'une illusion, car l'abandon dont Geneviève rêvait avait commencé par cette fuite, cette évasion sur les Champs Élysées, et la cigarette que Françoise promenait distraitement entre ses lèvres pendant qu'elle demandait: « Et toi, qu'as-tu fait? Raconte-moi, je veux tout savoir, je ne t'ai pas vue depuis longtemps... depuis ce matin, que c'était long! Et les heures ne passaient plus... » Il y avait toujours trop à raconter, et Françoise se lassait vite des récits de Geneviève, car il lui semblait que, pendant que Geneviève lui parlait d'un film qu'elle avait apprécié, d'un déjeuner avec un ami sculpteur, ces petites activités ne servaient que de rideau entre Geneviève et les femmes qu'elle avait pu désirer pendant le jour, quand, Geneviève, ayant oublié l'existence de toutes les autres, pour ne penser qu'à Françoise, n'avait que modestement vécu tout ce qu'elle racontait, mais Françoise répondait d'un air soupçonneux: « Mais non, ce n'est pas possible de faire tant de choses en une seule journée, j'ai à peine le temps de lire le journal, moi! » Geneviève montait avec Françoise dans l'ascenseur qui la conduisait vers son appartement, en pensant: « C'est ainsi qu'elle rentre tous les soirs, avec tous ces paquets dans les bras, et le visage si épuisé, et c'est ainsi qu'elle détourne les yeux de son image, dans la glace de l'ascenseur! » Et son cœur se serrait, car elle avait senti que ce qui atteignait soudain Françoise, dans cette image de servitude que lui reflétait la glace de l'ascenseur, c'était le souvenir de sa dignité offensée, de celle qu'elle avait été autrefois, dont la voix criait encore: « Non, je ne puis croire que c'est cela, toi, Françoise, qu'as-tu fait de tes dons, de cet être merveilleux que tu étais? Où donc l'as-tu perdu, et par quelle candeur? » Mais en ouvrant la porte de son appartement, après avoir caressé Balzac sous ses oreilles, et d'un mouvement qui semblait devenir chaque soir plus câlin et plus lent, Françoise ne disait plus avec raideur: « Je vous prépare un whisky puis je vous chasse », non, elle laissait tomber à ses pieds tous ses paquets, posait sa tête un long moment sur l'épaule de Geneviève, en soupirant: « Ma tête est bien lourde, il ne faut plus rien faire maintenant... rien du tout, tu vas me servir quelque chose à boire, tu veux bien? Pourquoi suis-je si lasse? » Geneviève pensait qu'elle réagissait avec une telle fatigue parce qu'elle n'avait plus l'habitude de s'abandonner ainsi à une épaule, à un être. Elle n'avait pas connu, dans la maison de Lali, où tout était disposé selon l'ordre singulier de ceux qui font, de leur vie domestique, un dressage, le plaisir d'abreuver une soif, d'adoucir de menues attentions la fin des jours. Le souvenir de Lali, buvant son martini à sept heures le soir, assise sur les genoux de ses amantes, était peut-être une félicité pour celles qui se souvenaient d'elle, plus tard, mais pour Lali, qui sait, ce n'était peut-être que le couronnement agréable de cet ordre tout vertical dont elle composait ses jours? « Est-ce que nous avons encore du champagne? » demandait Françoise, du salon où déjà drapée d'une tunique indienne (et peu à peu, avec cet abandon du soir, Geneviève remarquait que les vêtements de Françoise, hier si prestement rangés dans l'armoire, jonchaient ce soir ses fauteuils, ses meubles), elle parlait à Geneviève, car le champagne renouvelé dans sa maison, depuis cette nuit où Geneviève lui avait demandé de lui parler de son passé, ce vin aux sublimes effervescences ne rappelait-il pas à Françoise ce temps « parmi des amies toujours gaies, disait-elle, où l'on buvait bien quelques bouteilles entre nous, tous les soirs... »? Geneviève avait ainsi ranimé ce rite, et avec ce rite, qui sait combien d'amitiés mortes? Mais Françoise avait vécu seule si longtemps que même lorsqu'elle entendait le pas de Geneviève dans sa maison, le frôlement d'une présence entre ses murs, elle exécutait encore ces gestes d'hier, comme s'il y eût encore en elle, comme il y avait eu en Lali, un désert de silence à peupler de sons. Comme Lali, elle ne rentrait pas chez elle, sans s'entourer aussitôt des murmures d'une radio, d'une télévision, et ses brèves nuits étaient entrecoupées de ces rêves d'effroi dont elle sortait en repoussant, avec ses couvertures, ce flot sordide du sommeil lorsqu'il est enchaîné. Alors, oubliant qu'une femme était près d'elle, Françoise posait vite son oreille contre sa radio: cet objet seul semblait soudain exister, la rassurant à toute heure, la nuit, et pendant qu'elle se parlait à elle-même, encore émue par son rêve: « Mon Dieu, quand je pense à tous ces inconnus qui venaient détruire mon jardin, couper tous les arbres autour de notre propriété en Dordogne, et le petit chien que nous n'avons jamais revu, je l'entendais japper dans la cave... Et les perroquets, je me souviens, les filles avaient oublié de les nourrir... », ce monologue encore assoupi, éthéré, nageant parmi les trésors d'un baroque passé, n'était pas destiné à un être que l'on n'a pas encore eu coutume de voir vivre près de soi, mais à la radio qui avait toujours été là, qui serait là, demain encore, déployant sans fin ses monotones bourdonnements, mais répétant tout de même à sa façon: « Ne crains rien, je suis là, et ma voix recouvre les battements de ton cœur. » Puis, se souvenant soudain que quelqu'un était près d'elle, Françoise disait: « Surtout, ne te réveille pas, même si j'allume la lampe pour lire un peu... » Son regard s'arrêtait longuement sur Geneviève, et on eût dit qu'elle pensait mélancoliquement: « Et dire que cela m'arrive, à moi aussi, à nouveau, de ne plus dormir seule! » bien qu'il y eût, dans ce moment d'arrêt, de réflexion, une sorte de doute dont tout son visage semblait s'attrister, car elle étendait sa main sur les paupières de Geneviève, en ajoutant: « Surtout, ne te réveille pas, n'ouvre pas les yeux, quand on fait de si mauvais rêves, à mon âge, on ne doit plus être beau à regarder », et il y avait alors dans le ton de sa voix, une douceur contrite. Peu à peu, Geneviève comprenait que cet être, en Françoise, qui, un jour s'était relevé seul de ses ruines, qui avait eu le sentiment de déchoir de son rang, de sa classe, et qui, soudain balayé comme une poussière par la condition qu'impose la pauvreté, lorsqu'on a connu les sommets de la richesse, se débattait ainsi pour mieux aguerrir son orgueil si soudainement fustigé. Sans doute était-elle torturée par ces secrètes humiliations, lorsque s'agitant dans son lit, ouvrant un livre puis le délaissant vite pour un autre, tout en fumant sans interruption, Françoise, croyant Geneviève endormie, fixait quelque dessin dans la verte tapisserie du mur, si égarée en soi-même que cette main qui errait sur les paupières de Geneviève, sur son front, ou dans ses cheveux, bien que ce fût une main caressante et chaude, ne semblait plus lui appartenir. Lorsque Geneviève se réveillait, elle continuait de lui parler, mais il y avait dans le ton de sa voix, encore absent, un dialogue avec soi-même qui se poursuivait, dont Geneviève entendait parfois des bribes lorsque Françoise se parlait à elle-même dans son cabinet de toilette ou dans sa cuisine, « tu sais, ce magasin devant lequel nous passions l'autre jour, dans le Quartier Latin, j'y ai connu là mes premières humiliations, mes premiers affronts à la fierté... J'avais un patron qui m'humiliait, c'était un être grossier et médiocre, devant cela, l'être le plus arrogant est détruit... Il ne faut pas connaître cela, mon petit, car après avoir connu l'abaissement, on ne peut plus avoir confiance en la vie... Tu me diras que la vie m'avait trop gâtée, c'est vrai... Mais pourquoi doit-elle tant nous abaisser ensuite? Et maintenant, je n'ai plus qu'une apparence de fierté, je me sentirai toujours l'esclave de quelqu'un... Vois-tu, si j'avais su autrefois, quand j'avais tant de domestiques dans ma maison, combien il est terrible d'être dominée, traitée de façon inférieure... Oh! je crois que mon attitude aurait été très différente... Peut-être que je ne fais qu'expier mes péchés d'arrogance... Pourtant, je croyais bien me conduire, longtemps nous avons eu une vieille servante que j'adorais... Quand je rentrais à l'aube, elle était toujours là comme une complice, presque une amie, elle coulait mon bain, m'apportait mon petit déjeuner au lit, mes livres préférés et me demandait avec un sourire espiègle: « Madame s'est bien amusée, cette nuit? » C'était moi, tout cela, cette créature lascive, paresseuse, fière de son corps et heureuse parmi ses amies, ses maîtresses, un monde dans lequel je faisais mes propres lois, comme un homme, bien sûr, bien sûr, il y avait toujours une place particulière pour un amour plus noble que les autres, une place particulière... » Elle prononçait ces derniers mots d'un air rêveur, complaisant, pensait Geneviève. « Je t'empêche de dormir, disait-elle soudain, mais il était presque l'heure de se lever, tiens, ce sera encore un jour gris... Et quand tu partiras, la grisaille reviendra, tout sera toujours aussi gris, comme avant... » Parfois, elle se rendormait brusquement, sourde à la sonnerie du cadran dont la grinçante alarme traversait l'opacité de cette succession de « jours gris » dont Françoise venait d'évoquer l'ombre pesante, cette ombre du labeur qui allait incliner tant de fronts, du matin au soir, dans les usines, tous ces lieux de l'esclavage citadin vers lesquels marchaient déjà une multitude d'hommes et de femmes, en quelques heures, les autobus, le métro allaient emprisonner cette foule et Françoise, qui n'avait pas entendu la sonnerie de ce cadran qu'elle avait jeté sous le lit, avait peut-être, en ces quelques instants volés au jour, rejoint son jardin en Dordogne, revu ses arbres et ses chiens, ou voyagé plus loin encore, dans le désert, pendant que sa respiration, captive encore de toute la fumée qu'elle avait absorbée, allait et venait bruyamment, se frayant un lourd chemin dans la caverne de son corps. Pendant cette heure grise, Françoise n'avait jamais été aussi visible, aussi palpable, eût-on dit, dans cet abandon qu'elle n'avait pourtant créé que pour elle-même, que d'elle-même (car le dos tourné à Geneviève, et dormant ainsi sur le côté, avec l'un de ses poings derrière la nuque, Geneviève pensait que c'est dans cette attitude, le drap rejeté à ses pieds, et la veste de son pyjama blanc tout froissé, dénudant une partie de son dos, dans cette attitude où le sommeil paraissait l'avoir saisie en pleine lutte, mais une lutte si individuelle que ces quelques instants avaient, dans leur immobilité douloureuse, une force presque sacrée, car toute la vie d'un être se blottissait là, dans ce dos droit si solitaire, ces genoux repliés, et même dans ces plis de la veste du pyjama, lesquels semblaient vivre et respirer comme la cage charnelle qu'ils habillaient), non, elle ne paraissait jamais aussi humainement abordable dans son corps que pendant ces instants, où le jour, si terne fût-il, la parcourait toute. Il y avait eu le dos de Lali, sous l'éclaircie de la blouse hospitalière, et ses rares cheveux parsemés à sa nuque, ce dos et son histoire, et l'apaisante respiration de Lali, aussi légère qu'un souffle d'enfant, si bien que, l'eût-on effleurée d'un doigt, l'on aurait vu s'épanouir vers la lumière de l'aube blanche l'étrange lueur de ses yeux dorés, ou cette ombre sous ses joues roses, mais une réplique, encore, de l'enfant qui se réveillait chaque matin en Lali, quand, auprès de Françoise, la découverte de son dos, de son long cou musclé, bien qu'il y eût en elle aussi, un enfant fragile, Geneviève était surtout consciente de cette sombre masse de vie, respirant avec peine, à ses côtés, comme si son souffle lui-même eût dit: « Délivrez-moi de moi-même! » C'était, pensait Geneviève, comme de se retrouver dans une forêt somptueuse, dans une végétation abondante mais sans route, sans direction: c'était un corps qui parlait en dormant, qui pleurait et gémissait, sans émettre d'autres sons que cette respiration violente et inquiète. Car le visage de Françoise était au loin, de l'autre côté, on ne voyait que ses cheveux en désordre, et la tache noire de ce désordre contre l'oreiller, quand le dos de Françoise, dans un moment d'abandon, ressemblait à une vallée, on y voyait inscrit, entre les épaules, dans cette courbe vers les reins, tout un passage de vie, comme hier, au dos de Lali. Contre la peau très brune de Françoise, il y avait parfois ces signes plus pâles, étoiles minuscules là aussi, et ces signes touchaient Geneviève car chacun était lié au passé de Françoise, à sa santé qui avait été gravement atteinte en Orient, et dont elle ne s'était pas assez préoccupée, et enfin, à ce désir de mourir qu'elle avait porté en elle et dont Geneviève eût tant aimé l'alléger, bien qu'elle sût qu'un suicide est tout aussi bien enfanté dans le cosmos, que toutes les naissances et toutes les autres morts qui nous attendent. Et c'était pendant ces instants où Geneviève voyait en Françoise (même si ce corps qui était près d'elle lui semblait si intime qu'elle avait eu l'impression parfois de le connaître d'un œil tout intérieur, de suivre l'irrigation de son sang dans ses artères, ou d'être le témoin de toutes ses pulsations, comme si elle eût longtemps vécu dans tout ce mystère biologique qui était sa vie) un être englouti dans sa propre captivité comme le sont tous les hommes, transportant avec elle tous ses drames, toutes ses joies perdues, des milliers de mondes inconnus, même au plus proche des amants, c'était pendant cette halte où Françoise s'appartenait toute à elle-même avant d'être reprise par des réalités plus basses que celles de ses rêves, que Geneviève se demandait, en recouvrant ce dos nu de Françoise, lequel frissonnait de ce froid matinal qui tombait hier sur le dos de Lali: « Que sommes-nous finalement pour les autres, même pour ceux que nous aimons le plus? » Lali se réveillait souvent en sautant du lit pour répondre à une urgence, elle se vêtait dans un état de stupeur, l'amour n'existant plus devant sa profession: « *Oh! Christ, what a life!* » soupirait-elle, en buvant son café, tout en regardant autour d'elle de ce regard vitreux prêt à tout combattre, pendant que, pour mieux survivre à ce spectacle de la douleur qu'elle verrait tout le jour, son cœur, comme son regard, commençait cette plongée vers l'indifférence qui était, pour Geneviève, un supplice, mais qui n'était pour Lali, qu'une nécessité de plus dans son existence, et un acte de courage pour ceux qu'elle devrait encourager plus tard par le symbole de sa force, de sa résistance à l'épidémie de malheurs qui l'entouraient, et c'était ainsi pour Françoise, elle se réveillait dans cette attitude où tout le combat, tout le défi de traverser le jour n'était plus que sa seule poursuite, le seul honneur qui assujettissait au loin les souvenirs de la nuit, et lorsqu'elle disait à Geneviève: « Mon Dieu, je serai en retard et on me fera encore des reproches, pourquoi ne m'as-tu pas réveillée? » on eût dit qu'elle n'habitait déjà plus la personne qu'elle avait été pendant la nuit, et Geneviève se disait que ces transformations des êtres avec le jour étaient aussi cruelles que si, en se levant chaque matin, nous préparant à revoir un être cher, nous constations soudain qu'il avait perdu la mémoire. Pourtant, Lali comme Françoise paraissaient se souvenir, quelques heures plus tard, de ce qu'elles étaient encore, et la même femme revenait, employant souvent les mêmes gestes, les mêmes paroles et n'ayant rien perdu de l'impertinence de ses humeurs. Mais une présence s'était glissée entre Geneviève et Françoise, et c'était un mal dont Françoise ne parlait pas, mais cette sinueuse chose était toujours là: c'était la peur de mourir qu'éprouvait soudain Françoise après avoir goûté à nouveau aux joies de la vie. Françoise exprimait parfois sa lassitude et elle continuait, en rentrant le soir, de poser sa tête sur l'épaule de Geneviève, dans ce mouvement silencieux et lourd qui semblait dire: « Retiens-moi à la vie! », mais la voyant rire et s'amuser avec elle, Geneviève croyait en la résurrection de tous ses espoirs. Elle savait qu'il était vain d'interroger Françoise, qu'elle se dégagerait vite de cette forme d'inquisition autour de ses ennuis de santé par la même fierté sauvage dont elle protégeait sa vie privée, en répondant: « Mais comment pouvais-je savoir que j'aurais encore le goût de vivre? Bien sûr, puisque j'avais le pressentiment que c'était grave, j'aurais pu être soignée plus tôt... mais maintenant, qui sait, il est peut-être trop tard... Et je n'avais plus aucune envie de vivre, pas même le désir... Et puis soudain, tu es venue, et tout change, ah! je te promets, je verrai un médecin, si cela peut te rassurer, mais on me dira que je suis l'un de ces êtres condamnés par soi-même... cette négligence, vois-tu, c'est l'acte de désespoir de tant de gens, sur la terre... » Ce qui trompait Geneviève, aussi, c'était son bonheur avec Françoise et le bonheur de Françoise avec elle; Françoise accourait vers Geneviève, le soir, à la fermeture de sa galerie, si elle ne l'embrassait pas comme elle en avait le désir, elle prenait son bras et poussait parfois cette douce insouciance jusqu'à poser sa main sur ses genoux, lorsqu'elles dînaient ensemble, au restaurant, ou lorsqu'elles allaient au cinéma, gardait sa main dans la sienne, ignorant combien la spontanéité de ces gestes avait de saveur: elle oubliait, elle s'oubliait, et cette délicieuse bravoure avec une amie n'était pas un jeu mais, à côté de cela, c'est tout le reste qui paraissait un jeu, et Geneviève s'émerveillait parce que tout ce que Françoise exprimait avec elle, ou à ses côtés, devenait enfin l'expression de sa vraie nature, l'aspiration à une vie délivrée et sereine. Et c'était cette même Françoise qui avait eu une jeunesse aventureuse et passionnée, celle qui avait apporté à tant d'autres, comme Lali le faisait aujourd'hui, parfois par un seul mouvement de sa nuque, le ravissement et le danger, la destruction que l'amour inflige autant que son extase, mais ces risques d'aimer et d'inspirer l'amour, Françoise les connaissait tous, et elle pouvait à nouveau en devenir le maître et c'était le miracle de cette renaissance de découvrir que des qualités peuvent longtemps dormir en nous, inoccupées mais disponibles, et terribles, dans leur séduction et leur pouvoir comme elles l'étaient autrefois. Débordante de vie, certains soirs, surtout lorsqu'elle ne travaillait pas le lendemain, éclatante comme la jeune fille du portrait, bien qu'il y eût maintenant sur les traits de Françoise, à cause de son maquillage peut-être, un aspect théâtral (d'une telle ambiguïté pour Geneviève, qu'elle était parfois partagée par cette apparence des sexes travestis chez Françoise, se demandant si elle était avec un homme ou une femme mais estimant les deux tout aussi confortables, même lorsque d'un œil accusateur quelque passant rappelait à Geneviève qu'une société sera toujours là pour maudire ce qui n'a pas trouvé sa place dans la convention des sexes, qu'il soit homme ou femme), mais pendant qu'elle longeait librement les rues, au bras de Geneviève, en ces soirs de vigueur, Françoise, ne pensant plus à ce que d'autres voyaient en elle, car elle n'était visible que pour celle qui l'aimait, repoussant soudain son existence de recluse, disait à Geneviève: « Je sais combien tu aimes sortir la nuit, allons à cette boîte que tu aimes tant... Est-ce que cela te ferait plaisir? Peut-être que l'on viendra encore jouer à notre oreille cette mélodie d'autrefois... Et puis, j'ai peur que tu sois triste, seule avec moi le soir dans ce grand appartement, je te divertis bien peu, je le crains, mon petit... » Françoise était encore accueillie comme autrefois dans cette boîte de nuit dont tous les murs avaient suivi son histoire, ses nuits folles, et ayant recouvré un peu de son assurance cavalière, elle entrait maintenant dans le bar, avec Geneviève à son bras, mais plutôt que de survoler l'orchestre de femmes avec un sourire indulgent, elle disait, avec une pointe d'ironie pour elle-même: « C'est encore moi, c'est mon chant du cygne! » Et aussitôt une table était prête pour elle, dans la pénombre, le blanc chef d'orchestre dont la veste semblait cousue de fils d'or, la fleur à la boutonnière, et la frange de cheveux sur un œil de gamin malicieux, demandait: « Et ce sera encore du champagne, Mesdames? » Puis sans s'occuper de Geneviève, la vieille dame se penchait vers Françoise en chuchotant: « Ma chère amie, nous avons ce soir une petite danseuse nue, voyez, là-bas, avec des plumes, quel corps, n'est-ce pas? Je vous l'enverrai de ce côté, elle danse si bien, c'est un enchantement, et puis, à notre âge, faut-il encore être fidèles? Qu'en pensez-vous? » Toute cette complicité était si naturelle à Françoise que le temps semblait soudain aboli. Françoise ne se souvenait de l'amertume du présent que lorsque le chef d'orchestre demandait avec le même sourire ardent: « Et comment va la fortune? Ah! ma chère Françoise, vous étiez si généreuse! » retournant à son orchestre, à cet air que Françoise avait aimé au temps de ses festivités, sans entendre la réponse murmurée par Françoise, pendant qu'elle cachait sa tête entre ses mains: « Tout est fini maintenant... tout est fini... », mais regrettant ce moment de faiblesse, elle avait vite tendu le bras vers Geneviève en disant: « Mais qu'est-ce que je raconte, tu es là, toi, viens danser, mon enfant, je suis reconnaissante, tu sais, car tu vois bien que la vie est bonne pour nous, je n'en méritais pas tant... » C'est peut-être pendant que deux bras se tendent ainsi vers nous, qu'un visage, soudain, en resserrant autour de nous toutes ces empreintes qui donnent le vertige, en une seule effigie dont on se dit: « Celui-ci est le vrai visage de l'être que j'aime! » qu'autour d'une expression plus concrète qu'une autre plus grave ou plus douce, que les amants, comme le faisait ce soir-là Geneviève en dansant avec Françoise qui la serrait si affectueusement contre elle, se leurrent soudain de cette pensée qui gouverne toutes les passions: « Enfin, je le possède! » ou « Enfin, on me possède », quand demain, la pensée même de cette possession, fondée sur de tels leurres, pourrait tout aussi bien nous pousser au désespoir. C'est qu'au fond de toute conscience, même enfiévrée par le plaisir d'aimer, une certitude est là qui dit: « Non, on ne possède personne, et personne ne peut te posséder, toi, aujourd'hui comme demain, tu seras toujours seul, impassible dans ta chair et dans ton âme, même si tu as l'illusion de frémir un peu... Ce sera en vain, tout est en vain puisque tu mourras un jour... » Geneviève se disait, pendant que la joue de Françoise brûlait la sienne (et qu'elle entendait d'elle ce commandement aimable que ses amies avaient sans doute recueilli tant de fois, hier: « Surtout, abandonne-toi, ne sois pas si raide, vois-tu, c'est comme l'amour, il ne faut pas résister, voilà, c'est ainsi, laisse-moi te guider et rapproche-toi un peu... »), oui, se disait Geneviève, la possession n'aurait de sens que si nous étions immortels, indestructibles, mais malgré toute notre vaillance à vivre ou à survivre, tout périrait avec nous, même Françoise qui avait en une nuit rajeuni de vingt ans, qui avait oublié qu'il lui était interdit de s'emparer de toutes les ivresses à la fois, car dans sa joie, que rien n'arrêtait plus, ce n'est pas elle qui disait à Geneviève: « Ne dansons plus, si tu veux, je suis épuisée », mais Geneviève, d'habitude si résistante la nuit, qui devait la supplier de s'asseoir un instant près d'elle afin de reprendre son souffle, ce qui consternait l'orchestre qui s'exclamait devant Françoise, comme autrefois: « Vraiment, vous êtes terrible, ma chère, vous n'avez pas changé, et surtout ne changez pas, vous avez bien raison », si bien que Geneviève admirait Françoise à son tour, ne s'étonnant pas de ses flirts souriants avec les danseuses qui, tout en se déhanchant près d'elle, laissaient frissonner à son dos leurs éventails de plumes, pendant que Françoise échangeait avec l'orchestre ces propos professionnels: « C'est juste, vous avez toujours le même goût pour le choix de vos danseuses, celle-ci est ravissante... » Si Geneviève ne croyait pas en l'immortalité, en cet instant, telle que l'enseignent à leurs disciples les théologiens, elle se réconfortait au moins par la simplicité de cet échange entre Françoise et le chef d'orchestre centenaire, car le sensuel ferment qui servait de lien entre ces deux femmes et leurs époques dont, pour le chef d'orchestre, déjà si avancée dans la nuit, Françoise représentait encore une certaine aurore (quant à Geneviève le chef d'orchestre n'y faisait pas même attention, ce n'était, disait-elle, « qu'une gamine... »), cette sensualité, elle, grâce à tout ce qui, sur la terre, vit et renaît, refuserait toujours de périr. Geneviève s'attaquait à une troisième bouteille de champagne, avec ce sentiment que la vie, jamais plus, ne pèserait à Françoise, et Françoise elle-même semblait partager cette euphorique légèreté. Lorsqu'elle eut un mouvement de défaillance en marchant vers la porte, oubliant le jugement sans pitié dont elle accablait aussitôt ses faiblesses, Françoise ne dit pas: « Ah! mon Dieu, je viens de tomber, si on me voyait dans cet état! » non, elle eut pour la première fois, depuis longtemps peut-être, un sourire de compassion pour elle-même et dit en prenant Geneviève par la taille: « Tu dois bien connaître le chemin de la maison... On dirait que tu vis avec moi depuis longtemps déjà... Et pourtant... pourtant... Mais je te remercie, nous nous sommes bien amusées... Écoute, où sont mes clefs? Mon sac? Tu es sûre que j'ai versé du lait dans le bol de Balzac avant de sortir? Tu n'oublieras pas de me déshabiller et de me frotter la nuque à l'eau froide... Notre vieille servante m'aidait ainsi autrefois... Sois sans pitié, de l'eau glacée, et ne me permets pas de te raconter toute ma vie pour la centième fois, ce serait d'un très mauvais goût, tu ne penses pas? Est-ce qu'il pleut? C'est vrai, c'est le printemps... Tu dis qu'il a beaucoup neigé dans ton pays, mon pays aussi, mais je n'ose plus y penser maintenant... Il est si tard... Il a donc tant neigé cet hiver? Raconte-moi, c'était beau? Comme dans les chansons? Ah! les hivers de chez nous, cela me manque, tu sais... » Qu'il eût été doux de ramener ainsi Lali vers son refuge, dans la forêt, de la voir tout inclinée sur une épaule, mais qu'il était souverainement bon aussi que Françoise fût là, à sa place, si confiante et si donnée, qu'elle semblait dire dans son ivresse: « Fais de moi tout ce que tu voudras, je suis bien », quand il paraissait invraisemblable qu'en ce même jour, Françoise, ce même être qui était là, allongé et dénoué, évadé de tous les pièges de son corps, invitant Geneviève à se joindre à elle et à l'une de ses collègues, en affaires, pour le déjeuner, eût choisi le restaurant le plus ombreux de Paris, et élaboré avec sa collègue la conversation la plus banale, la plus neutre, dans laquelle Geneviève n'avait aucune place, sinon parce qu'elle était une artiste (mais il y avait des centaines d'artistes comme elle, à Paris), Françoise, si belle, malgré toute cette mascarade sociale dont elle se préoccupait tant, protégeant de sa main étincelante de bagues, son front fatigué, sous la lueur rougeoyante des lampes anglaises qui prêtaient à ses joues, à l'ampleur de son front, à son nez long et droit, l'étrange symétrie d'un vitrail, éclairant avec plus de violence, sous le menton, son foulard jaune qui avait la forme d'une cravate, et la sévère veste de toile blanche qu'on eût imaginée recouvrant le torse d'un homme. Non, cette Françoise s'appliquant toute à un rôle qui ne lui convenait pas, celui de la femme raisonnable qui ne veut pas déplaire, ne pouvait se comparer à celle qui rentrerait tard, cette nuit-là, titubant et riant aux côtés de Geneviève, ou se lançant dans sa baignoire tout habillée, car tous les détails mesquins de la vie n'étaient plus que d'une vaporeuse consistance, auprès de cette audace miraculeuse, cette ivresse de vivre qui fut peut-être à la naissance du monde et dont les hommes se souviennent parfois encore, lorsqu'ils sont heureux. Mais Geneviève, tout en enlevant les vêtements de Françoise, avec lenteur, afin de ne pas briser son rêve, pensait combien ce qui lui était si affable maintenant, dans cet abandon de Françoise près d'elle, dont le corps était tout confié à ses soins, à sa vigilance (pendant que sa tête qui n'était plus lourde, mais si mobile que Geneviève ne savait plus en contenir les élans et les brusqueries enfantines), que lorsqu'elle réfléchirait plus tard à ce don de la vie, à Françoise dont elle avait frotté la nuque et le cou, d'abord avec rudesse comme on le lui demandait, puis avec une tendresse de plus en plus attentive et soucieuse, à cette scène qui encore une fois n'était dans le poids des événements du monde que « presque rien », pas même un acte sexuel, serait, lorsque Françoise ne serait plus là, non plus un don de la vie, mais un don qui vous fait regretter toute l'absence de la vie, de sa charité, la vie ne serait jamais plus aussi tangible, aussi franche, telle qu'elle avait été vécue, avec l'haleine alcoolisée de Françoise, le parfum enfumé de ses cigarettes encore sur ses lèvres, et ce pli de la bouche qu'elle avait eu pour demander humblement: « C'est donc vrai? Tu m'aimes? N'y a-t-il pas trop de lumière dans cette salle de bains? Tu sais... le corps d'une femme de mon âge, ah! bon, n'y pensons pas... On est si bien, pourrais-tu me lancer un peu d'eau à la figure et aussi, un peu sur les oreilles de Balzac? Mon pauvre chat d'appartement, tu aimes bien cette fraîcheur, n'est-ce-pas? Quelle vie, pour toi, ici! Quelle prison, quand tu aimerais tant sortir, aller chasser les souris et les oiseaux... Et quand on chasse, à l'aube, ces parfums, si tu savais, cette ivresse qui est dans l'air... On marche à pas lents dans la lumière du matin, et on pense, son fusil sur l'épaule: « Je ferai de grandes choses! » Et la vie est une bénédiction, ne crois pas que j'exagère... Mais pendant ce temps, la vie passe, et les grandes choses, d'autres que nous les accomplissent... On devient ensuite envieux, hargneux... Je crois que je délire un peu, pardonne-moi, j'ai froid, pourrais-tu m'envelopper dans cette grande serviette qui est là, tu ne trouves pas que je suis un peu grande et un peu lourde pour agir encore comme une enfant? Non, eh bien! tu es aveugle, ma pauvre chérie! »Geneviève pensait, au contraire, que la vie passait si vite que son existence ne lui prêterait jamais plus, peut-être, cette grâce de rafraîchir le front d'une femme, dans son bain, de la relever en l'appuyant contre elle, tout en lui séchant les épaules, les reins, pour l'amener vers son lit, comme si, depuis toujours, elle eût rassuré ainsi Françoise chaque soir par cette oraison des gestes de l'amour. Demain, qui sait, la tête de Françoise serait hautaine et fière, tout assaillie des mêmes craintes, de la même dignité stérile, quand, ce soir, sa tête qui balançait doucement au cou de Geneviève était encore la tête d'un faune ou du gibier encore libre dont aucune flèche n'avait encore transpercé la chair. Elle allait ainsi dormir tranquille, pensait Geneviève, et ne rien craindre, car quelqu'un était près d'elle. Mais Françoise réveillait brusquement Geneviève en disant: « Pourquoi dormir quand on est si bien? J'ai envie d'écrire, je ne veux rien perdre de nous, de toi, de moi... de tout... Oui, un jour, si j'en ai le courage, je pourrai te montrer tout ce que j'ai fait, mais cela me fait peur, tu sais... Je n'ai jamais osé revoir ce que j'ai écrit ou dessiné autrefois... » Françoise allumait la lampe, elle écrivait, réfléchissait, tout en mordillant son stylo, promenant sa main sur les paupières de Geneviève comme elle avait l'habitude de le faire, lorsqu'elle se livrait à ses activités, la nuit, il lui arrivait aussi d'aller seule, à la fenêtre du salon, de se perdre longtemps en elle-même, pendant que le jour se levait sur la ville. Alors, tout en elle devenait impénétrable: ce n'était pas le monde polaire de Lali fixant l'horizon d'un air désolé, pendant que la neige, par sa permanence, figeait le sang de la vie sous l'écorce des arbres, c'était une autre sorte de désert qui s'étendait, s'étendait, loin de la campagne, de la terre toujours animée sous le gel et le froid, mais un état de sécheresse qui, parce qu'il était en Françoise un conflit moral, n'avait ni horizon ni matière, mais dont Geneviève sentait partout l'émanation, autour d'elle, comme on reconnaît l'odeur du feu lorsqu'il approche. Assise à la fenêtre, un livre à la main, Françoise semblait attendre, mais dans une sorte de secret emprisonné auquel n'avait pas droit Geneviève, car la sentait-elle qui approchait que, sans même se retourner, elle lui faisait un geste de la main qui signifiait: « Je t'en prie, laisse-moi... » Geneviève tombait seule dans le sommeil et rêvait à un oiseau aux ailes immenses qui envahissait soudain la chambre: elle savait que l'oiseau était là, mais ne pouvait le voir, elle entendait la voix de Françoise qui la suppliait de le retrouver, car disait-elle, « l'oiseau était d'une espèce rare, on l'appelait le corbeau blanc », le songe se terminait sur cet avertissement: « Si on ne retrouve pas le corbeau blanc, je vais mourir... » Pendant que Geneviève faisait ce rêve, un sourd gémissement venait du salon, et soudain Geneviève comprenait que Françoise, par courage, lui avait menti, car elle avait refusé de partager avec elle ce qu'elle avait de plus mortifiant et mortifié, la souffrance de son corps, quand elle n'avait eu aucune pudeur à en partager les plaisirs. Geneviève savait qu'elle ne pourrait pas dire: « Où souffres-tu? » tout lui était soudain refusé. Si peu de temps après avoir connu la chaleur de la main de Françoise sur ses paupières, dans ses cheveux qu'elle avait démêlés d'une poigne masculine, ces caresses, Françoise ne les reniait-elle pas puisqu'elle s'isolait de Geneviève pour souffrir? On pouvait comprendre l'absence de pitié chez Lali, car les autres ne pouvaient plus être avec nous lorsqu'ils avaient peur de la mort. Françoise balbutiait avec peine: « Ce n'est rien, un peu de mal à respirer, c'est tout, tu as raison, je fume trop, rien de grave, seulement une crise... Retourne au lit, je suis bien, je lis, j'attends... C'était une belle nuit étoilée, tu sais... et cela m'aide de savoir que tu respires, tout près... » À peine achevait-elle une phrase, ébauchait-elle un geste, que Geneviève la voyait à nouveau pliée en deux, puis se tordre de douleur devant la fenêtre qu'elle ne quittait pas un seul instant du regard. Pendant ce temps, Balzac, comme tous les animaux de sa race qui ont devant nos tortures, un dédain instinctif qui les éloigne de nous, allait se tapir sous le fauteuil de velours, apeuré et la prunelle arrondie, dans la posture d'un surveillant dans un couloir de pestiférés. Cela va passer, semblait-il dire, en même temps que Françoise, avec l'antique sagesse qu'il avait acquise de nos malheurs les plus repoussants. Soudain, Françoise venait se joindre à Geneviève, dans le lit, mais si elle glissait un drap sur son corps endolori et tremblant encore, elle ne cherchait aucun réconfort, comme si elle eût hésité à le faire, croyant Geneviève endormie, elle lui prenait la main d'un geste indécis et les yeux grands ouverts sous le drap qu'elle avait mis au-dessus de sa tête, comme un voile, elle continuait de réfléchir silencieusement, en retenant ses cris de douleur par ces courtes morsures que ses dents infligeaient à ses lèvres et dont Geneviève retrouvait les traces, au matin. Geneviève feignait de dormir afin de ne pas briser cette pudeur mensongère, mais la pensée de son impuissance l'eût fait sangloter de colère. Peut-être est-ce moins la maladie, pensait-elle, indignée, qui nous sépare de ceux que nous aimons le plus, que cette prescience qu'a le malade de son mal, et nous, du sien, cette certitude innée que la maladie est déjà signe de séparation et de deuil sur les joies du monde, qu'avant même qu'elle ait achevé son obscure détérioration dans les corps, l'âme la première, a cessé de rire et de chanter, et que pour en ranimer l'espérance, le mal sournois qui court sous la peau si opaque à le recouvrir, doit disparaître, être oublié, mais on ne peut oublier ces mots qui sont gravés dans l'esprit parfois plus malade que le corps: « Toi qui gémis de douleur, aujourd'hui, prépare-toi pour le voyage inconnu, car demain, tu pourrais déjà ne plus être, regarde bien ceux qui se penchent vers toi, aujourd'hui, demain, ils ne seront plus là, peut-être, pour toi... » Pendant que Françoise ouvrait tout grands ses yeux dans une nuit qui n'appartenait qu'à elle, et que de ses doigts brûlants elle cherchait la main de Geneviève, toute évocation du bonheur passé n'existait plus soudain, le mal ayant pris toute la place, on eût dit qu'elle ne combattait plus que pour le garder, quand c'est elle qui était couchée dessous comme sous le poids d'une pierre. « Parle-moi, veux-tu? Ne me permets pas de dormir... », murmurait-elle, mais les images qui venaient à l'esprit de Geneviève avaient aussi perdu toute leur gaieté. Une promenade à Saint-Germain-des-Prés, deux jours plus tôt, la pensée même de l'exubérance de Françoise, de sa santé, pendant ces heures vagabondes, dans les cafés, le long des rues, où ramenée à ses joyeux appétits, elle avait salué du regard, en souriant, toute femme belle et singulière, vite reconnue par elle comme l'une de ses sœurs, digne de ce salut à la fois insolent et raffiné auquel chacune répondait avec le message de son propre code, la pensée même de cette promenade était pénible pour Geneviève, car la joie de vivre est transparente, comme l'union amoureuse, mais la maladie, la peur de mourir séparent la vie de la vie, et le plus doux des regards tourne ailleurs sa lumière, car rien ne veut plus l'éclairer du côté de ces champs noirs qui le captivent. Françoise était pourtant la même femme, et elle éveillait encore le même amour, mais toute chose autour d'elle semblait dénaturée. « Parle-moi de ton voyage en Angleterre, tu as beaucoup pensé aux sœurs Brontë, me disais-tu », continuait Françoise, d'une voix faible, mais pour Geneviève qui ne pouvait plus être distraite de ce qu'elle ressentait aux côtés de Françoise, on eût dit qu'il ne restait plus rien de son voyage, de son pèlerinage vers cette patrie qui avait vu naître tant de femmes de génie (mais patrie qui, comme tant d'autres, n'avait su ni les comprendre ni les accueillir), il ne restait que cet intemporel voyage que Geneviève vivait maintenant, ce voyage persistant, dénaturé, dans le corps de Françoise qu'elle ne pouvait pas atteindre, et moins encore apaiser, et cette note de tristesse qui pénétrait encore sa mémoire lorsqu'elle pensait aux sœurs Brontë, l'agonie de leur jeune frère Bradwell les appelant un matin de sa chambre sans feu, en disant avec une humilité qu'on ne lui avait jamais connue auprès de ses sœurs (Bradwell qui passait sur la terre, comme l'incarnation de la débauche solitaire, pendant que ses sœurs écrivaient, dans leur spiritualité monastique, tous ces tourments qu'il subissait dans sa chair), Bradwell qui, ce matin-là, les avait appelées à voix basse en disant: « *I am dying, I am dying.* » Ces quelques mots chuchotés dans le noir « *I am dying, I am dying* », ces quelques soupirs, c'était donc sur cette pauvre plainte, vite assourdie, que s'achevaient les vies les plus tempêteuses? Mais Françoise venait de s'endormir, son souffle semblait plus calme, peut-être la ténacité de la vie l'avait-elle reprise? Bientôt, il ferait jour, Françoise dirait peut-être en se levant d'une humeur contrainte: « Il me semble qu'il ferait si bon vivre maintenant, renaître, je ne sais pas encore, n'est-ce pas trop difficile pour moi? C'est un crime, peut-être, de se sentir si lasse, si indifférente à tout... je n'étais pourtant pas ainsi autrefois... Tu sais, hier, pendant que nous descendions ensemble les Champs Élysées, la lumière du ciel, cet air si enivrant que nous respirions, je me disais: « Non, il n'est pas trop tard... » Et pourtant, ni Dieu ni les hommes ne peuvent parfois nous aider à croire ou à vivre... » C'était là une autre contradiction dans le caractère de Françoise que même si elle disait souvent à Geneviève « avoir hérité de parents artistes une conception païenne, du moins tout agnostique de la vie », laquelle lui avait inspiré tôt « ce défi des lois morales pour la conquête du plaisir », elle parlait souvent de Dieu et se laissait facilement émouvoir par la poésie des rites religieux. Il lui arrivait d'amener Geneviève dans quelque chapelle loin de Paris, que peu de fidèles visitaient, et de s'agenouiller soudain pour prier sous ces arches de pierres dont les murs archaïques « avaient entendu tant de supplications, disait-elle, qu'en ces lieux, même le silence de Dieu était un écho à la voix des hommes... » La présence d'un prêtre pouvait vite troubler cette sérénité, car le prêtre, dans son opulence, lorsqu'il étendait sur la tête des humbles sa main souvent bouffonne et impotente, gênait de son ombre la limpide lumière qui coulait encore des vitraux craquelés par le temps. Pendant ces instants où Françoise priait, tout enrobée de son propre rayon mystérieux (car Geneviève qui se tenait loin d'elle ne savait qui elle priait ainsi, avec une sollicitude si affligée), elle revoyait Lali, à genoux devant l'enfant de Martine, si inclinée vers l'enfant aux cheveux d'or qu'elle avait eu, dans cette attitude, la grâce d'une sainte dans un tableau, mais ce n'était qu'une image et qu'un tableau, quand, Françoise priant seule dans une église sombre, sépulcrale, qui ne servait d'asile qu'aux clochards, lesquels venaient s'accroupir, boire et manger dans la moisissure de ce refuge aussi gris et usé que leurs vêtements ou leur visage, Françoise dirait plus tard: « Tu sais, je venais souvent autrefois dans ces vieilles églises, lorsque j'ai tout perdu, et je trouvais ici un peu de paix. Et puis, peut-être, au fond, tout simplement le courage nécessaire pour affronter les humiliations du lendemain, car je n'avais jamais pensé à cela, au temps de ma richesse, mais il y a des êtres au monde qui ne vivent que pour s'abreuver d'humiliations, tous les jours. Cette pensée ne m'avait jamais saisie avant ma chute, n'est-ce pas étonnant de vivre si longtemps dans une telle inconscience et d'en être satisfait ». Geneviève pensait toutefois que cette lueur de conscience (qui avait aujourd'hui le poids d'un dard, lorsque Françoise parlait de son passé) avait sans doute étreint bien des moments dans la vie de Françoise, hier, cela souvent à son insue, lorsqu'elle s'amusait le plus, croyait-elle, dans ce banquet perpétuel que lui offraient l'oisiveté et les femmes, la volupté d'un mari, ou dans la langueur retombée qui succédait à ces fêtes. Les accidents de voiture de Françoise rentrant la nuit dans un arbre témoignaient du vertige, puis de l'ennui de cette époque (mais il y avait eu tant d'époques et Geneviève ne regroupait d'elles toutes que des scènes brisées et diffuses), où l'on imaginait rentrer à son foyer, à l'aube, sans être vue, la jeune aventurière fougueuse qu'était alors Françoise, aspergeant vite son front ensanglanté avant de revêtir une apparence plus hautaine, comme le lui ordonnait le monde dans lequel elle vivait, pour aller embrasser ses enfants, donner les ordres du jour à leur gouvernante et à ses domestiques. Toute la nuit, on avait vu rire et danser Françoise, mais le jour on l'appelait « Madame » et elle qui avait usurpé pour la nuit, parmi ses compagnes plus simples, un langage fastasque et souvent gaillard, revenait à une politesse séculaire qui exige que l'on vouvoie son mari et ses filles: c'était peut-être alors, pendant que ces deux personnages, en Françoise, s'offensaient l'un et l'autre pour mieux s'unir, que cette lueur de conscience la déchirait soudain et qu'elle apercevait d'un œil lucide mais égaré, au milieu d'un festin, ou pendant qu'elle dînait seule avec son mari quand la longue table, couverte d'abondances qui la séparait de lui, lui rappelait plus encore à quel néant les splendeurs de la terre l'avaient livrée, ce vide, ce vide dévorant qui engloutissait peu à peu ses plus belles années. Alors, tout n'était que silence, l'argent, le cristal frémissaient, comme les roses ouvertes dans leur vase, dans les lueurs des chandeliers, et le mari était tout au loin, au bout de la table: c'était un bel homme avec qui l'on conversait avec des mots qui n'avaient plus de sons, mais il était là, de passage, peut-être, indifférent et bon à la fois: ne lui avait-il pas tant appris, tant donné dans sa sauvage science virile? Mais que tout était silencieux, soudain, même si l'on entendait les serviteurs courir partout dans la maison, et l'orage gronder sur la mer: parfois il y avait un bruit très léger, un ustensile que la main de l'homme frottait impatiemment contre la nappe, en attendant le dessert ou les fruits, puis le silence continuait de peser sur toutes choses, et le temps ne passait plus que pour dire à Françoise: « Je fuis, je passe et, à chaque seconde, tu dois comprendre qu'ici, dans ta maison, aucun objet, aucune âme ne t'écoute... Le parfum des roses va bientôt te dégoûter, et lorsque tu verras ton mari se lever pour fumer, à la fenêtre, en soupirant d'ennui, lorsque tu viendras lui parler d'un livre que tu aimes, d'un tableau que tu viens de peindre, il te dira mécaniquement: « Ah! c'est charmant! » Mais ici, près de toi, tout est silence, et rien ne t'écoute... » Ce silence, que Françoise avait bien connu, n'était-il pas le ravin qui sépare bien des vivants, et ce même silence ne la séparait-il pas aujourd'hui de ses filles qu'elle aimait et qu'elle n'espérait plus atteindre que par ce langage poli qu'on lui prêtait? Le lien entre Geneviève et Françoise n'était plus ce que Françoise avait appelé au début « une délicieuse aventure », mais un amour tissé de sentiments délicats, périlleux et insensés, de forces et de faiblesses que l'on s'avoue l'une à l'autre, et à mesure que les semaines passaient Françoise ne disait plus: « Tu sais, si cela t'amuse de continuer ta vie, comme autrefois, je ne dois rien exiger de toi, tu es un être libre!... » ou bien, si elle répétait ces mêmes phrases, elle hésitait soudain, songeait peut-être, avec ce pli inquiet qui traversait son front, qu'une infidélité viendrait vite jeter son ombre sur l'union loyale et fervente qu'elle eût aimé vivre aujourd'hui avec Geneviève: le départ de Geneviève se rapprochant, Françoise ne cachait plus son inquiétude: « Ah! je sais bien, disait-elle, tu retrouveras bientôt toutes tes amies, ta vie dissipée, et tu m'oublieras très vite... Je crains tant de te perdre, et pourtant ce serait bien naturel, tes racines sont là-bas quand les miennes sont encore dispersées dans le monde... Où suis-je? En quel être, en quelle vie? Parfois, je ne le sais plus moi-même. »

Toutes ces vérités de Françoise, ou tous ces aspects d'elle-même qui avaient représenté tour à tour des vérités stables, le mariage, la vie bourgeoise, la fécondité maternelle, l'assiégeaient encore, car « cette vraie vie vécue » et que tous pouvaient comprendre et admettre, n'avait-elle pas échappé malgré tout au désastre du passé? Ainsi, devant ces photographies qui ornaient ses murs, Françoise renonçait peut-être à elle-même sans le savoir, car c'est parmi les femmes et auprès d'elles seules peut-être qu'elle s'abandonnait à l'extravagance de son imagination, au délire de ses sens, et cet être merveilleux que les femmes avaient aimé et aimaient encore en elle, elle le reniait et le châtiait sans cesse, auprès de ses filles qui ne savaient pas même que cet être existait, comme dans la société dans laquelle elle vivait, en apparence, si docile et adaptée. Pourtant, pensait Geneviève, qui sait si Françoise ne s'accusait pas intérieurement de priver ses filles, par ce silence depuis longtemps établi et imposé, lequel s'insérait maintenant dans la réserve de ses gestes auprès de ses enfants, quand son amour le plus maternel, le plus sensuel aussi, elle le donnait spontanément à ses amantes, sans connaître ces scrupules de l'inceste? Car l'amour entre deux femmes brisait pour elle cette frontière qui séparait une mère d'une fille, ce même amour, pourtant, entre Françoise et Geneviève, était, dans le monde social, selon les principes anciens que Françoise préservait toujours, le dangereux adversaire de l'amour maternel, de la traditionnelle pureté de son image, dans les cœurs.

Geneviève s'emportait « contre ce silence qui avait étouffé des générations de lesbiennes, ce reniement de soi qui les avait exilées de leur vraie nature... », mais c'était bien en vain, car dans sa colère elle plaidait contre elle-même comme l'eût fait un magistrat ivre dans son éloquence. Françoise n'entendait plus que ces sons véhéments qui ne franchissaient pas ses tempes, et elle semblait penser, pendant qu'une douloureuse expression creusait ses traits: « Mon Dieu, la tendresse de la nuit ne me reviendra plus, on ne m'aime déjà plus... » Elle eût aimé dire dans l'espoir de se réconcilier avec Geneviève: « Tu es jeune encore, tu ne sais pas que la vie n'est qu'une suite de compromis, les uns plus âpres que les autres... tu l'apprendras, un jour... tu es de ce côté où l'on espère encore changer le monde, moi je suis du côté de la nuit où dorment les êtres et les choses irrécupérables... », mais elle disait simplement d'une voix fatiguée: « Tu es injuste avec moi... Je peux te comprendre, car j'étais comme toi, autrefois, mon amie Claude et moi, nous avions des conversations semblables à vingt ans... Elle voulait devenir écrivain, et moi aussi, c'était mon époque courageuse... Mais aussi, mon époque insolente, Claude était une fille si douée, je l'étais aussi, croyais-je... Ah! nous avions tous les courages, alors...

c'est cela, l'amour... Nous avions fondé ensemble un journal... Nous ne parlions que de liberté sexuelle... Nous étions, nous, les symboles de cette liberté, nous avions lu tous les livres, et à nous deux nous avions l'intention d'ébranler les murs de la ville par nos scandales... Mais que tout cela est loin, très loin, nous nous sommes retrouvées plus tard, chacune dans notre exil, nos poèmes n'étaient plus qu'un amas de cendres, notre amour n'avait pas su résister à la guerre et à la séparation, et la jeunesse de Claude s'était flétrie dans l'alcool et les drogues... Pourtant, à vingt ans, tout semblait si beau... Nous vivions toutes les deux dans un rêve... Qu'est devenu ce rêve pour Claude qui était moins forte que moi? La drogue, une conscience vacillante, et puis la mort dans un hôtel désert en Espagne... Il y a des êtres que Dieu semble attendre au bout de longues souffrances, Claude était peut-être de ceux-là, et pourtant, quand nous étions jeunes et que nous nous aimions, elle croyait elle aussi comme moi à la grandeur de la vie, d'un destin... La vie est donnée à tout le monde, mais tous ne sont pas capables de la vivre, vois-tu... » Plus une vie se prolongeait, continuait Françoise, plus l'on rencontrait sur son passage « une amie perdue, des parents défunts, tout un cimetière parfois, qu'on laissait derrière ses pas... » C'était parfois une amie adorée dont on n'avait jamais retrouvé les traces, disparue dans un train de déportés, une entière famille d'amis, de combattants et de frères décimés pendant les bombardements de Londres ou d'Alger, dans le sillon de ces étoiles funèbres, Françoise ne savait plus elle-même comment elle avait survécu, et pourquoi elle eut ce droit de survivre à tous ses morts, quand la vie continuait pourtant, pour plusieurs autres. Mais si elle pleurait en secret ses amies mortes ou disparues, la naissance d'un petit-fils, d'une petite-fille, l'illuminait toute, car c'était là le côté diaphane de la joie, et cette joie instinctive et animale, celle de se voir renaître ailleurs, même sous une enveloppe souvent si distincte de soi, c'était une joie légitime, un baume qui consolait, de l'extérieur, tant de chagrins inavoués qui ne cesseraient de persécuter Françoise pendant son itinéraire intérieur, en ce monde. Comme l'heure du départ de Geneviève se rapprochait, Françoise ne cherchait plus même à la retenir, elle lui disait plutôt d'un air faussement détaché: « Mon petit, ton travail t'attend, tu dois rentrer... Ne t'inquiète pas pour moi, je t'ai promis de me soigner, je le ferai, et puis, nous verrons... Ce sera bientôt l'été, qui sait, nous pourrons peut-être nous rejoindre, mais m'attendras-tu? Tu sais, la maladie est une chose pénible et longue, et toi, même en quelques semaines, tu auras le temps de m'oublier... » Délicatement, avec amour même, Geneviève avait la sensation que Françoise lui mentait pendant ces semaines qui précédaient son départ. Soudain méprisante de l'esclavage quotidien, Françoise ne songeait plus qu'à faire oublier à Geneviève, pendant ces jours qui s'enfuyaient, combien elle était souffrante et prisonnière: elle sortait beaucoup avec elle, discutait abondamment de tout, d'un ton très vif et sans appartenance, tirait même de sa domesticité pénitentiaire, auprès de ses meubles anciens et Balzac, une sorte de foyer bohème, féerique qu'elle avait connu autrefois, disait-elle, au temps de ses plus belles années, auprès d'une mère pianiste, en ce temps lointain où disait-elle « rien ne séparait pour moi la vie de l'imaginaire, car j'étais avant tout un être nomade, une créature élevée trop librement peut-être, pour la conquête du monde... » Peu à peu, Françoise avait refermé toutes les pièces de sa maison pour ne vivre que dans sa chambre, parmi ses livres, la douceur du champagne, et Geneviève qui égayait pour elle la pénombre de son désordre. Dans cette dilution de toute lumière autour d'elles, Geneviève ne sentait plus les jours passer, il n'y avait plus de temps. Elle entendait encore la voix grave de Françoise lui répéter: « Tu verras, je viendrai te rejoindre quand toute la nature sera en fleurs, là-bas, chez toi, chez nous, peut-être, quand je serai de l'autre côté de ce versant... », et dans l'évanouissement de ces heures si peu réelles, Geneviève entendait: « Oui, je viendrai te rejoindre, d'abord, je dois aller là-bas, de l'autre côté du versant de la mort... », mais ces mots eux-mêmes s'évaporaient dans la fumée des cigarettes de Françoise qui tournait les pages d'un livre ou qui, après l'une de ses crises, tournait tout son corps vers le mur, ne laissant d'elle-même, à la surface de son drap noué autour de ses membres immobiles, qu'un profil renversé et creux qui semblait inerte, avec son ossature saillante, sa bouche entrouverte exhalant ce souffle régulier, tranquille, qui rassurait Geneviève aussitôt, car elle s'endormait en pensant à la main de Françoise qui ne tarderait pas à lui couvrir les yeux, lorsqu'elle aurait le goût de lire ou de fumer en ramassant ses genoux sous son menton comme pour mieux réfléchir, pendant que s'atténuaient, en elle, les vagues de la douleur, puis un matin, Françoise tirait les rideaux, la lumière qui tombait sur Geneviève était crue et avide, pendant que Françoise lui disait d'un ton sec, en lui tendant ses vêtements sans la voir: « Allons, dépêche-toi, je vais t'aider pour ta valise... C'est l'heure de partir, je te laisserai au coin d'une rue, essaie de comprendre, je n'irai pas à l'aéroport... Quand tu reviendras, oui, bien sûr, ou quand je reviendrai, tu viendras, toi, hein? Ah! Balzac qui a faim... Je ne dois pas oublier mon rendez-vous chez le dentiste à quinze heures... » Le rêve prenait fin. Françoise conduisait sa voiture doucement, en silence, pendant que le regard de Geneviève se posait sur ses mains, au volant, ces mains qu'elle ne pouvait plus étreindre entre les siennes ou baiser de bonheur ou de reconnaissance. La station de métro était là: Françoise disait encore, sans tourner son visage vers Geneviève: « Allons, nous avons bien un peu de courage, toutes les deux, tu vas m'écrire ou me téléphoner peut-être... Et puis n'oublie pas, il faut m'attendre, je n'ai pas revu ce pays depuis tant d'années... quand tout sera en fleurs, je te promets... Eh bien! va-t'en maintenant, ce sera plus sage. » Et Françoise s'éloignait, disparaissait... Bientôt, Geneviève n'apercevait plus d'elle que la tache verte de son imperméable, son dos droit, et cette tête digne, muette, soudain qui s'éloignait d'elle vers ses mystérieuses souffrances, en silence, sans lui parler...

4

Chez Léa et à l'Underground, la lumière de juin avait chassé la nuit du long hiver. Embellies et rassasiées les unes des autres, les filles se rassemblaient chez Léa, seules ou par couples attendris, car Léa avait décidé de jouer à son théâtre *La Vie d'une lesbienne,* et le cantique de son monologue montait chaque soir du grenier de son restaurant, glorifiant dans sa sensualité « le front, les yeux, le ventre, le sexe de la femme », comme l'eût fait une leçon d'anatomie enflammée de cette ardeur révolutionnaire qui était l'âme de Léa, ardeur qui inspirait encore à ses amies la même crainte et le même respect. Geneviève remarquait toutefois que Léa avait changé pendant l'hiver: son crâne bouddhiste était maintenant orné de noirs cheveux drus, et le regard qu'elle fixait hier sur vous, bleu et froid sous le verre de ses lunettes, n'était plus un regard d'acteur mais un appel timide et inquiet. Léa avait été violée par un Noir en rentrant chez elle, à l'aube, et elle qui longtemps n'avait redouté personne, qui avait dédaigné le luxueux domicile de ses parents pour un taudis, au bas de la ville, Léa, l'indestructible, avait connu le tremblement de la peur, sa lutte contre le racisme s'achevant par une humiliante bataille, dans un terrain vague, auprès d'un inconnu armé d'un couteau qui avait détruit, avec l'innocence de son corps, toute la candeur de son idéal. Ainsi, le sourire de Léa était devenu plus amer, et son regard avait perdu de sa fière assurance, car un intrus s'était glissé entre Léa et l'image qu'elle avait d'elle-même. Mais Léa avait acquis, au-delà de son orgueil blessé, un sentiment de pitié pour elle-même et la race dont elle était issue, et lorsqu'elle récitait son monologue, cette pitié tendre qu'hier elle eût reniée comme une faiblesse, pétrissait son langage, comme elle-même, d'un lyrisme nouveau qui envoûtait son public, car à travers les modulations de sa voix, les tressaillements de sa poitrine sous sa sombre toge de soie, sa description d'une étreinte, « d'un bain à minuit sous la lune, ou du grain de la peau d'une femme, de l'os de son épaule, ou du pli des lèvres de son sexe », la louange de ces menus détails prenait, avec la majesté de Léa, l'ampleur, pour celles qui l'écoutaient, l'air ravi, des inscriptions éternelles sur les tombes égyptiennes. « Si seulement tu pouvais me parler comme cela, disait Louise à René, si seulement je me réveillais chaque matin en t'entendant me parler comme un beau livre... Mais non, c'est à peine si tu me dis bonjour! » « Tu me vois te dire, répondait René en levant les bras au ciel, Louise, ton nombril est comme une perle, tu es ma fontaine de vie?... Non, mais quand même, moi, je ne parle pas le matin, j'agis, et même en agissant, c'est à peine si je parviens à te réveiller tellement tu es abrutie! » Et

Geneviève pensait en les voyant qui s'enlaçaient debout au bar de chez Léa, ou à l'Underground, « elles sont ensemble et elles s'aiment! », quand elle ne vivait que dans l'attente de Françoise et de sa guérison. Elles étaient ensemble, comme Agathe et Marielle qui préparaient leurs vacances sur une île déserte, se querellant encore comme hier, vivant et s'aimant avec leur naturelle gourmandise, comme tant d'autres petits couples que l'été rendait à la nature, aux îles sauvages, aux voyages lointains ou, lorsqu'on était trop pauvre, à un appartement en ville que l'on passait l'été à repeindre. La maison de Louise et René avait survécu aux tempêtes de l'hiver, malgré les prédictions de Fille-Chat; Louise et ses amies avaient peu à peu reconstruit les maisons mitoyennes de leur village et, le lourd labeur étant achevé, elles voguaient l'une vers l'autre sur leurs bicyclettes, le soleil était bon, l'air si léger, on allait admirer, chez l'une, l'escalier en bois verni, chez l'autre, les poutres et la cheminée, on se félicitait autour d'un table, on invitait ses voisins à un repas aux chandelles, l'heure du ghetto semblait au loin... Des femmes s'aimaient qui ne se cachaient plus et un village, en ce monde, apprenait à les respecter. Ces mêmes femmes, hier invisibles, livrées à l'obscurité du silence de la honte, elles s'arrogeaient soudain le droit d'être et d'aimer, et la lumière du jour ne dénonçait plus leurs gestes: le monde en était tout troublé, choqué, n'existaient-elles pas trop? Ne parlaient-elles pas trop? Toutes ces questions, Léa les soulevait dans son monologue: comme si elle eût dit, dans l'incertitude, ce qu'elle disait hier dans son affirmation: « Mes amies, combien je vous aime, et comme je crains pour vous! Car vous serez encore longtemps humiliées, et souvent, par ceux qui sont vos plus proches, trahies par une sœur, une mère, une amie, on viendra encore vous supplier de vivre dans l'ombre, même si pour vous le temps de l'Underground est fini! » Car l'explosion radieuse des Léa, René, Louise, Jill et tant d'autres, hors des chemins de la nuit, ne pourrait jamais faire oublier, pensait Geneviève, le calvaire de ces générations du silence qui les avaient précédées, et dont beaucoup, comme Françoise, vivaient encore dans leur exil intérieur. Qu'eût pensé Françoise de Léa, dénudant ses amies avec des images aussi vives, aussi franches, qu'eût-elle pensé d'Agathe et de Marielle marchant enlacées dans les rues? Que de choses elle avait dites et vécues en secret, cette Françoise de l'ère du silence, que Léa et ses amies exposaient au regard d'autrui maintenant, à sa réflexion comme à son éveil! Et que restait-il maintenant de Françoise, sinon une promesse évanescente dans la vie de Geneviève? « Je reviendrai quand il fera beau, quand la vie sera en fleurs... » Mais il faisait beau, et la vie était en fleurs, et Françoise était encore enveloppée d'ombres: car pendant ces soins intensifs qu'elle devait subir après une sérieuse intervention chirurgicale à Paris, Françoise était plus inaccessible encore: le téléphone ne servait plus à rien, elle n'avait plus de voix, et ces gardiens qui veillaient sa souffrance, ces infirmiers qui l'entouraient, et qui la protégeaient du monde, tout en lui sauvant la vie, peut-être, séparaient pourtant Geneviève de Françoise, comme ces gardiens malfaiteurs et sourds qui existent peut-être, séparant l'âme du corps, lorsque nous quittons la vie. Le goût, la tyrannie de la possession reviennent vite, pensait Geneviève, lorsqu'on songe à ces gardiens indifférents qui maltraitent à notre place, là où l'on ferait tant de bien, ces membres que nous seules connaissons aussi bien, dans leur fragile dépendance à notre corps. La maladie, les plus grandes afflictions physiques qui atteignent au loin ceux que nous aimons, deviennent, dans la torturante acuité que nous ressentons à les comprendre et à les partager, des idées abstraites. On dirait que, dans son impuissance, l'âme est soudain anesthésiée: Geneviève se sentait si délaissée, pendant que se prolongeait ce silence entre elle et Françoise, qu'on lui eût appris la mort de Françoise sans l'étonner, quand la pensée de son lent retour à la vie, par sa lenteur même, sa pénible ascension hors du gouffre, lui faisait presque mal. Françoise avait dit en quittant Geneviève: « Surtout, laisse-moi seule, j'aime me battre seule contre mes propres monstres, tu verras, le goût de vivre que tu m'as donné, je ne le perdrai pas, et nous serons un jour très heureuses ensemble, comme nous l'étions, mais ne doute pas de moi pendant l'épreuve... » Non seulement Geneviève doutait, mais il lui semblait que Françoise n'était plus là, qu'elle avait pu passer de l'autre côté de la vie sans même en prendre connaissance, car si elle respirait encore, dans sa réclusion, pourquoi n'avertissait-elle pas Geneviève par quelque signe d'espoir qu'elle aspirait à revenir à la vie? Mais ce coma, ou cette absence de Françoise à l'univers des vivants, semblait une éternité, quand pour Françoise qui n'était plus là pour compter les heures telles que nous les subissons dans le royaume des choses concrètes de la vie, ces heures n'avaient jamais existé peut-être, sinon comme le passage d'un songe fait de couleurs et de fugitives apparitions. Et maintenant, il arrivait à Geneviève, lorsqu'elle essayait de dessiner le visage de Françoise, de suspendre son crayon en pensant avec angoisse: « Mais peut-être que ce visage n'existe déjà plus, ou bien, il a peut-être tellement changé que je ne pourrais plus le reconnaître ».

Dans ses rêves, Geneviève attendait Françoise dans des gares désertes, ou bien elle se retrouvait en quelque pays nordique, poursuivant le fantôme de Françoise vêtue de son imperméable vert, comme elle l'avait aperçue, pour la dernière fois, s'enfuyant dans le brouillard du matin. Qui sait, peut-être ne reviendrait-elle jamais à la vie? Toute à sa tristesse, Geneviève n'entendait plus autour d'elle que de douloureux messages, comme cette nouvelle que lui avait apprise Marielle à l'Underground, « de la belle Rita June, tu te souviens, celle qui avait fait la conquête de La Grande Jaune avec le *pot,* et tout ça, eh ben! il n'y en aura plus, elle et son *chum* ont été assassinés à New York, dans un quartier chic, à part ça, pour une affaire de drogues, j'imagine, hein... Tiens... regarde... il y a même leurs photos dans les journaux, si c'est pas barbare de mourir comme ça », et Geneviève, se souvenant de la danse animale du modèle noir, riant et secouant sa chevelure, pendant que les filles se disputaient son chandail et le parfum de ses aisselles, lorsqu'elle lançait soudain ce vêtement dans le chœur, à l'Underground, Geneviève sentit la fatalité de ce destin de violence qui pèse sur tant d'êtres, même une femme aussi souveraine que l'était Rita June (et dont le resplendissant sourire exprimait encore la luxure de vivre, sur la photographie du journal) auprès de son amant, un jeune homme de 23 ans, un voyou, un vilain garçon, sans doute, sous le masque angélique, mais ces deux anges ténébreux ne seraient plus et le monde avait perdu avec eux, pensait Geneviève, encore un peu plus de joie et de liberté. « Quant à La Grande Jaune, continuait Marielle, sur le même ton résigné (tout en comblant la joue ronde d'Agathe de ses bruyants baisers), on l'a sortie de prison, mais pourquoi faire, après l'héroïne, c'est le vol des autos... La police l'a accrochée quand elle filait dans le nord avec la Ford de son patron. À sa prochaine sortie, on pourrait toujours l'adopter, nous autres, on est un couple encore jeune et on a un nid pas mal chaud pour une délinquante...

— Avoir La Grande Jaune chez nous, répondait Agathe avec autorité, ce serait un paquet de troubles. Aussi bien dire qu'on aurait le diable dans la maison. T'es pas contente toute seule avec moi? Je ne peux pas suffire à ton bonheur, Marielle?

— Mais justement, le bonheur, c'est pour les autres...

Marielle et Agathe iraient manger chez Léa, comme elles avaient l'habitude de le faire, en sortant de l'Underground, mais une autre mauvaise nouvelle circulait autour d'elles pendant qu'elles avalaient leur deuxième bol de soupe: Fille-Chat accourait avec Franz dans les plis de sa large tunique, s'écriant dans ses larmes grises, lesquelles, tout en coulant le long de ses joues, lavaient son visage, ce visage qui connaissait si peu souvent la fraîcheur de la propreté: « Mon bébé chat, regardez ce qu'ils lui ont fait, ces grands qu'il a rencontrés ce matin, en allant vendre les journaux, mon beau minou, ils l'ont jeté dans l'herbe puis ils l'ont battu, la tête dans l'herbe mon pauvre chat, et des coups de pieds dans les reins! Tous ses vêtements étaient déchirés, je l'ai amené à l'hôpital, mais il n'avait rien de cassé, juste un choc, ah! mon pauvre minou, que le monde est méchant!... » gémissait Fille-Chat tout en pressant son fils contre elle, si durement, dans son amour, que Franz la supplia tout bas: « Maman, il y a mon bras qui craque... » « Ah! poursuivait Fille-Chat, dans son élégie maternelle, et j'ai oublié de vous dire qu'il s'est cassé le bras l'autre jour, en courant dans les rues... les planètes nous en veulent, mon minou! mais t'inquiète pas, maman est là, et elle sera toujours là, dans la mesure du possible. Cet enfant-là n'est pas comme un autre, il y a des gens qui peuvent saigner à torrents, mais il ne peut pas, lui, il a la maladie du fils du tsar... Hein, mon minou, ils t'ont battu et roulé la tête dans la terre? Regardez, il est tout pâle, viens t'asseoir, maman va te donner à manger, voyons pleure pas, parce que maman pleure, Léa, il peut manger tous les desserts qu'il veut ce soir! C'est pas tous les jours qu'un enfant est baptisé par la méchanceté du monde, hein Léa, il faut donc tous y passer, même les purs et les bienheureux comme lui? »

— Cela s'appelle l'aube de la vie, disait Léa, avec un sourire amer, vous viendrez voir mon spectacle, cela vous changera les idées, ajouta-t-elle avec douceur, tout en caressant la tête de Franz.

Mais si Léa incarnait l'expression viscérale d'un théâtre sans auteur, une grande dame venait chez elle vers minuit, souvent accompagnée de son amant, qui était encore pour beaucoup qui l'admiraient depuis longtemps, le génie d'un théâtre aussi vieux que le monde, celui qui avait eu et aurait toujours recours à l'écrivain, cet ennemi de Léa. C'était La Gauvreau, qu'on appelait ainsi en témoignage de ces années où il n'y avait eu qu'elle sur toutes les scènes pour enflammer de son délire les caractères de La Mouette, Hedda Gabler, et de tant d'autres, car La Gauvreau ne faisait pas que jouer, la flexibilité de son art était telle qu'elle pouvait aussi bien devenir Mademoiselle Julie, exigeant de son amant qu'il lui baise les pieds, que la plus réservée des sœurs dans *Les Trois Sœurs,* attendant que le soir tombe sur une vie flétrie si tôt par l'espérance bourgeoise. Sa voix, lorsqu'elle changeait de rôle, soumise aux tourments ou aux délices de son instinct, passait de la douceur candide aux tons les plus vengeurs, de la docilité à la rigueur, si spontanément qu'on eût dit que chacun de ses rôles était simplement inscrit en elle depuis toujours, coulant de ses lèvres comme un fleuve de sons. Et peut-être La Gauvreau était-elle en ceci, au théâtre comme dans la vie, si ardente dans ses convictions comme l'était Hedda Gabler, qu'elle préférait ne pas obtenir de rôle plutôt que de céder à l'inspiration d'un auteur médiocre. On disait parfois: « Mais pourquoi La Gauvreau ne joue-t-elle plus? » Et elle répondait en riant: « Parce que je vis, donnez-moi un rôle solide et je serai là! » Et il y avait dans ses yeux roux comme dans ses cheveux (encadrant son beau visage comme deux bandeaux) des éclairs malicieux et si directs qu'on eût dit qu'elle allait éclater d'un grand rire de moquerie, pour elle-même comme pour les autres, ou bien, si cette lueur fauve persistait plus longtemps dans ses yeux, ne viendrait-elle pas vous tendre sa bottine à baiser, sous la nappe de la table? Mais elle s'amusait et riait, grisée par le vin blanc, ou tout simplement heureuse comme une enfant, et se moquant de tout. Il lui arrivait de lancer son verre pardessus sa tête ou bien de sangloter, le visage entre ses mains, pendant que son amant la grondait ou, certains soirs, la consolait avec bonté. Ces êtres s'adoraient, mais il leur arrivait, comme à bien des couples, de s'aimer avec une extrême violence et de s'étonner eux-mêmes de la fureur de ce combat amoureux. L'une des grandes joies de La Gauvreau, toutefois, avec ces heures clémentes qu'elle connaissait aussi auprès de son compagnon, était l'amour qu'elle portait à ses enfants, même si elle avait le malheur de les voir si peu souvent, astreinte comme elle l'avait été toute son existence, aux lois d'un mari, d'un amant qui avaient jugé à sa place de sa dignité à être mère, ce qu'elle était autant qu'elle était une artiste, mais d'une façon si différente des autres femmes que, dans ce rôle, comme dans tous les autres où sa fantaisie était reine, on ne l'avait pas comprise. Il est vrai qu'on n'avait pas l'habitude de voir une tragédienne répéter *Phèdre,* de jeunes enfants dans ses jupes ou encore au sein, mais La Gauvreau était pauvre, et sa juvénile armée l'avait longtemps suivie, souffrant avec elle de la faim et du froid, même si La Gauvreau avait ranimé le modeste logis de sa famille de son feu créateur, en couvrant les murs de ses dessins et de ses poèmes, et en tricotant des montagnes de laine, pour ses petits, pendant ses nuits d'hiver, afin de réchauffer tous ces doigts gelés qui se levaient vers elle. Découragée, parfois, et sans travail, il lui arrivait, lorsque les hivers étaient trop longs, de s'enivrer un peu avant de rentrer chez elle et de s'étendre, en larmes, sur le pas de sa porte, laissant à ses enfants la découverte de cette mansuétude qu'elle leur avait inculquée à un bas âge, le soin de recueillir leur mère, comme elle les avait tant de fois recueillis eux-mêmes, soufflant son haleine chaude sur leurs doigts pour les réconforter. Puis l'homme était venu, et depuis, la maison était déserte. La Gauvreau n'avait plus de ses enfants que des visions passagères, et peu à peu, chacune de ces rencontres, de ces rendez-vous secrets avec l'un de ses enfants, lui arrachait ces cris poignants que le public avait partagés, lorsqu'on l'avait vue tomber sur la scène, brandissant un revolver contre ses tempes, mais qu'ici, nul n'entendait et ne partageait, parce qu'ils retombaient dans la solitude d'une existence. Mais La Gauvreau avait une telle foi dans la vie qu'elle ne désespérait pas de ceux qui lui faisaient du mal: il lui semblait déjà miraculeux de voir passer son fils cadet sous sa fenêtre, descendant la rue en ski, tenant au bout des brides son saint-bernard, pour venir la saluer, parfois, le dimanche, criant à sa mère avec l'accent populaire des rues: « Allô, M'man, tabernacle, j'serai donc fier de toé quand tu viendras me voir, un jour, à mon école! » même

si le chant nasillard d'un tel langage dans la bouche
de son fils lui déplaisait fortement, langage qu'elle déplorait en soupirant: « Et dire que, quand ils étaient
avec moi, ils parlaient si bien! » Lorsque René arrivait
avec sa bande chez Léa, La Gauvreau, s'il n'était pas
trop tard et si elle ne s'était pas endormie contre l'épaule
de son ami, levait son verre à la santé des filles en
disant: « Mon Dieu, je les aime donc, elles sont tellement vraies, toutes ces petites filles qui s'aiment entre
elles, comme toi et moi, Maurice, et peut-être mieux
que nous, qui sait? » puis elle laissait doucement glisser sa tête contre son bras rond, pendant que ses yeux
continuaient de sourire et de briller de toute leur intelligente malice. René s'inclinait respectueusement devant
La Gauvreau, dans l'un de ces habits à queue estival
qu'elle avait sorti de ses armoires poussiéreuses, en
s'écriant: « Mes amies et moi allons boire ce soir à la
santé d'une femme extraordinaire, La Gauvreau! » Cette
révérence était souvent accompagnée d'une discrète
caresse dans le dos de la comédienne, mais cette caresse
était si habile que, tout en ayant l'air de déshabiller
une femme du bout des doigts, René continuait de
bavarder et d'entretenir ses amies, pendant que sa main
seule déployait tout un théâtre d'ombre dont seuls les
sentiments jaloux de Louise semblaient être les témoins.
La Gauvreau s'épanchait soudain en un long rire moqueur, pour elle-même, comme pour René et son groupe
d'amies, ce long rire exprimant tout son bonheur de
vivre, en cette frémissante saison que deviendrait l'été
pour tous. Car en ces soirs d'été, si tendres, chez Léa,
ne se rassemblaient pas que les couples qui avaient duré, d'autres se retrouvaient aussi, ainsi Geneviève reconnut Élise La Bretonne auprès de son amie anglaise:
toutes les deux étaient si charmantes et formaient un

couple si agréable à contempler, que Geneviève sentit combien elle était dépouillée lorsque Françoise n'était plus près d'elle, sa main puissante étreignant son bras, car l'amour le plus grand ne nous met-il pas en danger lorsqu'il nous livre brutalement à nous-mêmes, dans la foule de ces milliers d'autres qui ne semblent plus nous reconnaître, quand c'est nous qui, avec le choix d'un seul être, les avons tous écartés? « Quand vous m'avez vue, à l'Underground, danser ce soir-là avec Lali, disait Élise à Geneviève (évoquant pour elle l'ardeur de cette première nuit à l'Underground, l'apparition de Lali dans son manteau militaire, la valse calme, dans la nuit sans fin, Lali rapprochant de son cœur celle que Marielle avait appelée « Le Croisic », puis ce fut le départ de ce bel équipage dans la nuit...), et le chant de sa voix rappelait encore à Geneviève l'un des plus beaux ports de France... Ce soir-là, j'étais bien malheureuse, car voici l'être que j'aime depuis cinq ans, et elle n'était pas près de moi, alors, nous étions séparées par de grandes distances, et en plus par la langue, alors ne désespérez pas, il y a aussi une grande différence d'âge entre nous... Mais peu importe! » dit Élise avec un regard plein de fierté vers le profil ciselé de son amie, sa tête et son corps de garçon grec, « mais il faut que j'apprenne l'anglais, sinon Ann voudra encore me quitter... » Mais Ann, l'amie d'Élise, n'était pas que ce profil grec que contemplait Geneviève, c'était, au-delà de cette tête jumelée à une autre qui ne lui ressemblait pas, la blondeur celtique d'Élise étant même son contraire, tout un monde complexe et délicat, celui d'une femme exerçant son attirance sur une autre, c'était l'aliénation à un amour fort et mystérieux dont l'humanité ne savait presque rien, c'était l'idée même d'un amour dont l'existence menaçait le monde masculin et ses lois, car si grande fut la tendresse qui unissait Ann à Élise, ces deux femmes ne seraient longtemps encore pour beaucoup « que deux lesbiennes », un couple dénoncé dans tous les cœurs, et pour ceux qui associaient l'amour entre les femmes à la pensée du vice, l'image de quelque pervers accouplement dans un lit. Écartant ces soupçons qui voilaient l'âme de Geneviève, Jill et ses compagnes embrassaient l'avenir avec confiance: Jill entraînait dans sa fougue militante une jeunesse qui semblait avoir toutes les audaces et on entendait partout ces murmures, ces voix de la contestation que longtemps les aînées avaient tus, et parce que c'était l'été et que les filles étaient jeunes et belles, on eût dit que Jill, sous la floraison africaine de ses cheveux, de son pas dégingandé, ne préparait pas ses amies à la tempête et à la révolte, mais tout en prodiguant généreusement ses baisers et ses étreintes, elle les initiait plutôt à la douceur de l'amour.

Mais pour Geneviève, cette ivresse de l'aventure, telle que la connaissaient Jill et ses amies, ne tendait-elle pas à mourir un peu plus chaque jour, car elle avait compris auprès de Françoise que l'amour est un acte trop lucide, son passage dans les vies ne déchire-t-il pas des années d'habitudes, parfois, ne chasse-t-il pas tout un passé? Pourtant, Françoise revenait à la vie: sa voix laissait en Geneviève, lorsqu'elle lui parlait au téléphone, l'écho de ce passé de souffrances qu'elle venait de vivre seule, de la noirceur de cette prison qu'est le corps humain lorsqu'il est soumis à la torture, et même si cette voix blessée disait à Geneviève: « Je serai bientôt près de toi, très bientôt... Tu sais, je suis sortie du gouffre! », Geneviève sentait qu'elle-même passait avec Françoise du côté de la mort à celui de la vie, qu'un abîme d'indifférence ne les séparait plus. Mais de ce drame que Françoise avait vécu, abandonnée aux dures servitudes de la maladie, que resterait-il demain lorsqu'elle reprendrait sa montée vers le sentier des vivants, sinon cette confession écrite dans la chair, cette confession secrète, impérissable, que l'amour d'une femme chercherait à déchiffrer sans la comprendre peut-être, telles ces invisibles stigmates au dos de Lali, comme au dos de Françoise qui avaient raconté à Geneviève si peu de leur intime histoire? Mais tout ce que l'on possédait pour parler à la chair souffrante de chacun, n'était-ce pas que cela, l'amour? Souvent, pendant qu'elle était séparée de Françoise, Geneviève avait imaginé sa souffrance (car bien souvent, c'est tout ce que nous parvenons à faire pour ceux que nous aimons le plus, imaginer ce que nous sommes trop faibles pour combattre) à travers l'allégorie tragique d'une œuvre d'art, c'était l'agonie de la truite de Courbet qui frappait son imagination comme l'avait fait, au temps de Lali, le chien de Goya, avalé par le silence de la mort, car ces animaux plus nobles que nous, dans leur finale captivité, en mourant à notre place, ne posaient-ils pas à notre conscience cette interrogation: « Pourquoi la liberté, la joie de vivre doivent-elles finir ainsi, pourquoi sommes-nous pris au piège? » et notre destin de prisonniers se confondait comme le destin de Françoise, lorsqu'elle se débattait encore comme la truite de Courbet, sur le rivage de la vie, à cette lutte qu'ils avaient connue avant de mourir, quand, dans l'œil hanté du chien enseveli dans un trou boueux, une lueur d'angoisse avait brillé qui était celle de l'intelligence encore vive posant la question insoutenable, ou dans ce regard apeuré de la truite qui demandait en fixant l'hameçon meurtrier: « Pourquoi mon sang se répand-il de mes nageoires brisées? Pourquoi me faites-vous souffrir? » Ce chien, cette truite, on les voyait mourir de notre mort, souffrir comme nous dans la captivité de leurs corps, quelques instants, avant leur complète disparition du monde.

    Mais la plus sévère des captivités qui entourait Françoise, pensait Geneviève, pendant ces heures où elle était privée d'elle, n'était-elle pas de cette sorte qui engendre même la douleur physique, chez les êtres, c'est-à-dire la captivité de l'esprit, l'incarcération de leur être véritable plié, dissimulé peu à peu à un monde social auquel ils ne correspondent plus? Françoise avait fait d'elle-même le don précieux de son entière intégrité à Geneviève, et Geneviève qui avait eu l'air de ne rien demander, lui demandait tout, car n'exigeait-elle pas dans son intransigeance que Françoise revienne non seulement à la vie, mais qu'elle crée une vie nouvelle, auprès d'elle, que son intégrité demeure vivante elle aussi. Mais on ne peut changer les êtres, et Geneviève savait combien la vie nous oblige à trahir cette première fidélité à soi-même, si bien que c'était peut-être l'être moral, en Françoise, qui ressemblait à la truite de Courbet, car prisonnière de ses préjugés, de son milieu, nostalgique du faste de ses passés à jamais disparus, Françoise jugeait peut-être qu'il était trop tard pour croire en l'avenir (surtout un avenir lié à une femme plus jeune à qui il lui semblait parfois nécessaire d'opposer sa vulnérable résistance), et que ce ciel noir, fatidique, qui recouvrait la truite solitaire mourant sur son rivage, ne tarderait pas à l'envelopper elle-même de l'aile du repos. Et Geneviève s'attristait comme devant un amour perdu, cet amour que Françoise avait perdu pour elle-même et qui semblait si ardu à régénérer, car dormaient en Françoise, comme chez tant d'êtres, d'inestimables connaissances, d'inestimables dons, dont les tableaux de sa vie, dans leur diversité touffue, étaient encore chargés d'éclairs et de poussières étincelantes, quand cette essence lumineuse, c'était encore Françoise, ce n'était qu'elle et sa vraie nature dont, par fatigue, elle n'attisait plus le feu.

Soudain, les jours semblaient plus longs et plus clairs. On s'abandonnait enfin à la chaleur de l'été. Les lourds événements qui avaient achevé la saison, le viol de Léa, la disparition de Rita June, et même l'humiliation de Franz battu par une bande de voyous, tous ces malheurs secrets qui s'étaient réunis pour tenir encore davantage l'innocence de la terre n'étaient plus que des souvenirs: car avec l'égoïsme de vivre, l'espoir renaissait dans les cœurs. En hiver, Louise, René et leurs amies s'étaient penchées vers les pieds d'une amie malade pour la réchauffer, mais le temps de l'hibernation était fini, et l'amie qu'elles avaient entourée de leurs soins allongeait maintenant ses jambes vigoureuses sous cet été ardent qui montait dans le ciel: la vie était là, pensait Geneviève, la vie vous brûlait, et songeant à ces »pieds chauds » qu'un amour solidaire avait arrachés à l'hiver, à l'engourdissement de la mort, Geneviève pensait que Françoise, elle aussi, céderait demain, à cet élan, à cette fièvre. Car l'été semblait triompher de tout, même de Lali qui avait quitté l'armure sévère de son manteau pour un short de garçon et qui, riant et s'amusant parmi ses amies, courait avec son jeune chien sous les arbres, rayonnant de ce bonheur simple, animal, qui était le sien, ce bonheur qui vous apportait tant d'illusions, en ces jours de transparence, qu'on croyait ne jamais pouvoir le perdre... Pourtant, au-delà de cette certitude qu'était Lali aujourd'hui, dans son insouciante jeunesse, un autre être, Françoise, marchait vers Geneviève, encore obscurcie par l'ombre de la forêt, un autre être, fait lui aussi de beautés et de doutes, ce que deviendrait Lali demain, peut-être, lorsque le défi de son sourire l'aurait à jamais quittée...

Marie-Claire Blais

Bibliographie

ROMANS

LA BELLE BÊTE:
    Institut littéraire du Québec — 1959
    Flammarion — Paris 1960
    Le Cercle du Livre de France, Montréal 1968
    McClelland & Stewart, Toronto 1960 (MAD SHADOWS)
    Ballet — National Ballet, Toronto 1977

TÊTE BLANCHE:
    Institut littéraire du Québec — 1960
    McClelland & Stewart, Toronto 1961 (TÊTE BLANCHE)
    Éditions de l'Homme, Montréal 1968
    Little Brown, Boston 1961

LE JOUR EST NOIR:
    Éditions du Jour, Montréal 1962
    Grasset, Paris 1967
    Farrar, Straus & Giroux, New-York 1966

UNE SAISON DANS LA VIE D'EMMANUEL:
    Éditions du Jour, Montréal 1965
    Grasset, Paris 1966
    Farrar, Straus & Giroux, New-York 1965
    Bantam, New-York 1975
    Ce livre a été traduit en 14 langues

LES VOYAGEURS SACRÉS:
    HMH, Montréal 1966
    Farrar, Straus & Giroux, New-York 1966
        (THE THREE TRAVALLERS)

DAVID STERNE:
    Les Éditions du Jour, Montréal 1967
    McClelland & Stewart, Toronto 1973

LES MANUSCRITS DE PAULINE ARCHANGE:
    Les Éditions du Jour, Montréal 1968
    Grasset, Paris 1969
    Farrar, Straus & Giroux, New-York 1970
    Bantam, New-York 1976

L'INSOUMISE:
    Les Éditions du Jour, Montréal 1966
    Grasset, Paris 1971

VIVRE, VIVRE:
    Les Éditions du Jour, Montréal 1969
    Farrar, Straus & Giroux, New-York

LES APPARENCES:
    Les Éditions du Jour, Montréal 1970
    Talon Books, B.C. (DURER'S ANGELS) 1976

LE LOUP:
    Les Éditions du Jour, Montréal 1972
    Robert Laffont, Paris 1972
    McClelland & Stewart (THE WOLF), Toronto 1974

UN JOUALONAIS SA JOUALONIE:
    Les Éditions du Jour, Montréal 1975
    Robert Laffont (À COEUR JOUAL), Paris 1975
    Farrar, Straus & Giroux (ST. LAWRENCE BLUES),
        New-York 1975
    Harrap, Londres
    Bantam, New-York 1976

UNE LIAISON PARISIENNE:
    Stanké / Les Quinze, Montréal 1976
    Robert Laffont, Paris 1976
    McClelland & Stewart, Toronto 1978/79

POÈMES

PAYS VOILES, EXISTENCES:
   Librairie Garneau, Québec 1962
   Éditions de l'Homme, Montréal 1967

THÉÂTRE

L'EXÉCUTION:
   Les Éditions du Jour, Montréal 1968 — Présenté par le
   Théâtre du Rideau Vert, Montréal 1968
   Talon Books, B.C. 1976

LA NEF DES SORCIÈRES:
   Les Quinze, Montréal 1976 — Présenté par le Théâtre du
   Nouveau-Monde, Montréal 1977

L'OCÉAN:
   Les Quinze, Montréal 1977 — Téléthéâtre présenté à
   Radio-Canada, Montréal 1976

RADIO

FIÈVRES:
   Les Éditions du Jour, Montréal 1975 — Présentées à
   Radio-Canada.

PRIX ET TITRES

   Prix de la Langue française: LA BELLE BÊTE, 1961
   Bourse Guggenhein, 1963/64
   Prix France-Québec, Paris 1966:
      UNE SAISON DANS LA VIE D'EMMANUEL
   Prix Medicis, Paris 1966:
      UNE SAISON DANS LA VIE D'EMMANUEL

Prix du Gouverneur Général, Ottawa 1967:
    LES MANUSCRITS DE PAULINE ARCHANGE
Ordre du Canada, Ottawa 1975
Docteur Honoris Causa, Université York, Toronto 1975
Professeur honoraire, Faculty of Humanities, Université
    de Calgary 1978
Prix Belgique-Canada, Bruxelles (Pour l'ensemble de
    l'œuvre)

Achevé d'imprimer
en février mil neuf cent soixante-dix-huit
sur les presses de l'Imprimerie Gagné Ltée
Saint-Justin - Montréal.
Imprimé au Canada